Chère lectrice,

« Si tu ne te souviens pas de la moindre folie que l'amour t'ait jamais inspirée, c'est que tu n'as pas aimé », affirmait William Shakespeare. Et ce ne sont sûrement pas vos héros de ce mois qui le contrediront ! Andrew, d'abord, un honorable chevalier, fait un déraisonnable pari en s'engageant à transformer en douze jours une jeune ribaude illettrée en dame érudite. Découvrez vite *Une dame de cœur*, seconde partie de la saga de Tori Phillips située en France durant la Renaissance… Nicholas, en 1429, ne s'estime pas moins fou. Comment, se demande-t-il dans *Le médaillon d'or*, peut-il espérer se faire aimer de la femme même dont il est chargé par le roi d'Angleterre de confondre le père, soupçonné de haute trahison ? Lucien, lui aussi, craint d'avoir perdu l'esprit lorsqu'il se surprend à commettre des folies pour gagner le cœur d'une femme épousée pourtant au seul titre de « butin de guerre ». *L'épervier et la colombe*, situé en 1180, vous entraînera au temps de l'amour courtois… Autre époque, autres mœurs — et même déraison ! Dans l'Angleterre du XIXe siècle, lord Nicholas, *Le maître du manoir*, nourrit lui aussi des espérances peu réalistes : il faudrait en effet un miracle pour qu'Emily, son amie d'enfance qu'il a jadis abandonnée peu avant leurs noces, lui rende sa confiance. A la même époque, mais en Amérique, Matthew fait également un pari improbable : contracter *Un mariage de dupes* en épousant une femme qu'il ne connaît même pas, sur la seule recommandation de sa grand-tante, une vieille dame excentrique.

Enfin, ne manquez pas, le 1er novembre, le 9e titre de votre collection Grands Romans Historiques : *Le pavillon du lac*, de Susan Wiggs.

Bonne lecture et rendez-vous en décembre,

La Responsable de collection

W0465660

Ce mois-ci, la collection *Les Historiques* vous propose de découvrir le second titre de la passionnante trilogie de Tori Phillips :

LA SAGA DES CAVENDISH

De la fin du Moyen Age aux fastes de la Renaissance, une trilogie haute en couleurs qui couvre trois générations de Cavendish...

FRANCE, 1520

Le chevalier Andrew Ford accompagne son seigneur et les deux fils de ce dernier aux brillantes festivités du Camp du Drap d'Or, destinées à sceller l'alliance du roi d'Angleterre Henry VIII et du souverain français François Ier. Là, Andrew s'éprend d'une ravissante ribaude qu'un bateleur sans scrupules veut vendre aux enchères...

Ne manquez pas ce rendez-vous avec
La dame de cœur, (*Les Historiques* n° 257).

Le médaillon d'or

MARGO MAGUIRE

Le médaillon d'or

HARLEQUIN

LES HISTORIQUES

Si vous achetez ce livre privé de tout ou partie de sa couverture, nous vous signalons qu'il est en vente irrégulière. Il est considéré comme « invendu » et l'éditeur comme l'auteur n'ont reçu aucun paiement pour ce livre « détérioré ».

Cet ouvrage a été publié en langue anglaise
sous le titre :
HIS LADY FAIR

Traduction française de
PHILIPPE BARBIER

HARLEQUIN®

est une marque déposée du Groupe Harlequin
et Les Historiques® est une marque déposée d'Harlequin S.A.

Toute représentation ou reproduction, par quelque procédé que ce soit, constituerait une contrefaçon sanctionnée par les articles 425 et suivants du Code pénal.
© 2002, Margo Wider. © 2003, Traduction française : Harlequin S.A.
83-85, boulevard Vincent-Auriol, 75013 PARIS — Tél. : 01 42 16 63 63
Service Lectrices — Tél. : 01 45 82 47 47
ISBN 2-280-16382-9 — ISSN 1159-5981

À cette époque...

En retrouvant son père, un noble fortuné, l'héroïne de ce roman découvre les fastes de la vie de château et les plaisirs de la mode qui, en ce début du XVe siècle, est en pleine évolution. Les femmes troquent la robe (ou cotte) contre un surcot fendu sur les côtés. Le devant forme une sorte de bustier empesé, parfois rembourré, et pour la première fois, le corps prend cette allure corsetée que l'on retrouvera dès lors tout au long de l'histoire du costume. Les coiffes et les chapeaux se multiplient, devenant de plus en plus extravagants. Apparaissent les coiffures dites «à bourrelets» : des rouleaux postiches, les truffaux, maintenus sous un filet, permettent de remonter les cheveux en conque sur les tempes (les «templettes»). Dans le premier tiers du XVe siècle, cette coiffure prend des proportions extraordinaires, la largeur des deux truffaux atteignant parfois le double de celle du visage. Les premières coiffures «à cornes» ou «en cœur» datent, elles, de 1410. Une structure métallique évoquant des cornes de vache ou un cœur est recouverte d'un voile. Ce dernier devient alors un élément de parure, fonction totalement opposée à son rôle originel, ce dont les moralistes de l'époque ne manquent pas de s'indigner.

1.

Le donjon d'Alderton au début du printemps 1429

Ria se faufila dans l'office et effaça les plis de sa nouvelle robe d'une très jolie soie bleue. Non qu'elle fût réellement neuve car elle avait appartenu à Cecilia Morley, la cousine de Ria, jeune personne très distinguée et, elle, parfaitement légitime. Mais même s'il s'agissait d'une robe qui n'avait pas été taillée pour elle et que sa cousine s'était lassée de porter, elle avait été très belle autrefois et représentait une amélioration considérable par rapport aux vêtements usés jusqu'à la corde que Ria avait été forcée de porter depuis toujours.

La jeune fille passait avec délectation la main sur le tissu fin et doux, et se félicitait que Cecilia en ait retiré la bordure de fourrure ainsi que les pierreries qui ornaient le décolleté de la robe. Les durs travaux, qui étaient son lot quotidien, n'auraient pas tardé à détériorer ces parures délicates.

Elle avait d'ailleurs son propre bijou, un précieux médaillon en or avec un fermoir secret, qui contenait une mèche des cheveux blonds de sa mère, et dont elle ne se séparait jamais.

Elle tourna sur elle-même pour faire voler sa robe qu'elle se représenta avec fourrure et pierreries, et se plut à imaginer qu'elle était grande et mince comme Cecilia, et que l'on se retournait sur sa beauté.

C'était idiot, pensa-t-elle, mais ses petits rêves rendaient la vie plus supportable dans le donjon d'Alderton. Son existence avait toujours été dure, mais elle lui semblait encore plus rude à mesure que les années passaient.

Sa tante, Olivia Morley, lui avait fait comprendre clairement qu'elle ne ferait jamais partie de la famille. Elle acceptait tout juste de la nourrir et de lui donner les robes usées de sa fille, et exigeait d'elle, en contrepartie, de travailler comme la dernière des servantes. La bâtarde de feue lady Sarah Morley ne méritait pas un meilleur sort.

— Ria !

La voix rauque du cuisinier arracha la jeune fille à sa méditation. Elle noua prestement un vieux châle de laine autour de ses épaules, plus pour dissimuler ce que la robe de Cecilia exposait trop généreusement que pour avoir chaud, et retourna dans la cuisine.

— Où étais-tu ?

— Je… j'étais simplement…

— Sors la marmite du feu immédiatement et remue le ragoût.

Ria détacha le lourd chaudron du crochet auquel il était pendu dans l'énorme cheminée et le porta jusqu'à une solide table de chêne au milieu de la salle.

— Tu as renversé de la sauce, idiote ! fit le cuisinier en assenant une gifle si forte à Ria qu'elle faillit la renverser. Nettoie la saleté que tu as faite, maintenant !

— Ça n'aurait pas débordé si vous l'aviez mis dans deux récipients comme je vous l'avais dit, rétorqua Ria qui reçut aussitôt une autre gifle.

D'habitude, elle évitait de répondre au cuisinier, mais elle n'était pas d'une nature à supporter l'injustice. Elle se passa la main sur sa joue enflammée et prit une serpillière pour essuyer la sauce répandue sur les dalles.

— Lorsque tu auras fini, porte ce plateau à lady Olivia. Elle reçoit un hôte, alors évite de renverser les boissons.

Ria leva les yeux sur un grand plateau de bois sur lequel étaient disposés une cruche de bière, du jus de fruits et du lait. Elle était épuisée, mais c'était égal. Elle porterait le lourd plateau dans la salle à l'étage où recevait sa tante puis, de retour dans la cuisine, attendrait d'autres ordres comme elle l'avait toujours fait et continuerait de le faire jusqu'à la fin de sa vie.

Lady Morley, veuve de Jerrold Morley, versa du vin chaud à son hôte, un membre de la Haute Cours de justice qui venait d'arriver de Londres et qu'elle recevait dans la vaste salle tendue de tapisserie où le feu ronflait dans une cheminée monumentale.

Lady Olivia essayait de dissimuler son émotion. C'était une femme encore séduisante avec sa lourde chevelure châtaine, où n'apparaissait pas un cheveu gris, et ses yeux d'un brun clair dont l'expression était froide et hautaine.

— Non, lord, répondit Olivia en essayant de ne pas montrer son trouble. Sarah Morley n'a pas eu d'enfant, et quand bien même aurait-ce été le cas, il n'aurait pas pu hériter de Rockbury.

— Mais, madame, la propriété est inaliénable...

— Je m'en moque, interrompit lady Morley, hautaine. Je ne sais même pas qui a rédigé le testament de Sarah Morley.

— Sarah Burton, corrigea lord Roland, le plus distingué des gentilshommes que lady Morley eût jamais rencontré.

— Je ne permettrai jamais que le bien de mon mari échoie à l'enfant d'une courtisane !

— Mais Rockbury n'a jamais appartenu à votre mari...

— Tout le contraire ! s'écria lady Morley en se dressant sur ses jambes.

Elle fit quelques allées et venues devant l'âtre, les mains jointes devant elle qu'elle tordait nerveusement. Elle perdait rarement patience et était furieuse d'être vue dans cet état.

— Vous n'y songez pas ? reprit-elle. Une bâtarde qui hériterait d'un tel domaine ! C'est proprement absurde, inconcevable ! Il était normal que mon mari, en qualité de plus proche parent...

— Je tiens à vous rappeler, madame, répliqua calmement lord Roland, que ce domaine dans le Staffordshire a été donné à lady Sarah par le roi Henry IV. Ce bien lui appartenait en propre et elle pouvait en disposer pour qui lui plaisait. Quant à la qualité de bâtard que vous...

— C'est ridicule ! reprit lady Olivia. Le roi n'a pas pu vouloir récompenser la sœur de mon mari pour son libertinage.

— Dois-je vous rappeler, madame, que vous parlez de feue la duchesse de Sterlyng ? Vous ne contesterez pas à une si noble dame le droit de léguer son bien à qui bon lui semble. Et n'oubliez pas que le roi lui avait fait don de Rockbury en récompense de sa loyauté et de sa fidélité à sa cause au risque de se voir rejetée par sa propre famille. Or, le testament de lady Sarah ne présente aucune ambiguïté au sujet de la personne à laquelle elle destine Rockbury. Il s'agit de sa fille, Maria Elizabeth.

— Autant que nous sachions, cette enfant a péri.

— Il y a eu des rumeurs...

— Elles sont toutes fausses.

— Eh bien, en ce cas, Rockbury revient à la Couronne, conclut lord Roland, quittant la banquette près de la cheminée.

— Mais c'est impensable, monsieur ! déclara lady Olivia, les mains crispées sur sa ceinture dorée. La terre de Rockbury est à mon fils de droit. Et je vous assure qu'elle lui reviendra.

— Non, madame. Elle sera, je vous le répète, rattachée à la Couronne.

Quelques coups légers frappés à la porte échappèrent à l'attention de lady Olivia que la colère rendait sourde. Aussi fut-ce lord Roland qui répondit :

— Entrez !

Une jeune servante entra dans la salle, une jolie fille à la riche chevelure blonde relevée en chignon, qui gardait la tête baissée.

Lord Roland ne put s'empêcher d'admirer ce visage aux traits finement ciselés, au teint frais et à la peau transparente qui laissait à penser qu'elle aurait pu être de haute naissance si elle n'avait eu les mains rougies par les travaux.

Le juge porta de nouveau son attention sur lady Morley qui se tenait devant l'âtre, l'air furieux :

— J'avais eu l'espoir de trouver lady Maria chez vous et de l'informer de son héritage avant de poursuivre vers Chester.

Lady Morley, le visage blême, considéra un moment son interlocuteur en silence avant de répondre :

— Je suis désolée... comme je vous l'ai déjà dit, l'enfant n'a pas...

Puis, prenant conscience de la présence de la servante, elle lança :

— Sors d'ici ! Va-t'en !

La jeune fille tourna les talons et sortit de la pièce, refermant doucement la porte derrière elle. « Peut-être était-elle simplette ? » pensa lord Roland.

— Je ne voudrais pas vous empêcher de vous rendre à Chester, reprit lady Olivia en s'efforçant de ne pas laisser transparaître son agitation intérieure.

Si elle le gardait à Morley, se dit-elle en elle-même, elle réussirait peut-être à le convaincre des droits de Geoffrey sur Rockbury. Lord Roland pourrait ensuite convaincre la chambre des lords d'accorder Rockbury à son fils.

— Je vous en prie, monsieur, dit-elle en désignant les victuailles placées sur la table par Ria. Restaurez-vous avant de reprendre votre chemin. Chester est à plus de deux heures de Morley, mais, heureusement, le temps est agréable. Après un bon repas, vous serez en forme pour poursuivre votre voyage.

Ria, toute tremblante, se tenait derrière la porte de la salle. Elle n'avait pas réussi à entendre tout ce qui s'était dit derrière cette porte et elle avait des doutes même au sujet de ce qu'elle avait perçu. Peut-être avait-elle tout compris à l'envers ?

C'était cette crainte qui l'avait retenue de rentrer de nouveau dans la pièce, à moins que ce ne fût celle de se voir corriger pour impertinence si elle avait eu l'audace de s'adresser à l'hôte de sa tante.

Si elle avait bien compris les propos de ce dernier et qu'elle était censée recevoir un héritage de sa mère, elle avait tout son temps pour en être informée. Une journée ou deux d'attente ne changeaient rien au cours de toute une vie.

Et quel changement la sienne allait-elle connaître ! Elle aurait une maison à elle, pour la première fois, et elle ne se sentirait plus en trop, indésirable…

Ria descendit l'escalier d'un pas léger et entra dans la cuisine où, aussitôt, on lui mit dans les bras une corbeille de linge sale.

Elle sourit et prit le chemin du lavoir.

2.

Nicholas Hawken, marquis de Kirkham, disposa plusieurs pierres sur un rocher puis, ayant pris son fouet, il recula de vingt pas.

Brandissant le fouet, il en frappa successivement chacune des pierres qu'il fit tomber à terre.

Il s'impatientait. Au rythme où ils progressaient, lui et ses compagnons, ils n'atteindraient pas Kirkham avant deux jours. Et encore, à condition que les autres ne décident pas de rester ce soir au Tusk and Ale où les serveuses étaient belles et plus que complaisantes.

Peut-être se laisserait-il tenter par l'une d'elles, lui aussi, mais, pour le moment, cet exercice au fouet, qui demandait concentration et précision, réussissait parfaitement à dissiper son humeur mélancolique. Il y avait douze ans, en effet, jour pour jour, que son frère, Edmund, avait été tué en France, sur un champ de bataille gorgé de sang.

Les deux frères combattaient, côte à côte, sous le commandement du roi Henry en personne. Heureux de participer à la conquête de la France au bénéfice de la couronne d'Angleterre, ils n'avaient eu d'autre désir que de se distinguer par leurs faits d'armes et d'auréoler leur nom de gloire.

Nicholas aligna de nouveau les pierres et, comme le lui avait appris un noble Italien voilà déjà de nombreuses années, les renversa avec la même précision que la première fois.

Tout ceci était si vieux et tant de regrets s'étaient depuis accumulés ! C'était sa faute si Edmund avait été tué alors qu'il n'avait pas encore vingt ans. S'il ne l'avait pas persuadé de venir avec lui en France, Edmund, aujourd'hui, serait marquis de Kirkham et il aurait pour épouse lady Palton.

La pauvre Alice s'était abandonnée à son chagrin tandis que Nicholas, qui se jugeait tout à fait indigne du marquisat, en avait hérité.

Il se retourna brusquement et, d'un coup sec du poignet, enroula son fouet autour d'un tronc d'arbre. Se libérerait-il un jour du sentiment de culpabilité qui ne cessait de l'étreindre ?

Au fond de lui-même, il ne le croyait pas. Il savait que le remords le rongerait jusqu'à la fin de ses jours.

— Te voilà !

Il se retourna et vit venir vers lui deux de ses compagnons, conservant leur attitude gaie et enjouée malgré son air renfrogné.

— Lofton nous a envoyés à ta recherche, dit l'un d'eux.

— Il nous a chargés de te dire qu'il te réservait la petite blonde, dit l'autre.

— La blonde ? fit Nicholas en enroulant son fouet sur lui-même.

— La serveuse ! confirma le jeune homme en lui tapant dans le dos. Celle qui est toute fringante. Il sait que tu les aimes vives et peu farouches!

Nicholas, en vérité, s'en moquait. Elles pouvaient être blondes, brunes ou rousses. Ce qu'il recherchait, c'était l'oubli. Le commerce des femmes était pour lui une manière de s'étourdir, d'échapper aux fantômes qui le hantaient.

Relevant enfin les yeux, il eut son fameux sourire goguenard et regagna l'auberge avec ses amis.

Ria ne comprenait pas pourquoi, après tant d'années, l'on s'intéressait à l'enfant de Sarah Burton ? Personne ne s'était soucié de son sort depuis sa naissance, vingt-deux ans plus tôt. Que lui voulait-on à présent ?

Elle ne pensait que très rarement à elle-même comme la fille de Sarah ou la nièce d'Olivia. Elle avait l'impression de n'être personne, de sortir de nulle part... du moins depuis la mort de sa nourrice, Tilda, qui l'avait conduite au donjon d'Alderton lorsqu'elle s'était retrouvée orpheline.

C'était elle qui, la première, l'avait appelée Ria, mais lorsqu'elle n'avait plus été là pour le prononcer correctement, le diminutif de Maria était devenu une sorte d'onomatopée, de son rauque à peine formé qu'on lui jetait à la face comme un ordre.

Mais ce cauchemar s'achevait. Bientôt, elle ne serait plus l'anonyme d'Alderton. Elle porterait son nom, Maria Elizabeth Burton, jeune fille de haute naissance.

Et si elle était une enfant légitime, cela signifiait qu'elle avait un père...

Ria s'arrêta sur le seuil de la buanderie pour réfléchir à ce sujet. L'homme qui s'entretenait avec sa tante avait dit de sa mère qu'elle était duchesse de Sterlyng. Ça signifiait donc que son père était duc, duc de Sterlyng.

Ria entra dans la salle où régnait une odeur d'humidité et versa le contenu de la corbeille de linge dans le grand baquet rempli d'eau puis elle se mit à frotter chaque pièce de linge avec du savon noir avant de les frapper avec le battoir. Elle les rinça, ensuite, dans un baquet d'eau claire puis les suspendit à une corde tendue entre les murs.

Tout en travaillant, elle poursuivait sa réflexion. Pourquoi n'avait-elle jamais entendu parler du duc de Sterlyng ? Pourquoi son oncle et sa tante n'avaient-ils jamais évoqué le mariage de sa mère avec le duc ?

A moins qu'ils n'aient été au courant et aient choisi de la laisser dans l'ignorance de son héritage... peut-être, aussi, de son père ?

Elle ramassa la corbeille vide et retourna dans la cuisine où elle la déposa dans un coin. Constatant que le tas de bois près de la cheminée avait considérablement diminué, elle ramassa le lourd sac de corde qui servait au transport du bois et alla en chercher au bûcher pour ne pas donner une autre raison au cuisinier de la frapper.

Elle supportait la fatigue allègrement aujourd'hui car, dans quelques instants, on viendrait la chercher pour lui annoncer qu'elle était fille de duc. Elle sourit d'un air émerveillé. Ce qui lui arrivait dépassait tous ses rêves les plus fous.

Elle fit un tas de bois près de l'âtre et à l'entrée de la cuisine. Bien qu'on ne fût qu'au début de l'après-midi, elle commençait de s'inquiéter. Elle avait espéré qu'on l'appellerait à un moment ou un autre, mais le visiteur qu'elle avait vu en compagnie de sa tante ne semblait pas pressé de lui parler. Etait-ce possible qu'elle eût compris tout de travers ?

Non ! C'était impensable. Elle avait très bien entendu l'échange de propos. Et puis, personne ne contestait qu'elle fût la fille de Sarah. Sa mère avait été rejetée par les Morley lorsqu'elle avait pris le parti d'Henry de Lancastre alors qu'eux-mêmes soutenaient Richard d'York. Aussi son souvenir n'était-il jamais évoqué ; elle était considérée comme traîtresse.

Ria n'avait aucun doute au sujet de l'identité de sa mère. Or, elle venait d'apprendre de la bouche du visiteur qu'elle était duchesse et qu'elle tenait ce titre d'une terre nommée Rockbury.

Retrouvant confiance, soudain, elle décida d'aller dans le recoin sous l'escalier, qui lui servait de chambre, et de rassembler ses affaires. Non qu'elle en eût beaucoup, mais le peu qui lui appartenait était précieux à ses yeux.

Elle alluma une chandelle car il régnait une obscurité presque complète dans le petit espace humide qui lui était attribué. Il ne s'y trouvait qu'un grabat, sur lequel étaient soigneusement pliées une cotte élimée et une chemise en lin, ainsi qu'une sorte de table confectionnée par les soins de la jeune fille avec deux pierres et une planche de bois.

Elle jeta sur le grabat le châle qui lui couvrait les épaules et baissa le haut de sa robe avant de verser dans une cuvette l'eau contenue dans une cruche de terre ébréchée. Elle avait presque fini de se débarrasser de la crasse d'une journée de travail quand elle entendit le remue-ménage.

Elle avait pris l'habitude de ne pas prêter attention à l'agitation qui régnait autour du donjon à moins qu'elle ne la concernât directement, mais elle venait de prendre conscience soudain que c'était peut-être le visiteur de sa tante Olivia qui reprenait la route…

Sans elle !

Elle remit sa robe en place et noua le châle autour de ses épaules avant de s'élancer dans le passage voûté, sombre, qui conduisait à une entrée latérale du donjon. Si seulement elle pouvait atteindre les écuries avant le visiteur ! pensa-t-elle en se précipitant dehors.

— Ria !

La voix semblait tomber du ciel. Un rapide regard vers le sommet du donjon lui permit de vérifier que sa tante l'observait de l'une des étroites fenêtres de sa chambre.

— Où cours-tu ainsi ? Retourne immédiatement dans la cuisine.

Ria ignora sa tante et poursuivit son chemin vers l'écurie à l'entrée de laquelle elle trouva son cousin Geoffrey Morley et le jeune Thomas Newson, le fils d'un baron du voisinage. Bien que les cadets de Ria de quelques années, ils étaient beaucoup plus grands et forts qu'elle. Ils posèrent un regard indolent sur elle.

— Où est-il ? s'écria la jeune fille. Comment a-t-il pu partir aussi vite ?

— De qui parles-tu ? demanda Geoffrey, feignant l'ignorance.

— Du gentleman qui est venu voir ta mère ! Il n'est pas parti ?

— Dis-moi en quoi ça te regarde ? gronda Geoffrey en avançant vers Ria.

Thomas imita son mouvement si bien que les deux jeunes gens l'entourèrent, la repoussant à l'intérieur de l'écurie. Elle lança un regard autour d'elle. Il n'y avait personne dans la cour… et quand bien même eût-ce été le cas, aucun des domestiques de lady Morley ne serait venu à son aide.

— C'est toi, précisément, que cela ne regarde pas, répondit Ria en pointant le doigt sur la poitrine du jeune homme.

Elle ne l'avait jamais aimé, surtout depuis ces derniers temps où il avait beaucoup changé et lui tournait autour avec, de toute évidence, de mauvaises intentions. Elle était toujours sur ses gardes lorsqu'il se trouvait à proximité.

— Où est le noble seigneur qui a rendu visite à ma tante ? insista-t-elle en essayant de ne pas montrer sa peur. Vous le savez ! J'en suis certaine !

— A mon avis, il est par là…, fit Thomas en lui saisissant le bras.

Il l'entraîna plus profondément dans l'écurie et la poussa à l'intérieur d'un box.

— Tiens ? Il n'y a plus de cheval ! railla-t-il en se moquant effrontément de la jeune fille. C'est pourtant bien là que se trouvait la monture de l'homme dont elle parle, n'est-ce pas, Geoffrey ?

Ria libéra son bras et se tourna vers la porte, mais Geoffrey lui interdit le passage tandis que Thomas l'attrapait par son châle et la tirait en arrière. La voyant déséquilibrée, Geoffrey la renversa à terre.

— Laissez-moi, vauriens ! cria-t-elle en leur décochant des coups de pieds pour les empêcher d'approcher.

— Tiens-la ! dit Thomas.

Une angoisse terrible l'étreignit, mais elle ne voulut pas se laisser paralyser par elle et se débattit autant qu'elle put contre les deux garçons qui tentaient de l'immobiliser.

Quand Geoffrey s'étendit sur elle alors que Thomas lui tenait les poignets au-dessus de la tête, elle le mordit à l'oreille avec une telle férocité qu'il poussa un cri. Devant la douleur de son ami, Thomas marqua un temps d'hésitation, dont Ria profita pour se libérer.

S'étant relevée, elle enjamba Geoffrey qui hurlait en se tenant la tête à deux mains et se précipita hors du box. Thomas s'élança derrière elle et la rejoignit alors qu'elle allait franchir le seuil de l'écurie.

— Tu vas répondre de ton acte, mauvaise fille, dit-il en la plaquant contre le mur. Il y a assez longtemps que tu te tortilles devant moi, tu vas voir qu'il ne faut pas jouer avec les hommes.

Il lui saisit le visage entre les mains et se pencha sur elle pour l'embrasser, mais quand elle sentit son haleine brûlante, elle lui décocha un violent coup de genou qui le fit se tordre en deux.

Elle était débarrassée de ses deux agresseurs, mais pour bien peu de temps. Dès qu'ils se seraient remis des mauvais traitements qu'elle leur avait infligés, ils s'acharneraient sur elle jusqu'à ce qu'ils arrivent à leurs fins. Personne, à Morley, ne prendrait sa défense. Il était temps de fuir ce donjon maudit !

Le vol d'un cheval était puni de la pendaison, mais elle n'en avait cure. Elle se précipita dans le premier box et, ayant escaladé le muret, passa une jambe au-dessus de la jument qui n'était pas sellée et sur laquelle elle dut s'asseoir à califourchon.

Un instant après, elle traversait la cour au galop et s'élançait sur la route. Elle n'avait qu'une destination qu'elle répétait dans sa tête et dans son cœur : Rockbury !

3.

Lord Kirkham sourit paresseusement en réponse à une plaisanterie douteuse lancée par l'un de ses compagnons, noble mais propre-à-rien. Ils approchaient enfin du château de Kirkham où ils s'apprêtaient à passer un mois de festivités après leur vie londonienne.

Or, Kirkham ne manquait pas d'imagination quant à l'art et la manière de se distraire.

Son ardeur à la chasse et au combat, son amour de la bière et du sport en chambre, son habileté avec un fouet et son tempérament querelleur avaient forgé de lui une légende qui s'était répandue à travers tout le royaume.

— Donne-moi ta bouteille, Lofton, dit-il en se tournant vers son compagnon. La mienne est vide.

Il la jeta dans le bas-côté du chemin puis prit celle que lui tendait Lofton.

— Que diriez-vous d'une course jusqu'à Kirkham ? Le dernier paie la tournée dans la taverne ?

Nicholas, après avoir bu un grand trait de bière, se cala dans sa selle.

— Tu es prêt ? lui demanda Lofton, à qui il rendait la bouteille.

— Oui, mais j'ajoute que le gagnant pourra s'offrir la plus jolie servante du château.

— Excellente idée, fit Lofton. Allons-y !

Ils partirent tous ensemble avec la même promptitude que si un drapeau venait de s'incliner pour indiquer le début d'un tournoi.

Nicholas éperonna son cheval et lui empoigna la crinière tandis qu'il se lançait au galop côte à côte avec deux de ses compagnons en plus de Lofton. Les autres, à moitié ivres et ne pouvant galoper de front avec les premiers en raison de l'étroitesse du chemin, suivirent à un rythme moins rapide, riant et plaisantant entre eux.

Lofton se tenait au milieu des deux autres cavaliers, chacun poussant sa monture jusqu'à ses dernières limites. La distance les séparant de Kirkham était encore assez longue et suffisante pour épuiser un cheval à cette vitesse s'il n'avait pas une bonne résistance.

Nicholas, confiant dans le sien, l'encourageait sans crainte et commençait de prendre de l'avance quand il aperçut un cavalier, au loin, à l'endroit où leur chemin croisait la route traversant le comté d'est en ouest.

Apeuré, sans doute, par les trois cavaliers arrivant sur son côté au grand galop, le cheval, qui était monté par une femme, se cabra, jetant sa cavalière au sol.

Nicholas tira sur les rênes tandis que ses deux compagnons évitaient de justesse la cavalière qui gisait, inanimée. Il sauta à terre et se précipita vers elle.

Vêtue d'une robe de soie bleue, elle ne pouvait être que d'extraction noble. Ses longs cheveux blonds formaient comme une auréole autour de son visage jeune et joli. Ses longs cils sombres dessinaient une ombre sur ses joues et ses sourcils formaient des arcs parfaits au-dessus des yeux. Elle avait un petit nez charmant et des lèvres généreusement ourlées qui semblaient faites pour recevoir et donner des baisers.

— Damoiselle ? appela Nicholas.

Il reçut pour toute réponse un faible gémissement qui le troubla tant il était proche des soupirs qu'une bouche aussi exquise devait laisser échapper en des circonstances très différentes.

Cependant, une impression d'innocence et de pureté se dégageait de la jeune fille, qui aurait dû inspirer chez lui bien plus un désir de protection que celui de conquête.

Il s'efforçait de chasser la pensée inconvenante qui avait traversé son esprit quand il se rendit compte que les jeunes gens qui s'étaient laissé distancer dans la course l'avaient rejoint et, qu'ayant mis pied à terre, ils l'entouraient ainsi que la jeune fille toujours étendue et inerte.

Les entendant rire et faire des commentaires sur la jeune personne qui semblait lui être offerte en récompense de sa prouesse équestre, il leur dit avec humeur :

— Continuez vers Kirkham. Je m'occupe de cette jeune fille et vous y rejoins après.

— Une jeune fille ? répéta l'un des garçons.

— Elle n'est pas de ta maison ? demanda un autre.

— Poursuivez votre chemin, répondit-il en se retournant.

Puis, s'efforçant d'être plus aimable, il ajouta :

— Des lits ont été préparés pour vous tous. Allez vous reposer. Nous nous retrouverons dans une heure pour le début des festivités. Et maintenant, laissez-moi, je vous prie.

Les jeunes gens se retirèrent avec regret alors que la jeune fille gémissait de nouveau et remuait légèrement. Nicholas distinguait son pouls qui battait à la base de son cou délicat et déjà il imaginait ses lèvres contre cette peau blanche...

— Damoiselle, répéta-t-il en lui glissant la main sous la tête.

Elle ouvrit brusquement les yeux et, sans un soupçon d'hésitation, décocha un coup de poing si fort dans le menton de Nicholas qu'il tomba sur son séant. La mâtine en profita pour se redresser mais, quand elle essaya de marcher, elle retomba à terre avec un cri.

Nicholas se félicita d'avoir prié ses amis de poursuivre leur chemin. Ainsi n'avaient-ils pas été les témoins de sa mésaventure. Tandis qu'il se faisait cette réflexion, la jeune fille, elle, pestait contre la mère « qui aurait dû noyer son vaurien de fils dès sa naissance ».

Puis, se mettant à quatre pattes, elle s'éloigna en direction de sa jument qui paissait à quelque distance.

— Vous frappez ainsi tous les hommes que vous rencontrez ? demanda Nicholas en la regardant se mouvoir avec un intérêt non déguisé. Ou suis-je le seul à jouir de ce traitement ?

— Je le réserve aux crétins de votre espèce qui terrorisent les campagnes avec leurs folles cavalcades.

Nicholas fronça les sourcils. Personne n'avait jamais osé lui parler en ces termes ni sur ce ton.

— Allez-vous-en ! s'écria-t-elle en lui lançant par-dessus l'épaule le plus extraordinaire regard qu'il n'eût jamais vu.

Il se souvenait vaguement d'avoir déjà rencontré une fois de tels yeux ambres mais était incapable de dire en quel lieu et à quelle époque.

La colère qui régnait dans leur expression, et leur couleur si singulière, effacèrent le courroux qui s'était emparé de lui, et il se plut à imaginer le reflet qui y naîtrait s'il lui était permis de posséder cette jeune personne et de la conduire sur les cimes de la jouissance comme il savait si bien le faire.

Il ne fallait pas croire, cependant, qu'il réussirait à la séduire comme n'importe quelle serveuse de taverne habituée à la bagatelle et toujours disposée à se laisser aimer. Non, cette beauté aux cheveux d'or était difficile à cerner. Elle était fraîche et délicate comme une pucelle, et, en même temps, aussi sûre de soi et douée de répartie que la plus rouée des courtisanes. Ah, il eût donné cher pour découvrir auquel de ces deux types féminins elle appartenait vraiment...

— Etes-vous blessée ? demanda-t-il en se relevant.

Ria se retourna et le regarda d'un air circonspect. En effet, elle était blessée et doutait de pouvoir marcher, mais pouvait-elle faire confiance à cet homme ?

Il était certes richement vêtu et avait les attitudes d'un homme rompu au combat, mais il sentait la bière et, par certains côtés, faisait penser à un débauché.

Son regard gris s'assombrit alors qu'il la fixait et elle comprit qu'elle ne pourrait pas s'en débarrasser avec un simple coup de genou bien placé. Bien qu'il donnât de lui une apparence d'indolence, elle sentait qu'il était d'une nature différente de ce qu'il laissait paraître.

Il avait des cheveux bruns, presque noirs et assez longs, qui lui donnaient un aspect sensuel ; un nez droit, assez fort et présentant une légère bosse sur l'arête où il avait dû être cassé ; et une architecture de visage assez marquée, ce qui lui aurait conféré un air de dureté si ses lèvres n'avaient pas été aussi généreuses.

Ria se passa nerveusement la langue sur les lèvres en se demandant si elle n'aurait pas dû lui présenter des excuses pour l'avoir frappé. Elle aurait besoin de lui pour la guider vers Rockbury dont elle avait appris, dans le dernier village qu'elle avait traversé, qu'il n'était plus très éloigné.

— Je me suis tordu la cheville, répondit-elle enfin, mais si vous vouliez seulement...

— Laissez-moi voir, interrompit Nicholas.

— Non, messire.

Ria n'avait pas l'intention de se laisser diriger par cet homme ou tout autre. Elle avait fui sa famille, qui l'asservissait, et personne ne l'empêcherait d'atteindre Rockbury, pas plus Geoffrey Morley, son pleurnicheur de cousin, que ce seigneur à la virilité si affirmée. Elle découvrirait la vérité sur ses origines même si elle n'avait pas bien compris les propos tenus devant elle par sa tante et son visiteur.

Tirant sa robe sur ses chevilles, elle s'en fut sur les mains et les genoux, mais n'avait pas parcouru dix mètres que l'homme la saisit par l'épaule.

— Où vous sauvez-vous ? demanda-t-il en la retournant sur le dos.

Elle resta immobile, le regard levé sur cet étranger qui ne sentait pas que la bière mais aussi le cheval et le cuir. Des favoris sombres lui encadraient le visage, accentuant les fossettes qui lui creusaient les joues.

Il pesait sur elle de tout le poids de son grand corps musclé, et une sensation aussi étrange que nouvelle envahissait Ria... Lorsqu'elle fut parcourue par un frémissement, le regard de l'homme devint noir.

Elle était incapable de bouger et sa respiration était bloquée, tout comme ses deux bras qu'il lui maintenait solidement de chaque côté du corps.

Leurs souffles se mêlaient ; elle sentait le frottement de sa poitrine contre la sienne, et un picotement singulier courait sous sa peau, allait de la pointe de ses seins à son ventre, ses cuisses...

Il passa une main sous les reins de Ria qui remua, laissant échapper un gémissement, un son rauque qui montait de la gorge. Enveloppant alors la jeune fille dans ses bras puissants, il amena une jambe entre les siennes, et plongea le regard dans les grands yeux ambres qui le fixaient, comme hypnotisés. Se serrant un peu plus fort contre Ria, il entra en contact avec la partie la plus intime de son corps, et la jeune fille eut la sensation d'un métal en fusion courant dans ses veines.

Offensée par son geste, elle le repoussa de toutes ses forces. Il n'opposa aucune résistance et elle en profita pour s'asseoir, repliant les jambes sous elle.

— Mon cheval, s'il vous plaît, monsieur, demanda-t-elle lorsqu'elle eut recouvré sa respiration. Si vous pouviez avoir l'amabilité de m'aider à monter sur ma jument, je reprendrais mon chemin...

Nicholas ne réagit pas. Il n'avait jamais forcé aucune femme à se donner à lui contre son gré, mais celle-ci était différente de toutes les autres. Il savait qu'elle n'était pas insensible au contact de ses mains. Elle portait, d'ailleurs, encore les traces de sa confusion dans le regard et dans la voix.

Des brins d'herbe dans ses cheveux blonds et des taches humides dans le bleu profond de sa robe de soie lui donnaient l'allure d'une femme à qui l'on venait de donner pleine satisfaction alors qu'il ne s'était à peu près rien passé.

Nicholas fronça les sourcils. Il ne pouvait croire qu'il avait perdu son doigté. Bientôt, se jura-t-il, cette fille ploierait entre ses bras, frémissante et amoureuse.

Elle avait des rondeurs attrayantes et son corps svelte épousait parfaitement le sien avant qu'elle n'eût un sursaut de conscience et le repoussât. Il avait eu l'intention, au même moment, de lui arracher le vilain châle qui lui couvrait les épaules et la gorge, mais il n'en avait pas eu le temps.

Contrairement à son indifférence habituelle à l'égard des femmes, il était curieux de savoir d'où venait celle-ci et ce qui l'avait conduite sur ses terres, montée sur une vieille jument, sans selle et sans bagage ?

Autant qu'il pût en juger, elle n'avait d'autres vêtements que ceux qu'elle portait et pour seul bijou un médaillon en or pendu à son cou par une chaîne du même métal. S'agissait-il d'une maîtresse répudiée ou d'une jeune pucelle innocente abandonnée par son protecteur ?

Il sourit en lui-même. Il était évident qu'elle ne savait où aller, et comme il souhaitait mieux la connaître, il la garderait avec lui.

— Non, répondit-il enfin laconiquement.

La jeune femme écarquilla des yeux immenses.

— Je vous en prie, monseigneur, dit-elle en se dressant sur les genoux. Monseigneur…

— Vous allez venir avec moi à Kirkham où l'on soignera votre cheville.

— Mais je…

— J'y tiens absolument, interrompit-il avec fermeté. Après tout, si vous avez fait cette chute, c'est ma faute. Il n'est que trop normal que je vous offre l'hospitalité.

Sur ces mots, il se leva et aida la jeune fille à en faire autant. Assurément sous la surprise de ce qu'il venait de lui proposer, elle le regardait avec étonnement et n'osait rien dire. Il la jucha sur un rocher puis lui amena la jument sur laquelle elle réussit à s'asseoir tandis qu'il la maintenait à l'arrêt.

— Vous montez sans selle ? demanda-t-il en s'installant sur son gris rouan.

Ria fut tentée de lancer sa jument et d'échapper à ce jeune seigneur un peu trop entreprenant, mais où serait-elle allée ? Voilà deux jours qu'elle chevauchait sans repos et sans ravitaillement, deux jours interminables où elle avait craint à tout instant d'être rejointe par Geoffrey Morley.

Et puis, elle n'était pas certaine de vouloir dire à lord Kirkham qui elle était, ni quelle était sa destination…

— Venez avec moi, ordonna-t-il d'une voix chaude et amicale. La nuit tombe et nous ne sommes pas encore arrivés au château. Je veillerai à ce que l'on vous soigne et vous serve un bon dîner chaud.

Ria, qui avait appris depuis sa plus tendre enfance que la parole était d'argent et le silence d'or, choisit de se taire pendant tout le chemin. La perspective d'un repas était plus que réconfortante et elle ne doutait pas de trouver une servante à laquelle elle pourrait demander discrètement de lui expliquer la route jusqu'à Rockbury.

S'efforçant de se tenir bien droite sur sa jument, elle arborait une expression hautaine pour que Kirkham ne la prît pas pour une fille qui se laisserait trop facilement flatter et séduire. Elle serait bien mieux protégée contre ce jeune et beau seigneur, qui semblait très attaché aux plaisirs de ce monde, en se faisant passer pour une jeune femme de haute naissance, habituée aux égards.

Quant à Nicholas, s'il gardait également le silence, ce n'était pas pour admirer le paysage. Il ne pouvait, en effet, détacher son regard de la jeune fille qui chevauchait près de lui, fasciné autant par le mystère qu'elle représentait que par sa beauté.

Elle avait le parler d'une aristocrate, mais elle soutenait son regard d'une manière qui manquait singulièrement de pudeur. Ses cheveux blonds et ses traits fins étaient ceux d'une jeune fille bien née, mais elle avait les mains rouges et abîmées d'une servante. Elle n'était pas très bonne cavalière et montait sans selle une vieille jument qu'aucun baron ni même vavasseur n'aurait donné à sa fille. Mais Nicholas savait qu'un vilain était dans l'incapacité de s'acheter un cheval quel qu'il fût, même vieux et boiteux.

A moins qu'elle n'eût volé cette jument ?

Mais c'était sans importance. N'était-il pas le seigneur du lieu et à ce titre ne rendait-il pas la justice ? Comme pour s'en convaincre, il déclara soudain :

— Je suis Nicholas Hawken, marquis de Kirkham.

La jeune fille avait le regard dirigé droit devant elle.

— Je suis très honorée, monseigneur.

Nicholas sourit. Elle n'avait pas l'intention de lui révéler son nom.

— Vous traversez mes terres.

— Je vous en demande pardon, marquis. J'ignorais où je me trouvais.

— Vous ne m'avez toujours pas dit votre nom ?

Elle resta muette, admirant le paysage. Pourquoi retardait-elle ainsi le moment où elle révélerait son identité, s'interrogea Nicholas, puisqu'il faudrait bien qu'elle avouât son nom à un moment ou un autre ? Fuyait-elle sa famille ? Avait-elle commis un acte répréhensible et craignait-elle de n'être arrêtée ?

— Je suis Maria de Staffordshire, répondit-elle enfin.

— Pas de diminutif ? demanda-t-il.

— Non, messire.

Nicholas ne l'interrogea pas davantage. Dès qu'elle serait installée à Kirkham, il enquêterait à son sujet dans les provinces voisines.

4.

Lord Kirkham avait remarqué la rougeur de ses mains, aussi Ria essayait-elle de les dissimuler à son secrétaire qui lui bandait la cheville dans une chambre près de la chapelle, une vaste pièce ouvrant par des fenêtres à meneaux sur un jardin où commençaient d'apparaître les premières pousses printanières.

Le teint pâle et les cheveux d'un blond presque blanc, Henric Tournay présentait des yeux sombres et profonds qui ressortaient particulièrement dans la transparence de son teint. Ses mains, blanches également, moites et froides comme une peau de serpent, étaient d'un contact repoussant.

— Votre foulure est sérieuse, mademoiselle, énonça-t-il. Il ne faut pas prendre appui sur votre pied avant plusieurs jours.

— Mais c'est impossible, dit Ria en lançant un regard vers le ciel qui s'assombrissait. Je dois poursuivre ma route au plus tard demain matin.

Tournay leva les yeux au plafond et haussa les épaules.

— C'est à vous seule de décider, milady, mais lord Kirkham…

Des éclats de rire au loin l'interrompirent. Il tourna la tête vers la porte donnant sur le hall d'où parvenaient des voix masculines. Soudain, des instruments de musique se mirent à jouer et les voix entonnèrent des chants.

Ria se mordit la lèvre. Comment pourrait-elle sortir du château sans être vue des hôtes de lord Kirkham ? Elle n'était pas du tout à sa place ici…

A peine eut-elle formé cette réflexion qu'elle s'insurgea contre son pessimisme. Si elle était réellement la fille de Sarah Burton, elle n'avait aucune raison de se sentir mal à l'aise au milieu de jeunes seigneurs. Ne s'amusait-elle pas, d'ailleurs, depuis de nombreuses années à imiter Cecilia dont elle savait parfaitement contrefaire la voix et les attitudes très nobles ? Elle avait si souvent tenu le rôle de servante auprès de sa cousine et de sa tante qu'elle en avait depuis longtemps assimilé toutes les manières.

Cependant, quelque chose en elle s'insurgeait à la pensée de ne pas dire la vérité à lord Kirkham, et elle s'interrogeait sur la raison de ce scrupule.

On frappa légèrement à la porte et le secrétaire se leva aussitôt pour ouvrir à un chevalier de forte carrure qui lança un regard timide à Ria.

— Lord Kirkham m'envoie chercher la demoiselle pour la porter dans sa chambre.

— Très bien, sir Gyles. Je vais vous éclairer en chemin.

Comprenant qu'ils ne traverseraient pas la grande salle, où la fête battait son plein, s'ils devaient être précédés d'une lumière, Ria n'eut aucune appréhension lorsque le chevalier la souleva dans ses bras.

Il suivit Tournay le long d'un passage voûté puis dans un étroit escalier à vis jusqu'à son sommet où ils s'engagèrent dans un autre corridor sombre.

Le secrétaire s'arrêta enfin devant une porte de chêne massif qu'il fit tourner sur ses énormes gonds. Sir Gyles y pénétra et déposa doucement Ria sur une chaise près de la cheminée où brûlait un feu, tandis que Tournay plaçait le candélabre sur une table.

— Je vous fais porter immédiatement un plateau pour votre dîner, milady, dit le secrétaire tandis que sir Gyles se retirait. Lord Kirkham m'a chargé de vous dire que tout vêtement à votre convenance contenu dans ces coffres est à votre disposition.

Il désigna de grands coffres près d'une table portant une cuvette et un broc puis se retira à son tour.

Lorsqu'elle fut seule, Ria essaya de se dresser sur ses jambes mais la douleur dans sa cheville fut telle qu'elle se laissa retomber sur la chaise.

Il était impossible de faire reposer le poids de son corps sur sa jambe blessée. Il lui fallait un support... Elle se dressa sur une seule jambe, cette fois, et, à cloche-pied, se rendit jusqu'à l'autre chaise, de l'autre côté de l'âtre, sur laquelle elle s'appuya comme sur une béquille.

Elle n'avait pas d'autre solution que de se déplacer à l'aide d'un bâton ou soutenue par un domestique, mais rien ne l'empêcherait de poursuivre son voyage jusqu'à Rockbury.

Là, tout s'arrangerait... à condition, bien sûr, qu'elle eût correctement entendu et qu'elle fût bien Maria Burton.

Mais n'avait-elle pas le lointain souvenir d'avoir entendu Tilda l'appeler Maria avant de la surnommer Ria ?

Elle se regarda dans un miroir d'étain suspendu à un crochet et constata que son état était pire encore qu'elle ne l'avait imaginé. Jamais elle ne réussirait à se faire passer pour une femme d'extraction noble.

Un bruit de pas interrompit la réflexion de Ria qui vit entrer deux servantes dans la chambre. L'une portait un plateau sur lequel étaient disposées des victuailles et de la boisson, l'autre un nécessaire à toilette.

Elles déposèrent l'une son plateau, l'autre les objets qui encombraient ses bras puis elles firent la révérence avec beaucoup de courtoisie.

— Lord Kirkham craignait que vous n'ayez quelques difficultés à vous déplacer, dit l'une d'elles.

— Aussi nous a-t-il envoyées pour vous aider, ajouta l'autre.

Nicholas Hawken allait et venait dans sa chambre, un parchemin à la main qui venait de lui être remis par Tournay. Il avait été apporté à Kirkham quelques heures avant son retour et il découvrait avec stupeur les accusations qui y figuraient.

Comme il était regrettable que la preuve de la trahison, une lettre au duc d'Alençon, eût été perdue !

Depuis des années, il se faisait passer pour un jeune homme léger et superficiel, ne pensant qu'à boire et s'amuser, et l'on attribuait ce comportement à la perte de son frère en France.

Même son secrétaire était dupe.

Il pouvait ainsi glaner des informations pour le compte de la couronne d'Angleterre et servir ses intérêts en France pour parvenir le plus rapidement possible à la paix et, ainsi, épargner la vie de nombreux Anglais.

Plus personne ne devait mourir comme Edmund !

Et pour asseoir le roi d'Angleterre sur le trône de France, il n'avait pas craint de jouer les ivrognes. Traité par ses pairs avec condescendance, il n'inquiétait nullement, partout où il allait, et obtenait des informations pour le compte du duc de Bedford, régent de France.

En un mot, il servait d'espion au duc qui lui confiait des missions tantôt dangereuses, tantôt distrayantes.

Cependant, au cours des derniers mois, des renseignements non négligeables avaient été transmis au dauphin de France, qui résidait à Chinon, ce qui avait eu pour conséquence des accrochages entre les deux armées qui avaient tourné à l'avantage des Français.

Il fallait au plus vite intervenir pour empêcher que d'autres informations passent à l'ennemi, sinon les intérêts de l'Angleterre en France seraient gravement compromis.

Nicholas baissa les yeux sur le parchemin. Aussi incroyable que ce fût, il y était écrit en toutes lettres que John Burton, duc de Sterlyng, avait transmis au duc d'Alençon des indications sur les effectifs de l'armée anglaise à Orléans.

Comment était-ce concevable ? La réputation de Sterlyng était au-dessus de tout soupçon. Les origines de sa famille remontaient à l'époque du Conquérant et lui-même avait été le proche conseiller d'Henry V ainsi que de son père. Aujourd'hui encore, le duc siégeait au conseil qui devait gouverner l'Angleterre jusqu'à ce que le jeune Henry fût en âge de régner.

Sterlyng, en outre, était le meilleur ami du duc de Bedford ainsi que son plus proche conseiller. Si sa trahison était avérée, ce serait un coup terrible porté au duc et à tous les chevaliers se battant pour la cause anglaise.

Nicholas jeta le parchemin au feu et croisa les mains dans son dos. Il avait invité à Kirkham quelques dizaines de chevaliers pour les conduire à la confidence et leur arracher leurs secrets. Lorsque le vin coulait à flots et que les filles n'offraient plus aucune résistance, il parvenait souvent à recueillir l'information dont il était en quête.

Il avait, à présent, le renseignement qu'il cherchait depuis longtemps à obtenir, mais encore fallait-il vérifier que ce qu'il avait lu au sujet de Sterlyng était bien fondé. Une missive portant un morceau du cachet du duc n'était pas une preuve suffisante pour la lui attribuer avec certitude.

Avant d'accuser le duc d'un tel crime, il devait réunir des preuves irréfutables contre lui. La plupart de ses hôtes, ce soir, connaissaient Sterlyng. L'un d'entre eux aurait sans doute connaissance de quelque information…

Il but une gorgée de bière qu'il fit tourner dans sa bouche avant de la recracher dans un bassin près de son lit. Il ne lui restait plus qu'à faire semblant d'être ivre, point n'était nécessaire de boire jusqu'à en perdre la tête.

Il sortit de sa chambre pour gagner la salle des chevaliers qui retentissait de cris, de rires et de musique, mais ses pensées se tournèrent au même moment vers la jeune fille qu'il avait secourue sur la route.

Il eut envie de demander à Tournay comment elle allait et s'il avait pu la soulager de sa douleur. Mais il n'avait aucune raison de ne pas le vérifier par lui-même. Le regard magnifique de cette jeune inconnue méritait bien qu'il se détournât quelques instants de son devoir.

D'ailleurs, sa chambre était à côté de la sienne. Une visite en chemin ne lui prendrait pas beaucoup de temps.

Ria se découvrait avec étonnement dans le miroir que l'une des servantes tenait devant elle tandis que l'autre achevait son chignon très élaboré. Il ne lui avait jamais été donné de se contempler dans une glace assez grande pour refléter tout son visage ni d'avoir les cheveux aussi savamment coiffés.

L'une des servantes l'aida à retirer sa robe alors que l'autre fouillait dans les coffres d'où elle sortit une fine tunique de lin et deux très belles robes qu'elle étendit sur le lit.

— Vous avez le choix entre la verte et l'orange, milady. Les deux iront parfaitement à votre teint.

Ria tourna les yeux vers les robes qui lui semblèrent somptueuses. L'une était taillée dans un velours d'un vert riche et profond comme une forêt au crépuscule, et ornée d'hermine au col et aux hanches ; l'autre, de couleur rouille, était ornée de pompons dorés et d'une ceinture du même ton, et présentait des manches amples et une traîne de soie jaune.

— Je préfère les tons d'automne, dit une voix mâle.

Ria se retourna et vit lord Kirkham qui se tenait à quelques mètres d'elle. Trop préoccupée par le choix des robes, elle ne l'avait pas entendu entrer dans la chambre.

— Laissez-nous ! ordonna-t-il aux servantes.

Ria ouvrit la bouche pour protester, mais les deux servantes s'empressaient déjà d'obéir sans lui laisser le temps de s'interposer. Sous le regard insistant de lord Kirkham, qui l'observait de la tête aux pieds, elle se sentait indécente dans sa cotte légère qui laissait voir ses épaules et la naissance de sa poitrine.

Comme il s'approchait d'elle, elle leva les mains et s'en couvrit la poitrine pour dérober sa peau nue à ses regards.

— Vous étiez très belle, étendue sur la route, avec vos cheveux épars et votre robe souillée de boue, chuchota-t-il, mais, à présent, vous êtes plus merveilleuse encore...

5.

Elle était la même, en réalité, que celle qu'il avait rencontrée en chemin, et il s'en rendait bien compte. Il n'avait que la liberté d'apprécier, à présent, son teint lilial et la finesse de ses traits que sa nouvelle coiffure dégageait.

— Milord, fit Ria d'une voix mal assurée en relevant le menton pour le défier du regard.

Mais elle savait qu'il avait perçu le léger tremblement dans sa voix. Il la rendait nerveuse…

Satisfait de son effet sur la jeune fille, il sourit et inclina légèrement la tête de côté.

— Moi, je préfère la verte, dit-elle avec une pointe d'impertinence, mais si vous préférez l'autre…

Elle prit la robe rouille et la plaça devant elle.

Nicholas fut un moment immobile et muet. La jeune femme présentait un étrange mélange de naïveté et d'autorité. Derrière sa façon de le traiter d'égale à égal, il sentait un certain malaise dans son comportement et, pour la première fois depuis des années, il ne savait quelle attitude avoir avec une femme.

Au lieu de franchir la distance qui les séparait et de voler un baiser à la jeune fille comme il l'aurait fait dans n'importe quelle autre circonstance, il restait figé, incertain quant à son prochain geste ou sa prochaine parole.

Elle gardait les bras croisés sur la poitrine et hésitait, se demandant si elle pouvait se permettre de congédier lord Kirkham alors qu'elle était son hôte.

— Vous avez eu la courtoisie de mettre à ma disposition deux servantes, monseigneur, dit-elle en relevant fièrement la tête. Vous seriez infiniment aimable de les rappeler...

Lord Kirkham haussa les épaules.

— Nous n'avons pas besoin d'elles.

Ria s'efforça de dissimuler sa stupeur.

— Au contraire, messire, dit-elle en relevant le nez d'un air altier. J'ai besoin d'elles plus que vous ne le pensez.

Il esquissa un sourire.

— Je vous en prie, dites-leur de revenir auprès de moi, insista-t-elle en indiquant la porte de la main.

L'expression de Nicholas s'assombrit, et Ria, la poitrine oppressée, craignit d'avoir commis une erreur fatale, mais il s'adoucit bientôt et consentit à sortir de la chambre.

De crainte qu'il ne changeât d'avis et revînt dans la pièce, elle marcha à cloche-pied jusqu'au lit où, soulevant la robe couleur de feuille morte, elle essaya de l'enfiler. Mal lui en prit : elle l'accrocha dans les épingles de sa coiffe.

— Mon Dieu ! s'écria l'une des servantes qui venaient de rentrer dans la chambre. Laissez-moi vous aider, milady !

Elle se précipita vers Ria et l'aida à se libérer de la robe qu'elle lui fit enfiler ensuite correctement. Puis, avec l'aide de la jeune fille, qui était impatiente d'être vêtue, elle la boutonna de haut en bas et en noua chaque lacet.

Ria, en vérité, ne savait pas comment agir avec le marquis de Kirkham dont le comportement changeait d'un instant à l'autre. Tour à tour menaçant, séducteur, courtois, familier, distant, il ne cessait de changer d'attitude, et laissait la jeune fille dans un profond désarroi. Etait-ce là la façon normale de traiter les femmes dans la noblesse ?

Son observation des hôtes d'Alderton ne lui avait pas permis de tirer des conclusions très précises sur ce sujet. Elle comprenait seulement que l'effet exercé sur elle par lord Kirkham était considérable et ne ressemblait en rien à ce qu'elle avait éprouvé auparavant en présence de nobles visiteurs. Elle devinait qu'il était dangereux, non pas comme son cousin Geoffrey ou Thomas, mais d'une façon beaucoup plus subtile et donc redoutable.

Nicholas n'était pas d'humeur à jouir de la fête, ce soir-là. Il présidait en silence la grande table dressée au milieu de la vaste salle et observait du coin de l'œil ses pairs qui se livraient à leurs bruyants plaisirs.

Il n'avait aucune envie de partager leur joie. En effet, dès qu'il se retrouvait à Kirkham, dont il était le seigneur, à présent, il était rongé par le remords comme aux pires moments qu'il avait connus depuis la mort de son frère.

C'était sa folle envie de lutter pour le roi Henry qui l'avait entraîné à convaincre son frère de partir guerroyer en France. Edmund y avait trouvé sa tombe, un trou, sur le bord d'un chemin, qu'aucune stèle ne signalait.

Après le drame, Nicholas n'avait pas eu le cœur de rentrer en Angleterre où il savait son père anéanti par la mort de son fils aîné ainsi que la fiancée d'Edmund.

Fou de douleur, il avait erré plusieurs années par le continent avant de revenir enfin en Angleterre où il avait appris que son père venait de mourir.

Rien n'avait changé à Kirkham depuis qu'il l'avait quitté, et il n'avait, d'habitude, aucune peine à imaginer son père et Edmund sous les hautes voûtes de la salle des chevaliers, mais, ce soir, c'était impossible. Leurs fantômes, s'ils erraient par là, devaient être horrifiés par la scène qui s'offrait à eux.

La bière coulait à flots, les hommes jouaient aux dés, chantaient des airs grivois de leurs voix avinées, les filles s'abandonnaient aux caresses et aux baisers, et, Nicholas le savait, tous les coins et recoins du château abritaient des étreintes torrides.

Jamais il ne s'était senti aussi étranger à cette débauche, non pas à cause du souvenir de son père et d'Edmund, mais parce qu'aucune femme n'avait de prix à ses yeux, ce soir, en dehors de celle qu'il avait fait installer dans la tour sud, Maria de Staffordshire.

Il lui était presque douloureux de penser à elle tant il l'avait trouvée désirable lorsqu'il l'avait vue dans sa cotte légère, révélant les rondeurs harmonieuses de son corps. Il lui était impossible de chasser cette image de son esprit, et même l'alcool ne l'y aidait pas. Il but toutefois une autre gorgée de vin chaud et épicé dans l'espoir de dissiper ces pensées qui le tourmentaient.

Il avait pris sa décision, d'ailleurs, et avait la ferme intention de s'y tenir. Il était hors de question de tourmenter lady Maria cette nuit. Il préférait attendre qu'elle eût guéri de sa cheville avant de tenter de la séduire. S'il la voulait consentante, il la désirait aussi dans la meilleure forme possible.

Lord Lofton vint s'asseoir près de Nicholas et tendit le bras pour prendre une cruche de bière dont il remplit sa coupe.

— Tu n'es pas intéressé par les dés, ce soir, Nicholas ? demanda Harry avec une lueur rusée dans le regard.

— Je préfère, pour le moment, écouter chanter les ménestrels, répondit Nicholas en se laissant aller paresseusement contre le dossier de son siège tandis qu'il étendait les jambes et les croisait au bord de la table.

— Tu n'aurais pas l'intention d'aller rejoindre une jeune personne mystérieuse ?

Nicholas, jouant l'étonnement, releva un sourcil et haussa les épaules. Il avait envisagé, bien sûr, d'aller retrouver Maria qu'il aurait tant aimé dépouiller de sa robe couleur de feuille morte…

— As-tu eu des nouvelles de Carrington ? demanda-t-il à son compagnon, changeant radicalement de sujet.

Lord Carrington était un proche ami du duc de Sterlyng, et toute information à son sujet pouvait jeter une lumière sur les activités du duc.

— Bexhill m'a dit qu'il était parti pour la France avec sa femme et ses filles, répondit Harry. Il doit les conduire en Italie.

Nicholas n'accordait que très peu de crédit aux propos du comte de Bexhill, homme fat et intrigant qui ne quittait pas les coulisses du pouvoir et était capable de divulguer sans vergogne n'importe quel mensonge.

Or, en l'occurrence, Nicholas savait que Carrington se passait volontiers de la compagnie de sa femme qui vivait sur leur domaine alors que lui-même résidait à Londres. Pourquoi, alors, s'embarrasserait-il d'elle dans ses déplacements sur le continent ?

— Pourquoi l'Italie ? interrogea Nicholas avant de boire une longue gorgée de vin.

— Parce que le temps y est agréable. Bexhill dit que la comtesse de Carrington souffre de... mais tu m'as détourné de notre sujet... un sujet beaucoup plus intéressant : il s'agissait de la jeune femme que tu as cachée dans ton donjon.

— Laisse-la où elle est.

— Mais, Nicholas, si tu n'es pas intéressé par elle, laisse-moi...

Nicholas se rassit correctement dans son siège.

— Elle est sous ma protection, répondit-il en pesant ses mots. Et tant qu'il en sera ainsi...

— Tu veux te la garder ?

— Est-ce qu'il n'y a pas une autre femme qui t'intéresse ici ? demanda Nicholas en s'efforçant de ne pas montrer son impatience.

Lofton pouvait parfois se montrer grossier jusqu'à la limite du supportable, mais il détenait souvent des informations dont Nicholas n'aurait pas voulu être privé.

— Les plus jolies filles du marquisat, et les plus faciles aussi, sont réunies à Kirkham, ce soir. Profites-en.

— Mais celle que tu entoures de mystère n'est-elle pas...

— Que j'entoure de mystère ?

— Tu n'as laissé aucun d'entre nous l'approcher... vrai ou faux ?

— Vrai. Et j'ai eu raison. Est-ce qu'on jette ainsi aux loups une pucelle sans défense ?

Harry éclata de rire.

— Serais-tu capable d'avoir mauvaise conscience, à présent ? Voilà un fait nouveau. Mais je le répète, cette fille est un gibier qui mérite qu'on le courre sans relâche et sans faiblir.

— Tu iras chasser sur d'autres terres, Lofton. Certains jours, tu es lourd comme un porc.

Harry éclata de nouveau de rire.

— Mais j'en suis un, Kirkham. Un gros porc. Et j'en suis fier !

6.

Ria s'éveilla soudain, les membres engourdis par le froid.

Elle s'assit dans le lit, se demandant un instant où elle se trouvait, puis les événements de la veille lui revinrent à la mémoire.

La chemise de soie qu'elle avait passée avant de se coucher bâillait au col, dégageant l'épaule. Elle regrettait de ne pas avoir choisi un vêtement plus chaud, mais celui-ci l'avait tentée par sa douceur et sa blancheur immaculée. Elle tira sur l'étoffe pour se couvrir l'épaule — mais ce fut l'autre qui fut alors découverte.

Il régnait un profond silence sur Kirkham, et elle se demandait comment elle avait pu s'endormir, la veille, avec tout le vacarme qui s'élevait de la grand-salle. La bière que lui avait apportée l'une des servantes avait dû l'aider à trouver le sommeil.

Elle mit pied à terre sans penser à sa foulure et dut aussitôt refréner son empressement. Progressant à cloche-pied, elle se dirigea vers l'âtre où se consumaient les dernières braises du feu qui y avait été allumé la veille.

Elle allait atteindre la cheminée quand elle trébucha sur un tabouret et tomba de tout son poids sur le côté, entraînant dans sa chute une chaise à laquelle elle essayait de se rattraper.

Gémissant sous la douleur, bien qu'elle ne fût pas sérieusement blessée, elle s'assit et se frotta la cuisse.

Comme elle l'avait craint, elle perçut des bruits de pas de l'autre côté de la porte qui ne tarda pas à s'ouvrir.

— Retournez vous coucher ! dit avec autorité lord Kirkham à ceux qui s'étaient rassemblés devant la chambre de Ria.

Elle ne le voyait que de dos, mais ne doutait pas qu'il se retournerait dans un instant et qu'elle devrait lui faire face dans cette tenue légère…

Elle réussit à se dresser sur ses jambes tandis qu'il refermait la porte puis se tournait vers elle, un chandelier à la main. Ria avait sur le bout de la langue une phrase d'excuses mais elle se souvint à temps qu'une jeune fille de noble naissance ne se confondrait pas en excuses dans une telle situation.

Elle n'hésiterait pas, au contraire, à réveiller toute une maisonnée si elle avait besoin d'aide. De même qu'elle ne tremblerait pas en voyant s'approcher un homme à demi vêtu venu lui porter assistance. N'était-elle pas fille de duc ? Elle n'avait aucune raison de défaillir à la vue d'une poitrine dénudée couverte d'une toison sombre, pas plus que devant des jambes puissantes moulées dans des chausses. Certes, l'absence de tunique en rendait la vue particulièrement indécente...

— Vous êtes-vous blessée ? demanda lord Kirkham en approchant de la jeune fille.

— Non, monseigneur. Seul mon amour-propre a souffert de cette chute.

— Laissez-moi vous aider à regagner votre lit. Il est trop tôt pour vous lever. Tout le monde dort à Kirkham après une telle fête.

Sans lui laisser le temps de répondre, il la souleva dans ses bras et la porta jusqu'au lit. Enveloppée de son odeur chaude et masculine, elle se pâmait presque de bonheur et sentait naître en elle un désir dont elle n'avait jamais soupçonné l'existence.

La flamme des chandelles vacilla après leur passage et des ombres se dessinèrent sur le visage de lord Kirkham. Ria ne pouvait lire l'expression de ses traits, mais il y avait assez de lumière pour distinguer l'intensité noire de son regard.

En la déposant à terre, il la fit glisser le long de son corps et elle sentit la chaleur brûlante de sa peau à travers la soie de sa chemise. Elle devinait qu'il éprouvait la même émotion et le même désir qu'elle, aussi, de crainte de ne succomber s'il lui faisait la moindre avance, elle releva le menton en clignant des paupières comme elle l'avait vu faire par Cecilia, importunée par l'empressement excessif d'un chevalier ayant quelque peu abusé du vin.

Nicholas crut qu'il allait perdre le contrôle de lui-même. Elle ne pouvait pas ignorer la tempête qu'elle déchaînait dans ses sens. Sa force mâle, qu'elle ne pouvait, d'ailleurs, ne pas sentir contre elle, était le signe tangible de l'état dans lequel elle le plongeait.

Il sentit les pointes tendues des seins de la jeune fille contre sa poitrine, et un feu ardent courut dans ses veines. Elle le désirait, c'était évident, autant qu'il brûlait de la posséder.

Il effleura des lèvres le cou de Maria, là où il voyait battre follement son pouls, et, inconsciente de la valeur symbolique de son geste, elle renversa la tête en arrière, comme si elle lui offrait sa gorge. Sa peau souple et diaphane avait un parfum léger de fleurs, merveilleusement envoûtant...

Une main dans le creux de ses reins et l'autre sur son épaule, il s'inclina sur sa poitrine où il laissa courir ses lèvres, s'enivrant de sa douceur, puis, comme elle gémissait sous ses caresses, il n'y tint plus et s'empara de ses lèvres.

Etouffant les faibles plaintes de la jeune fille sous ses baisers, il lui enlaça la taille et s'étendit sur elle. Les lèvres jointes, ils confondaient leurs souffles, mais il sentait une certaine innocence et une timidité dans le comportement de lady Maria qui contredisaient les attitudes séductrices qu'il lui avait vues précédemment.

Aucune femme ayant son style et sa manière d'être ne pouvait être absolument chaste... et pourtant ?

Mais le moment n'était pas venu de tester sa résistance. Elle était blessée, venait de faire une chute, il n'était guère courtois de profiter de cette situation.

— Maria..., murmura-t-il, interrompant leur brûlant baiser.

Elle leva sur lui ses grands yeux ambre où brillait une flamme ardente. Il aurait pu l'avoir pour lui entièrement, sans restriction, à cet instant même s'il avait voulu, mais il ne considérait pas le moment opportun.

Il y aurait une autre nuit où elle serait parfaitement vaillante et nullement sous l'influence d'une infusion de valériane.

Or, il la voulait parfaitement éveillée et active le soir où elle succomberait à ses avances.

Alors, sans rien ajouter, il s'éclipsa.

Le jour se levait, clair et ensoleillé, et Ria, assise dans son lit, écoutait le chant des oiseaux qui voletaient autour du donjon de Kirkham.

Elle s'était à peine rendormie depuis la visite de lord Kirkham dont elle ne comprenait pas l'attitude, pas plus, d'ailleurs, que la sienne propre. Elle se demandait en effet quelle folie s'était emparée d'elle pour qu'elle lui accordât semblables privautés, et elle n'arrivait pas à trouver la raison pour laquelle il avait renoncé en chemin à la séduire.

Elle lui était reconnaissante, toutefois, de ne pas avoir abusé d'elle alors qu'elle était encore sous l'influence de la valériane. Mais, après son départ, elle avait éprouvé un sentiment de solitude et une impression de manque qui l'avait torturée pendant tout le reste de la nuit et jusqu'à maintenant.

Jamais aucune homme n'avait eu sur elle un tel effet... Elle n'avait, certes, aucune expérience en dehors des multiples tentatives de Geoffrey et Thomas, mais elle pressentait que le pouvoir des baisers et des caresses de Nicholas était unique et qu'elle n'aurait réagi ainsi avec aucun autre homme.

Elle frissonna car la fraîcheur du matin envahissait la chambre où l'âtre ne répandait plus qu'une infime chaleur. Regardant autour d'elle, elle pensa que les réveils à Rockbury seraient semblables à celui-ci. Elle s'imagina dans sa future chambre, espérant chasser ainsi Nicholas Hawken de ses pensées où il prenait un peu trop de place à son goût.

Elle se la représentait ensoleillée comme celle-ci, mais avec un lit à baldaquin dont elle tirerait les rideaux s'il venait à faire froid. Rien ne lui interdirait de dormir sous plusieurs épaisseurs de couvertures si elle le souhaitait et de couvrir le sol de tapis. Elle aurait ainsi enfin ce qu'elle avait toujours le plus désiré au monde : la paix et le confort.

Elle releva les genoux contre la poitrine et remonta le drap et la couverture jusqu'à ses épaules. Elle ne serait pas longue à quitter Kirkham pour rejoindre le domaine qui lui revenait par héritage, mais elle était déchirée entre le désir de découvrir Rockbury et celui de mieux connaître Nicholas Hawken.

Elle voulait croire qu'il n'avait que de nobles intentions à son égard puisqu'il la traitait comme une lady. Or, jamais un seigneur n'aurait envisagé de séduire une pucelle de noble naissance.

La scène qui s'était déroulée la nuit dernière était-elle normale ? Assurément, Cecilia aurait su comment agir avec lord Kirkham s'il était entré soudain dans sa chambre. Elle n'aurait eu aucune difficulté à se débarrasser de lui comme elle l'avait fait avec maints prétendants un peu trop empressés.

— Oh ! Milady ! Vous êtes déjà éveillée ? fit une voix jeune et hardie alors que la porte s'ouvrait. Il est encore tôt. Je pensais que vous dormiez.

Il s'agissait de l'une des servantes de la veille qui se retourna et souleva une bassine d'eau fumante avec laquelle elle entra dans la chambre.

Comprenant qu'elle allait se laver à l'eau chaude, Ria fut transportée de joie. Elle rabattit la couverture et s'apprêta à se lever avec prudence. La décision qu'elle prendrait au sujet de la poursuite ou non de son voyage dépendait de l'état de sa cheville. Si elle était assez solide, elle repartirait dès aujourd'hui, sinon elle prolongerait quelque peu son séjour à Kirkham.

Un ou deux jours de plus dans ces conditions ne pourraient pas lui faire de mal.

Tout était calme dans les écuries. Les palefreniers dormaient encore et Nicholas était heureux de savourer la sérénité du matin. Tôt ou tard, ses hôtes se lèveraient et, insatiables, seraient en quête d'autres distractions.

Il longea le grand bâtiment jusqu'à ce qu'il eût atteint le box où avait été placée la jument de lady Maria. Il en ouvrit la porte et y pénétra pour examiner l'état de l'animal, mais il accomplissait tous ces gestes avec distraction.

Son esprit était encore avec la jeune femme dont le souvenir le hantait depuis l'imprudente incursion qu'il avait faite dans sa chambre. De retour dans son lit, il n'avait pu trouver le sommeil et s'était tourné et retourné comme un forcené sur son matelas de crin.

Il lui avait fallu toute sa volonté pour ne pas aller la retrouver. Il n'avait pas été autant troublé par une femme depuis... Peut-être même ne l'avait-il jamais été à ce point ?

Il ne comprenait pas pourquoi il éprouvait un tel intérêt pour elle. Un intérêt qui, au demeurant, ne lui semblait pas uniquement physique, bien qu'il la trouvât ravissante. Il lui semblait que les circonstances de leur rencontre y étaient pour beaucoup. Dans la mesure où elle s'était blessée à cause de lui, il se sentait investi d'un devoir de protection à son égard.

Il passa la main sur le chanfrein de la jument puis examina ses dents. Elle était bien vieille. Maria ne pourrait pas aller très loin avec elle.

Elle repartirait... demain, après-demain ? Et il ne la reverrait jamais plus. Quelle était sa destination ? Il ne le lui avait même pas demandé, mais c'était sans importance puisqu'il faudrait de toute façon se séparer.

Il lui revint alors à la mémoire qu'il ne s'était guère préoccupé d'obtenir des renseignements sur le duc de Sterlyng en dehors des questions qu'il avait posées à lord Lofton.

Il connaissait à peine le duc. Il était vrai que John Burton était de la génération de son père et qu'il était essentiellement entouré d'hommes plus âgés. Il savait de lui seulement qu'il avait eu une jeunesse sobre, à la différence de bien des jeunes nobles qui rivalisaient d'extravagance, et qu'il était au service d'Henry de Lancastre quand ce dernier avait arraché le trône à Richard. Depuis lors, le duc avait toujours été fidèle à la maison des Lancastre.

A la connaissance de Nicholas, il n'avait pas de famille et s'était consacré exclusivement au service de l'Angleterre

Etait-il possible qu'il fût devenu traître à son roi ?

Si c'était le cas, il en apporterait la preuve, et le duc de Sterlyng paierait cette trahison de sa vie.

7.

Comme chaque jour, Henric Tournay avait organisé la chasse dans ses moindres détails. Les traces du gibier avaient été relevées. On savait exactement quels chiens utiliser, quels chevaux monter, quelles armes employer. Il n'y aurait qu'à se rendre au point de rassemblement lorsque résonnerait le son du cor…

En attendant, Nicholas errait par les étroites allées du jardin potager en pensant à la lettre que son secrétaire lui avait remise la veille concernant la soi-disant trahison de Sterlyng.

Alors qu'il réfléchissait à la méthode qu'il emploierait pour enquêter sur le duc, il laissait son regard glisser sur les plates-bandes qui avaient été soigneusement ratissées et où de jeunes pouces sortaient timidement de la terre.

Il avait peine à comprendre où la nature trouvait la force de ressusciter après des hivers aussi rigoureux que celui dont il voyait tout juste la fin.

Il s'engagea dans le verger où les poiriers en espalier, parfaitement alignés le long des murs, étaient couverts de bourgeons ainsi que les pommiers, pruniers et cerisiers qui poussaient plus librement, puis il gagna la partie la plus pittoresque du jardin où les buis dessinaient un labyrinthe dans lequel il aimait se cacher avec son frère, autrefois, pour échapper à la surveillance de leur précepteur.

Il avait presque atteint le mur d'enceinte sur lequel s'accrochait une vigne abondante lorsqu'il entendit une voix féminine.

— Viens ! N'aie pas peur !

Intrigué, il pressa le pas, et ne tarda pas à apercevoir une jeune femme dressée sur la pointe des pieds et les bras levés au-dessus de la tête, qui essayait de secourir un chaton perché sur une branche.

— Laisse-moi te prendre, petit chat… je ne te veux pas de mal…

Dans une robe d'un rouge bordeaux aux larges emmanchures et fermée jusqu'au cou, coiffée d'un hennin auquel était fixée une voilette, lady Maria avait une allure royale qui contrastait singulièrement avec la tenue légère dans laquelle il l'avait surprise cette nuit.

Inconsciente de la présence de Nicholas, la jeune femme continuait de parler avec douceur au chaton qui se décida enfin à redescendre un peu le long de la branche et s'approcher suffisamment d'elle pour qu'elle réussît à l'attraper.

— Et hop ! Tu vois, je ne suis pas méchante, fit-elle en serrant le petit animal sur sa poitrine tout en le caressant avec douceur.

— Il a bien de la chance.

Sursautant, elle fit volte-face et reconnut lord Kirkham.

— Vous m'avez fait peur, milord.

Tout aussi ému que la jeune femme, il dut reprendre sa respiration avant d'oser déclarer :

— C'est fâcheux. J'aurais souhaité éveiller en vous exactement le sentiment opposé.

Pour son plus grand bonheur, il vit la jeune femme rougir. Baissant les yeux, elle libéra le chaton qu'elle déposa à terre puis tendit la main pour prendre le bâton qu'elle avait laissé contre l'arbre.

— Vous ne devriez pas parler ainsi, messire.

— Vraiment ? fit-il en s'approchant de Ria dont il releva le menton d'un doigt pour la regarder au fond des yeux. Tiens ! Votre petit ami à fourrure a perdu ses poils sur votre robe.

Sur ces mots, il commença de chasser de la main les poils blancs qui s'accrochaient au velours. Il savait qu'il n'aurait pas dû en profiter pour avoir des gestes caressants qui troublaient si manifestement la jeune femme mais, lorsqu'il la vit toute frissonnante, il ne put s'interrompre.

Il la revoyait telle qu'elle avait été dans la nuit : douce, sensuelle, offerte... Il brûlait de sentir sa peau frémir sous ses mains, la pointe de ses seins se dresser sous ses caresses... Il la désirait à cet instant avec plus d'intensité qu'il n'en avait jamais éprouvé pour toute autre femme.

S'aidant de son bâton, Maria s'écarta brusquement de lui et, tournée vers le fond du jardin, déclara avec un calme feint:

— Cette partie du jardin est singulière. Je n'avais encore jamais vu une vigne aussi dense et fournie.

— Nous avions pris l'habitude de nous y cacher, mon frère et moi, dit Nicholas en se rapprochant de nouveau de Ria.

Le regard sombre, il était plus dangereux que jamais, surtout parce que l'image de son torse musclé, partiellement couvert d'une toison brune, s'imposait à l'esprit de la jeune fille.

— Notre précepteur était particulièrement sévère et cruel. Rien ne le satisfaisait plus que de nous frapper lorsque nous ne savions pas nos leçons.

— Et vos parents permettaient cette violence ?

Il haussa les épaules.

— Vous avez dû être choyée pour faire cette réflexion.

Maria détourna les yeux afin qu'il ne puisse y lire la vérité, et se contenta de répondre :

— Bien sûr.

Elle étouffa un cri quand il souleva le médaillon qui reposait sur sa poitrine.

— C'est une pièce intéressante, dit-il en tenant l'objet, le dos de la main appuyé contre le sein de la jeune femme. Quel secret renferme-t-il ?

— Rien qui puisse vous intéresser, monseigneur, répondit Ria en reprenant le médaillon. Il appartenait à ma mère.

Elle s'éloigna de nouveau de lord Kirkham, sachant qu'elle ne pouvait pas lui faire confiance et qu'elle n'était pas certaine non plus de ses propres réactions à son égard.

— Où avez-vous trouvé ce bâton ? demanda-t-il en la suivant.

— C'est Aggie, votre servante, qui me l'a donné. Son plus jeune frère est infirme et ce bâton est devenu trop petit pour lui.

— Cela semble étrange de vous voir marcher en prenant appui sur cette béquille. Donnez-moi plutôt le bras.

— Je me débrouille très bien toute seule ; je vous remercie.

Elle ne voulait pas se laisser toucher par lui. Elle ne connaissait que trop l'alchimie qui opérait en eux lorsqu'ils étaient réunis.

Elle désirait seulement que sa cheville se rétablît de façon à ce qu'elle pût reprendre sa route vers Rockbury.

— Avez-vous déjeuné ? demanda Nicholas en lui retirant d'autorité son bâton avant de la prendre par le bras.

Maria n'osa pas lui résister une seconde fois et se laissa conduire comme il le souhaitait.

— Non, milord.

— Alors, vous allez m'accompagner.

— Mais je…

— Personne n'est encore levé. Ils ne montreront pas le nez avant plusieurs heures. Profitons de ce répit pour apprendre à mieux nous connaître.

— Je croyais que nous étions devenus plus qu'intimes la nuit dernière, dit Maria qui regretta aussitôt d'avoir parlé avec cette franchise.

— Pas autant que nous ne l'aurions pu, milady, répondit-il, s'amusant de la gêne de la jeune fille qui trébucha légèrement.

Frémissant de désir car, à travers l'étoffe de sa robe, elle sentait contre son sein la chaleur de son bras, elle gardait le silence.

Pour dissiper le trouble qui l'envahissait, elle tenta de s'écarter un peu de lui. Un petit sourire se dessina aussitôt sur les lèvres de lord Kirkham, qui devinait l'émotion de la jeune femme.

Ils pénétrèrent dans le donjon par une solide porte de chêne et gagnèrent la salle richement décorée où Henric Tournay avait soigné la cheville de Ria. Sir Gyles s'y tenait, paraissant plus grand et large encore dans sa cotte de mailles, avec sa grande épée au côté.

— Bonjour, messire, dit-il avant d'incliner légèrement la tête devant Ria. Mes hommages, milady.

La jeune femme était si peu habituée à ce genre de déférence qu'elle se demandait comment elle pourrait jamais s'y habituer.

Nicholas la fit asseoir dans un fauteuil près d'une solide table sculptée. Des flammes dansaient dans l'âtre, répandant une douce chaleur dans la salle.

— Vous serez mieux ici que dans la grand-salle, dit-il. Elle est froide et peu accueillante quand on n'y est pas en grand nombre.

— Merci, monseigneur, répondit-elle à mi-voix, manifestement sur ses gardes.

Elle crut lire dans le regard de sir Gyles une note réprobatrice, mais elle ne sut deviner si le reproche s'adressait à elle ou à lord Kirkham. Manifestement mal à l'aise, elle porta la main à son médaillon qu'elle pressa contre son cœur.

Nicholas s'assit à son tour à la table de travail. Elle le vit prendre un parchemin puis tremper sa plume dans un encrier.

— Vous porterez ce document à Londres, Gyles, dit-il en écrivant.

Il garda le silence jusqu'à ce qu'il eût fini la rédaction du message qu'il saupoudra avant de le plier et de le sceller avec un cachet de cire.

— Prenez plusieurs hommes avec vous, dit-il en le donnant à sir Gyles.

Ria suivait des yeux les mains masculines de Nicholas, couvertes d'un duvet sombre, ces mains qui l'avaient touchée intimement…

— Dois-je vous rapporter une réponse ? demanda sir Gyles.

— Non, ce n'est pas nécessaire. Et prenez votre temps pour revenir à Kirkham. Rien ne presse.

— Bien, messire.

— Avant de partir, demandez en cuisine que l'on nous apporte de quoi déjeuner. Lady Maria n'a encore rien pris, ce matin.

Sir Gyles s'inclina et sortit de la salle. Seul avec la jeune femme, Nicholas s'approcha d'elle.

— Alors, vous souffrez encore de votre cheville ?

Elle hocha la tête.

— J'aurais voulu repartir dès ce matin, mais je crains que ce soit imprudent.

Il s'assit au bord de la table et, les jambes étendues devant lui, croisant les pieds l'un sur l'autre, demanda sur un ton détaché :

— Peut-on savoir où vous êtes si pressée d'aller ?

Maria eut un bref instant d'hésitation avant de répondre :

— Chez moi.

Puis elle tourna le regard vers le feu pour ne pas croiser celui de Nicholas, lequel se mit à rire. Intriguée, elle se força à le fixer et lut plus d'admiration que d'ironie dans ses yeux.

— Il y a longtemps qu'aucune femme ne m'a intrigué autant que vous. Si je vous demande des précisions sur ce « chez moi », me répondrez-vous honnêtement ?

— En vérité, monseigneur ? fit-elle, hautaine. Non !

Lord Kirkham éclata de nouveau de rire et Maria se mordit la lèvre. Cecilia n'aurait jamais conduit la conversation de cette manière. Elle aurait tenu tête à tout gentilhomme qui l'aurait questionnée ainsi et lui aurait répondu sans vergogne que sa destination ne le regardait pas. Puis, battant des paupières, elle aurait adopté une attitude aguicheuse qui aurait retiré à son interlocuteur toute velléité de la tourmenter davantage.

Cependant, elle ne ressemblait en rien à Cecilia avec ses grands yeux de biche, ses cheveux couleur de sable et sa ligne élancée.

— Je vous laisse avec vos secrets, répondit Nicholas en approchant un tabouret de la jeune fille. Vous êtes libre de rester à Kirkham aussi longtemps qu'il vous plaira.

Sur ces mots, il s'agenouilla et souleva délicatement le pied de Maria qu'il déposa sur le tabouret puis il se mit à masser sa cheville protégée par un bas de laine fine.

Surprise par son geste, la jeune fille restait interdite. Il lui semblait revivre la scène nocturne où leurs corps avaient connu une intimité plus grande encore.

— Messire..., fit-elle d'une voix étranglée par l'émotion.

— La cheville n'est pas vraiment enflée, mais elle n'en demeure pas moins douloureuse ?

Elle acquiesça d'un mouvement de tête.

— Vous n'avez pas mal dans d'autres parties de la jambe ? demanda-t-il en passant la main sur le mollet de Maria.

— Non, monseigneur...

Il sondait ses prunelles, cherchant manifestement de nouveau à la séduire, mais, sentant sans doute la réticence de la jeune femme qui se raidissait, et entendant le pas d'un serviteur derrière la porte, il retira sa main et se redressa.

— On nous apporte notre repas, dit-il comme la porte s'ouvrait.

Soulagée par cette arrivée impromptue, Maria laissa échapper un soupir. Le serviteur déposa sur la table un plateau sur lequel étaient disposés du pain, des fruits et des bols de cidre chaud.

— Je suppose que vous avez faim ? dit lord Kirkham en tirant une chaise pour s'asseoir près de la jeune femme.

— Oh ! Oui, messire... j'ai une faim de loup.

A l'expression de son hôte, Maria eut l'impression d'avoir dit quelque chose d'inapproprié.

La chasse fut fructueuse, mais Nicholas ne réussit à obtenir presque aucune information d'importance au sujet du duc de Sterlyng. Il eut vent de la rumeur qui se répandait au sujet de l'enfant illégitime qu'il aurait eu, mais il la considéra sans intérêt, la vie personnelle du duc ne concernant en rien la question sur laquelle il enquêtait.

Certes, si Sterlyng était d'intelligence avec les Français, il s'était arrangé pour qu'aucun soupçon ne pesât sur lui. Les hôtes de Nicholas n'avaient aucun commentaire à faire sur lui sinon qu'il était bien optimiste d'espérer retrouver son rejeton après tant d'années.

Etant donné sa fortune et sa notoriété, il apparaissait évident que de nombreux intrigants chercheraient à se faire passer pour son héritier. Les chasseurs ne parlaient que de cela quand ils revinrent au donjon pour se restaurer avant de prendre un peu de repos.

Alors qu'ils se tenaient dans leurs chambres, Nicholas arpentait la salle des chartes au premier étage du donjon. C'était là que son grand-père puis son père, au cours des ans, avaient rassemblé des ouvrages savants et où ils conservaient les titres de propriétés, de ventes et de privilèges qui leur avaient été octroyés. Ils y recevaient également leurs sujets pour écouter leurs doléances et leur rendre la justice.

Tout en allant et venant, Nicholas pensait à lady Maria à la disposition de laquelle il avait mis les vêtements qui avaient été destinés à Alyce, la promise d'Edmund.

Jolie et charmante, Alyce était la fille d'un comte dont les terres jouxtaient celles de Kirkham, mais aussi mignonne eût-elle été, il n'avait pas le souvenir qu'elle fût aussi séduisante que lady Maria dans sa robe bleue.

Elle n'avait jamais donné à une étoffe une telle vie, mais, peut-être, son jugement était-il influencé par le souvenir de l'enfant qu'il avait vue grandir jusqu'à devenir la fiancée de son frère.

Il n'aurait, certes, jamais pu l'imaginer dans la chemise de nuit qui avait glissé des épaules de Maria, la nuit précédente, alors qu'il la portait jusqu'à son lit.

Ce souvenir lui donna un frisson qui courut le long de son dos... et il essaya de ne plus penser à lady Maria.

8.

Aggie disposa la dernière épingle dans les cheveux de Maria et fit un pas en arrière pour mieux admirer sa coiffure.

— Je ne pense pas que lord Kirkham ait jamais vu une jeune fille aussi belle que vous, milady. Il n'est pas étonnant qu'il veuille dîner en tête à tête avec vous.

— Je n'ai aucune intention d'accepter son invitation, Aggie, répondit Maria qui se sentait bien trop vulnérable en présence du jeune lord pour prendre le risque de passer une soirée seule avec lui.

— Mais lord Kirkham nous a chargées expressément de vous convier à ce dîner, il sera profondément déçu et croira que nous ne nous sommes pas bien acquittées de notre mission si nous lui rapportons maintenant votre refus.

— Il a le devoir de s'occuper de ses hôtes de marque. Il n'a aucune raison de perdre son temps avec moi.

Elle avait trop peur d'oublier la raison pour laquelle elle avait fui Alderton si elle se laissait charmer par Nicholas. Il l'avait confiée à son intendant, sir Roger

Malloy, et à sa femme, Tessa Malloy, sans doute parce qu'il ne souhaitait pas qu'elle se mêlât à ses autres convives. Mais Maria ne s'en plaignait pas car elle s'entendait très bien avec le couple d'un certain âge. Elle avait passé l'après-midi en leur compagnie et s'était enquise auprès d'eux, aussi discrètement que possible, de la route jusqu'à Rockbury.

Elle avait appris ainsi qu'elle n'en était éloignée que d'une journée à cheval. Or, elle ne doutait pas de pouvoir monter malgré sa cheville. Le seul problème tenait à sa capacité à se hisser sur le cheval et à en descendre, mais, après encore une bonne nuit de repos, elle comptait bien y arriver.

— Si vous préférez, je vais demander au maître queux de vous préparer un repas que nous vous servirons dans votre chambre.

— Merci, Aggie.

Maria se leva et, aidée de sa béquille, marcha jusqu'à la fenêtre qui dominait le jardin où elle s'était promenée avec Nicholas dans la matinée. Après le petit déjeuner, il l'avait quittée, et Maria lui en avait su gré car elle s'était sentie sur le point de succomber.

Après le départ d'Aggie, le jour déclina de façon précipitée et Maria dut allumer les lampes de sa chambre. Elle n'était pas habituée à ne pas travailler et l'ennui commençait de la gagner.

De la musique s'éleva de la grand-salle. Lord Kirkham devait se divertir de nouveau avec ses compagnons. En entendant des éclats de voix dans le jardin, elle s'approcha de la fenêtre et aperçut deux hommes qui se promenaient avec une jeune femme. Les rires de cette dernière s'élevaient dans le ciel crépusculaire alors que les hommes parlaient à voix basse. Soudain, l'un d'eux éclata de rire et tous trois s'éloignèrent hors de la vue de Maria.

Appuyée à son bâton, elle retourna à son siège près du feu. La nuit allait être longue et triste...

Les jeux battaient leur plein. Lord Lofton et le vicomte Sheffield, à moitié ivres, croisaient le fer alors que les musiciens frappaient leurs tambourins et soufflaient dans leurs bombardes, entraînant dans la danse un groupe d'hommes et de femmes. Des convives jouaient aux dés dans un coin de la salle tandis que de l'autre côté on conversait et riait à voix fortes en buvant du vin.

La fille assise sur les genoux de Nicholas se trémoussa d'une manière suggestive et battit des paupières. Elle prit une coupe sur la table et but une longue gorgée de vin puis elle passa le bout de la langue sur ses lèvres comme pour montrer à lord Kirkham les services qu'elle saurait lui rendre, contre monnaie trébuchante bien sûr.

Mais il n'en avait aucune envie. Il en était le premier étonné. La fille de joie se montrait pourtant très intéressée par lui et il avait toutes les raisons de penser qu'il passerait de délicieux moments dans ses bras.

Son manque d'intérêt pour la jolie courtisane était assurément lié au peu d'informations qu'il avait réussi à réunir au sujet de Sterlyng. Il n'avait pourtant pas ménagé ses efforts, interrogeant tous les hôtes susceptibles de l'éclairer sur le duc et ses proches. C'était ainsi qu'il avait appris que son ami, lord Carrington, avait fait le choix singulier de partir pour l'Italie à la saison la plus délicieuse en Angleterre.

La piste la plus intéressante était peut-être liée à l'héritier du duc. L'idée avait traversé l'esprit de Nicholas qu'il aurait pu être le fruit d'une idylle entre Sterlyng et une Française, ce qui expliquerait sa préférence pour Charles d'Orléans. Ne disait-on pas, d'ailleurs, du dauphin lui-même qu'il était illégitime ?

Dans la mesure où Sterlyng n'avait pas d'autre progéniture, il n'était pas surprenant qu'il fût soucieux de retrouver son seul héritier, mais Nicholas ne pouvait obtenir, ce soir, davantage d'informations à ce sujet. La nuit lui appartenait. Il était libre de la passer comme bon lui semblait.

Il reporta son attention sur la jeune femme dans ses bras qui levait sur lui des yeux bruns, tendres et amoureux.

Il n'aurait guère d'effort à faire pour la conduire dans sa chambre, pensa-t-il en baissant le regard sur sa poitrine généreuse révélée par le large décolleté de sa robe. Il pourrait la posséder dans la tour même où lady Maria devait dormir, à présent…

Se levant brusquement, il obligea la fille de joie à en faire autant.

— Messire ? fit-elle, attendant visiblement ses ordres.

Nicholas fronça les sourcils, incapable de savoir ce qu'il voulait au fond de lui-même. De retour de la chasse, il avait appris que lady Maria désirait rester seule et refusait son invitation à dîner, lui signifiant ainsi clairement qu'elle n'éprouvait aucune sympathie pour lui. Il n'avait donc aucune raison de la laisser occuper ainsi toutes ses pensées...

Il sourit à la jeune femme, debout devant lui, qui attendait son bon vouloir. Une nuit avec elle le distrairait de ses soucis et, surtout, de la tyrannie que commençait d'exercer sur lui la nouvelle habitante du château. Prenant la prostituée par les épaules, il l'attira contre lui et s'empara de ses lèvres.

Elle lui rendit généreusement son baiser et, le prenant à la taille, colla son ventre au sien avant de le pousser vers le siège qu'il venait de quitter. Lorsqu'il fut de nouveau assis, elle se mit à califourchon sur lui.

— Lord Kirkham..., fit-elle d'un ton câlin en se frottant contre lui.

Comme il restait sans réaction, elle lui prit la main et la plaça sur son sein. Etonné de n'avoir pas fait ce geste de lui-même, Nicholas tira sa robe vers le bas pour mieux dégager sa poitrine qu'il caressa grossièrement. Cependant, les efforts de la jeune femme pour l'exciter n'obtenaient pas le résultat escompté et il s'étonnait d'être aussi peu ému par ses élans d'affection.

Il se sentait même un peu étouffé par l'excès de son enthousiasme et était nettement indisposé par son haleine qui empestait l'oignon.

Elle eut un petit gémissement puis, interrompant leur baiser, suggéra quelques gâteries dont elle aurait été heureuse de faire profiter Nicholas, mais ce dernier ne fut que très moyennement tenté par ces propositions, à tel point, d'ailleurs, qu'il se demanda s'il n'allait pas purement et simplement congédier cette fille de mauvaise vie si elle se permettait une autre familiarité.

Le bruit d'une arme et d'un corps heurtant le sol le fit se dresser de nouveau d'un bond, et il écarta sans ménagement la jeune femme.

Sheffield avait perdu l'équilibre en se battant avec Lofton et venait de dévaler un escalier dont il avait gravi les degrés avec son adversaire. Il gisait au pied des marches de pierre mais, aux gémissements qu'il poussait, il apparaissait qu'il était encore bien vivant.

Nicholas se fraya un chemin au milieu des convives avinés qui entouraient Sheffield et s'agenouilla auprès de lui. Il fit venir aussitôt Henric Tournay qui donna des ordres pour qu'on transportât le blessé dans une chambre. S'étant assuré qu'il n'avait aucune blessure grave, il le laissa reposer sous la garde d'un serviteur qui devait le veiller jusqu'à ce qu'il fût dessoûlé.

Eprouvant une soudaine fatigue, Nicholas décida d'aller se coucher et, pour éviter de traverser la salle des chevaliers et d'y être retenu par ses hôtes, il franchit une petite porte donnant accès à un escalier en colimaçon aménagé dans l'épaisseur du mur. Alors qu'il approchait de sa chambre, il prit conscience qu'il avait surtout besoin de solitude. Ces soirées de débauche commençaient de lui peser, et, pour la première fois, il se demandait s'il s'acquitterait jamais de sa mission, et si la guerre, en France, verrait un terme.

Il remerciait le Ciel de lui avoir fait rencontrer Tournay dont le bon sens et l'intelligence lui avaient permis de régler rapidement certains problèmes qui le préoccupaient. Au cours des derniers mois, le jeune homme lui était devenu indispensable.

Lorsqu'il atteignit le corridor desservant sa chambre, il s'arrêta net. A quelques pas devant lui, une silhouette s'éloignait en boitant vers la tour d'escalier. C'était assurément une femme, vêtue d'une longue robe blanche et s'aidant d'un bâton pour marcher.

Nicholas la suivit et s'approcha tout près d'elle alors qu'elle s'était arrêtée en haut de l'escalier où, dans la pénombre, elle semblait hésiter. Il l'observait sans crainte d'être reconnu, la seule source de lumière étant loin derrière lui.

Elle était vêtue avec beaucoup plus de simplicité que la veille, mais l'étoffe ne dissimulait pas ses formes féminines et gracieuses, et Nicholas sentit monter en lui un désir qu'il n'avait pas éprouvé pour la fille qui se trémoussait sur ses genoux quelques instants plus tôt.

— Lady Maria, prononça-t-il avec douceur.

Elle fit volte-face, visiblement troublée.

— Monseigneur !

Il resta silencieux, se contentant d'embrasser du regard ces somptueuses boucles blondes, ces épaules rondes, cette gorge palpitante... et le désir impétueux de la toucher, de sentir sa peau, s'empara de lui.

— J'ai entendu un bruit..., fit-elle, l'air affolé, quand il lui effleura la joue.

— L'un de mes amis a fait une chute, répondit-il d'un air indifférent tandis qu'il soulevait les boucles de ses cheveux pour les laisser retomber par vagues d'or.

— Le pauvre homme... j'espère qu'il ne s'est pas sévèrement blessé.

— Non, répondit Nicholas en s'emparant du bâton. C'est, du moins, l'avis de mon secrétaire.

— Laissez-moi ma béquille, je vous prie, messire. Vous ne voudriez pas me déplaire ?

— Vous déplaire, moi ? Je n'ai pas eu ce sentiment, la nuit dernière.

— Vous ne devriez pas me rappeler ces instants…

— Au contraire… ils sont très précieux à mes yeux.

Sur ces mots, il la souleva dans ses bras et l'emporta jusqu'à sa chambre. En franchissant le seuil de la porte, Maria s'inquiéta, sachant qu'elle ne devait pas le laisser se comporter avec elle comme la nuit précédente, mais sans qu'elle n'eût manifesté aucune résistance, il la déposa à terre.

Ne sachant quelle attitude avoir à son égard, Maria imagina ce que Cecilia aurait fait en de semblables circonstances.

Sans doute se serait-elle contentée de promettre à lord Kirkham de lui accorder le lendemain seulement ce qu'il réclamait le soir même.

S'efforçant de sourire d'un air charmeur, elle toucha du doigt le menton de Nicholas puis laissa descendre la main le long de sa poitrine.

Elle sentit qu'il était parcouru d'un frémissement et hésita un instant, le sourire figé sur ses jolies lèvres, mais, reprenant confiance, elle se dégagea de ses bras et le poussa doucement mais fermement hors de la pièce en prononçant d'une voix enjôleuse :

— A demain, monseigneur.

Quand il fut sorti, elle referma la porte.

9.

Le lendemain matin, Nicholas était encore médusé par la manière dont lady Maria avait réussi à se débarrasser de lui, mais il était bien décidé à ne pas se laisser duper une seconde fois.

Tous ses hôtes, à l'exception de Sheffield qui devait garder le lit, étaient partis à la chasse. Il avait choisi, pour sa part, de rester à Kirkham car il voulait profiter de la tranquillité revenue au château pour tenter un ultime geste vers Maria.

A cet effet, il avait envoyé dès son réveil quelques gens porter des victuailles et allumer un feu dans son pavillon de chasse, une chaumière rustique située au cœur de la forêt où il avait séduit un grand nombre de jeunes femmes.

Comme pour les précédentes, il envisageait de proposer une promenade à cheval à lady Maria au cours de laquelle ils passeraient près du pavillon. Il lui offrirait alors de prendre un peu de repos…

Nicholas sourit en lui-même. Le petit édifice romantique ne lui avait jamais fait défaut. Il donna l'ordre à un palefrenier de seller deux chevaux puis se dirigea vers la tour sud.

Maria contrôlait la résistance de sa cheville en allant et venant sans bâton dans sa chambre. Elle était encore un peu douloureuse mais ne semblait pas fléchir. Elle pourrait certainement reprendre bientôt son chemin.

Lord Kirkham représentait un danger trop grand qui mettait en péril ses ambitions. Elle ne voulait pas prendre le risque de perdre Rockbury en prolongeant son séjour auprès de Nicholas, même si chaque moment auprès de lui était délicieux.

Elle avait, d'ailleurs, bien des difficultés à le cerner. Il présentait, en effet, des facettes très contrastées : par moments intempérant, audacieux, conquérant, et, à d'autres, tendre, doux, attentif. A aucun moment, elle ne l'avait vu s'emporter contre ses gens et il se montrait plein de sollicitude pour Tessa Malloy qui aurait pu être sa mère.

Maria ne savait quel jugement porter sur lui, mais ça importait peu puisqu'elle allait repartir et, sans doute, ne jamais revenir à Kirkham.

Elle avait reçu assez d'informations sur Rockbury pour s'y rendre aisément. Elle savait exactement quelles routes emprunter et, même, combien d'heures de cheval l'en séparaient. Et lorsqu'elle y parviendrait, elle apprendrait enfin si cette terre lui revenait. Dans quelques jours, elle aurait peut-être un toit sous lequel dormir, une maison où elle serait chez elle.

Dans ces nouvelles circonstances, il ne lui serait peut-être pas impossible de trouver un mari et fonder sa propre famille. Elle était certes, à vingt-deux ans, un peu âgée pour le mariage, mais il n'était pas interdit de rêver.

Si elle avait été reconnue comme la petite-fille d'un duc, elle aurait été mariée depuis longtemps. N'était-ce pas la vocation des jeunes filles de haute naissance de donner un héritier à leur mari? Tessa Malloy ne lui avait-elle pas dit que les gens de Kirkham attendaient avec impatience le jour où leur seigneur prendrait une épouse ?

En évoquant cette confidence, Maria ne put s'empêcher de se demander si le marquis viendrait à la considérer comme une épouse potentielle. Que lui répondrait-elle s'il lui adressait sa demande ? Mais aussitôt elle se reprit et laissa échapper un petit rire de dérision. Les intentions de Nicholas à son égard, hélas, n'étaient que trop transparentes et s'apparentaient fâcheusement à celles de son cousin Geoffrey.

Dans le désir de vérifier une dernière fois la résistance de sa cheville, elle se lança dans une nouvelle traversée de la chambre. Elle était à mi-chemin quand elle entendit frapper à la porte.

— Entrez ! cria-t-elle.

Lord Kirkham parut sur le seuil.

— Vous ne vous aidez plus de votre bâton ?

Il avait son air séducteur, son regard pénétrant qui mettait tout à nu, et particulièrement le corps des femmes, mais la mèche qui lui tombait sur le front lui conférait, en même temps, un air tendre et charmeur qui donna à Maria, contre toute raison, l'envie de la lui relever.

Elle secoua la tête.

— Non, cela va beaucoup mieux, en effet, aujourd'hui.

Elle crut voir une lueur de contentement dans les yeux de Nicholas. Il semblait satisfait d'apprendre qu'elle allait mieux.

— J'ai l'intention de faire le tour de mes terres, cet après-midi, et je serais très honoré que vous me teniez compagnie.

Maria, qui ne s'attendait pas à ce genre d'invitation, marcha jusqu'à la fenêtre pour se donner un temps de réflexion. Elle ne voyait rien d'inconvenant dans cette proposition, même si elle était formulée de façon un peu abrupte. Peut-être avait-elle jugé Nicholas de façon trop sévère, et ferait-elle bien de tenir compte de l'opinion de Tessa Malloy à son sujet... Pouvait-elle se laisser aller à imaginer qu'il fût intéressé par autre chose que le simple fait de la mettre dans son lit ? Flattée, au fond, que le très séduisant marquis de Kirkham requît sa compagnie pour une promenade, elle eut le cœur gonflé de joie à la pensée d'avoir, un jour, un mari qu'elle admirerait. Serait-ce Kirkham, cet homme d'exception ?

— Très volontiers, répondit-elle enfin. Quand souhaitez-vous partir ?

Plus tard, en traversant le village de Kirkham, Maria fut surprise par l'impression de prospérité qui y régnait. Les femmes et quelques artisans y vaquaient à leurs occupations tandis que le plus grand nombre des hommes étaient aux champs où ils semaient et plantaient.

Des poules picoraient devant les maisons, dans les arrière-cours résonnaient les grognements de cochons, et des enfants couraient librement dans les rues.

En voyant Nicholas descendre la rue principale, ils accoururent à lui pour lui réclamer des douceurs. Ils suivirent les chevaux en suppliant de leurs petites mains puis, devant l'auberge, Nicholas mit pied à terre et, à la grande surprise de Maria, se pencha pour soulever un petit garçon dans ses bras avant de se pencher pour caresser les cheveux de ceux qui s'attroupaient autour de lui. Il sortit ensuite un sac de biscuits d'une sacoche de cuir et les leur distribua. Il souriait avec une telle douceur que la jeune fille sentit son cœur battre plus fort, et elle fit le serment en elle-même de ne jamais épouser un homme qui ne serait pas généreux.

Enfin, le marquis reposa à terre le petit garçon et les enfants, riches de leur butin, se dispersèrent aussi vite qu'ils s'étaient assemblés. Se tournant alors vers Maria, Nicholas l'aida à descendre de cheval.

Il fit glisser lentement la jeune fille contre lui et lorsqu'elle eut touché le sol, la garda dans ses bras. Penché sur elle, il lui effleurait les lèvres de petits baisers quand une voix s'écria :

— Lord Kirkham ! Vous daignez honorer mon modeste établissement de votre présence ! Permettez-moi de vous offrir à boire !

C'était l'aubergiste qui les interpellait du pas de sa porte.

— Maître Lucomb ! fit Nicholas en pivotant vers lui tandis qu'il gardait une main sur la taille de la jeune fille. J'accepte votre invitation avec plaisir.

Sur ces mots, il entraîna Maria dans l'auberge. La jeune fille cligna des yeux en descendant les deux marches donnant accès à la salle basse où le jour n'entrait que par une fenêtre à meneaux, mais, après un instant, elle s'habitua à la faible lumière et put gagner la grande table que leur indiquait l'aubergiste.

— Dulcie ! Deux coupes et un pichet de bière !

Deux jeunes servantes aux formes généreuses sortirent d'une arrière-salle. L'une versa la boisson tandis que l'autre coupait du pain qu'elle plaça sur une assiette avec du fromage. Les deux filles cherchaient à accrocher le regard de Nicholas, mais il le dirigeait ailleurs de façon ostentatoire, se refusant de les considérer alors qu'il était en présence d'une dame.

Il avait entrepris de séduire Maria, et il savait qu'il n'y parviendrait pas en échangeant des regards complaisants avec des serveuses trop accommodantes.

Lady Maria s'entretint avec beaucoup de grâce et de gentillesse avec maître Lucomb qui fut aussitôt sous son charme.

Nicholas jetait des regards en biais à la jeune fille dont les cheveux d'or brillaient à la lueur des flammes dans l'âtre. Elle avait laissé le bras sous le sien comme si elle voulait montrer aux autres femmes qu'il lui appartenait, et il avait l'impression très forte qu'elle le désirait autant que lui.

Ils burent leur bière, et goûtèrent au pain et au fromage tandis que Nicholas s'entretenait avec maître Lucomb de la livraison au château de plusieurs tonneaux de bière. Lorsque Nicholas se leva et offrit sa main à Maria, l'aubergiste lui fit signe d'attendre.

— Savez-vous, monseigneur, que Mattie Taylor est souffrante ?

Nicholas, qui gardait des sentiments presque filiaux pour celle qui l'avait nourri après que sa mère était morte en lui donnant la vie, eut un air soucieux.

— Non, je n'en ai pas été informé. Est-ce grave ?

— Elle respire difficilement en raison d'une hydropisie. Heureusement, Anna est là pour veiller sur elle.

Nicholas fit oui de la tête en réfléchissant à la possibilité de remettre au lendemain sa visite à la malade, mais il conclut que lady Maria ne lui en voudrait certainement pas s'ils passaient voir rapidement la malade avant de partir en promenade.

— Votre cheville supportera-t-elle une petite marche ? lui demanda-t-il.

— Oui, messire. Elle ne me gêne déjà presque plus.

Ils descendirent une ruelle à l'angle de l'auberge et gagnèrent, bientôt, une petite chaumière dont la porte s'ouvrit dès qu'ils s'en approchèrent.

— Lord Kirkham ! fit une jeune femme en paraissant sur le seuil. Quelle joie et quel honneur de vous voir !

— Nicholas ? appela une voix au fond de la pièce principale à demi plongée dans l'obscurité.

— Oui, c'est moi, Mattie, répondit-il en s'avançant.

Il traversa la salle et s'approcha d'un lit d'angle encastré dans le mur.

— Comme je suis heureuse de te voir, mon garçon, dit la voix essoufflée de la nourrice. Cette fois, tu vas rester à Kirkham, n'est-ce pas ?

Maria ne voyait de Mattie que sa main qui s'accrochait à la manche de Nicholas.

— Je vais voir… tu sais que j'ai ma vie à Londres… je ne peux pas renoncer comme ça à mes engagements.

— Tu es un fripon ! grommela la vieille femme en lui tapotant la joue, mais cela ne t'empêche pas d'être gentil. Avec qui es-tu venu ?

Elle scruta l'obscurité pour essayer de distinguer les traits de Maria qui était restée en retrait.

Il se retourna et tendit la main à la jeune fille.

— Lady Maria ! Approchez pour que je vous présente à Mattie qui m'a nourri et élevé à la place de ma mère.

— Je suis très honorée de faire votre connaissance, milady. Pardonnez-moi si je ne quitte pas mon lit, mais j'ai été bien malade ces derniers temps.

— Je vous en prie, répondit Maria . Il faut vous reposer. Je suis très heureuse de faire votre connaissance.

— Nicholas et vous-même avez peut-être…

— As-tu besoin de quelque chose ? interrompit Nicholas. Je vais te faire porter une courtepointe, des provisions… et je vais envoyer quelqu'un pour t'extraire de la tourbe.

— Ce n'est pas nécessaire, intervint Anna. Nous ne manquons de rien… grâce à votre générosité, monseigneur.

Dans la faible clarté qui régnait dans la salle, Maria ne fut pas certaine de bien voir, mais il lui sembla que lord Kirkham rougissait. Il était touchant au chevet de cette vieille nourrice tant chérie, et elle éprouvait pour lui une tendresse grandissante.

Après quelques instants de conversation, de crainte de ne trop fatiguer Mattie et, impatient, surtout, de se retrouver seul avec Maria, Nicholas prit congé.

— Tu me préviendrais si... son état venait brusquement à changer ? demanda-t-il à Anna lorsqu'ils furent sortis de la chaumière.

— Oui, monseigneur. Bien sûr.

Quand ils récupérèrent leurs chevaux, Nicholas tourna vers Maria un regard où brillait une lueur d'impatience fébrile.

— Nous allons enfin nous promener ? dit-il en humant l'air frais et parfumé du matin.

Maria acquiesça d'un mouvement de la tête. Elle ne voulait pas croire qu'il eût de mauvaises intentions malgré l'attirance qu'il éprouvait pour elle. Il ne lui avait proposé après tout que de faire le tour de son domaine.

Ils enfourchèrent leurs chevaux et ne tardèrent pas à s'engager sur un chemin bordé de haies qui délimitaient des prairies verdoyantes où, bientôt, iraient paître les troupeaux. Un soleil aux doux rayons régnait dans le ciel d'un bleu pâle. Maria, bien qu'elle n'eût pas l'habitude de monter, appréciait cette promenade où elle découvrait le monde d'un point de vue différent, en compagnie d'un marquis respecté et apprécié de ses sujets.

Car s'il avait un côté aventurier et jouisseur, Nicholas n'en était pas moins un homme de cœur. Elle l'avait constaté en observant ses relations avec les villageois de Kirkham qu'il connaissait chacun par son nom, et son attitude avec les enfants dont il était manifestement très aimé.

Ils pénétrèrent soudain dans une sombre forêt et Nicholas invita Maria à le suivre de plus près. Ils cheminèrent quelque temps à l'ombre d'une haute futaie de chênes puis, bientôt, franchirent un ruisseau au fond d'un petit vallon où était tapie une petite gentilhommière au toit de chaume.

— Où sommes-nous ? demanda Maria qui regardait avec ravissement la demeure charmante présentant des fenêtres à meneaux et une entrée en plein cintre.

— Il s'agit de mon pavillon de chasse, répondit Nicholas qui avait mis pied à terre et s'approchait de la jeune fille pour l'aider à descendre de cheval. Nous allons y déjeuner et nous y reposer un peu.

— Est-il habité ?

— Parfois... j'y ai fait porter quelques victuailles en prévision de notre passage.

Maria, qui ne voulait pas trahir sa méconnaissance du monde et de ses coutumes, se laissa guider à l'intérieur sans montrer aucune inquiétude bien qu'elle fût quelque peu troublée à la pensée de se retrouver seule avec Nicholas dans ce lieu reculé.

Elle avait le souvenir, certes, d'une partie de campagne qui avait été organisée par ses cousins à Alderton et où toute une bande d'hôtes s'était rendue près d'un lac, dans la montagne proche, où un pique-nique avait été servi. Ses cousins lui avaient relaté à l'envi cette journée mémorable où l'on avait dû beaucoup s'amuser.

D'un côté de la salle principale se dressait une cheminée monumentale auprès de laquelle étaient disposés des sièges, une table et un lit. Se penchant sur l'âtre, Nicholas mit le feu au fagot et aux bûches qui y avaient été disposés.

Une nappe, deux assiettes, des couverts et des gobelets d'étain avaient été placés sur la table ainsi qu'une corbeille contenant diverses victuailles, un pichet de cidre et une bouteille de vin.

— Mon grand-père a fait construire ce pavillon, expliqua Nicholas. En partie pour venir s'y reposer entre deux parties de chasse et, surtout, pour échapper aux regards de ma grand-mère.

Il prononça ces derniers mots avec un sourire complice auquel Maria répondit par un petit rictus timide. Elle se tenait à l'autre extrémité de la pièce, apparemment aussi loin que possible de lui, vêtue de la robe bleue qu'elle portait lorsqu'il l'avait rencontrée et qui lui donnait un aspect très aristocratique même si elle était usagée.

— Voulez-vous vous asseoir et dîner avec moi ? demanda Nicholas en désignant un siège à Maria.

La jeune femme obéit, les yeux baissés comme si elle voulait éviter le regard de son hôte qui sortait les mets du panier et les disposait sur la table. Il se tourna vers la cheminée et tisonna le feu qui se mit à ronfler, jetant des lueurs d'or sur les boucles de Maria et dans ses yeux d'ambre qu'elle avait enfin consenti à relever.

Nicholas déboucha une bouteille de vin et en remplit les deux gobelets d'étain. Il en donna un à la jeune fille et ils burent ensemble sans se quitter du regard. Le marquis brûlait de prendre sa compagne dans ses bras, d'achever ce qu'il avait commencé deux jours plus tôt. Rien ne les arrêterait, cette fois, il en était sûr. Lady Maria ne résisterait pas, même si elle semblait quelque peu sur ses gardes pour le moment. Après un ou deux gobelets de vin, elle serait certainement plus détendue...

— Mes gens nous ont préparé un vrai festin, commenta-t-il en présentant les victuailles à Maria. Il y a des pâtés, des volailles rôties, des fromages, des fruits secs...

Il disposa de ces mets sur les deux assiettes et invita la jeune fille à venir s'asseoir près de lui. Elle y consentit, mais se mit à l'extrémité du lit pour laisser la plus grande distance possible entre eux. Nicholas ne réagit pas et, un instant après, elle combla elle-même la distance qui les séparait en venant s'asseoir à côté de lui.

Il n'était pas d'invitation plus claire pour Nicholas. Sans attendre, il prit un morceau de choix et le présenta à Maria qui, après un instant d'hésitation et toute rougissante, entrouvrit ses jolies lèvres et le reçut de sa main.

Elle ferma les yeux, montrant ainsi qu'elle savourait la bouchée et la façon dont elle lui était donnée. Nicholas réprima un soupir. De crainte de l'affoler, il ne voulait pas lui montrer son impatience de l'étreindre. Mais elle prit à son tour un morceau dans son assiette et, cette fois, ce fut elle qui le présenta hardiment à Nicholas.

Il écarta les lèvres et les referma sur la bouchée, emprisonnant les doigts de la jeune fille. Elle ne les retira pas. Ses yeux s'agrandirent, la pupille immense et noire. Nicholas voyait battre son pouls à la naissance du cou alors qu'elle commençait de baisser les paupières en une atttitude de reddition.

Il lui prit la main et la porta à ses lèvres... Maria posa sa main libre sur sa poitrine comme pour contenir les battements de son cœur mais elle n'eut aucun mouvement hostile. Encouragé, il lui baisa l'intérieur du poignet qu'il effleura du bout de la langue.

— Monseigneur…

— Nicholas, corrigea-t-il en se rapprochant d'elle.

— Nicholas…, dit Maria d'une voix incertaine.

S'inclinant sur elle, il déposa un baiser dans son cou, sur une parcelle de peau très sensible, juste sous l'oreille, puis il commença de retirer les épingles qui lui emprisonnaient les cheveux. Les boucles blondes de Maria tombèrent en cascade sur ses épaules.

— Vous êtes si belle, dit-il dans un souffle.

Elle leva sur lui ses grands yeux d'ambre et laissa échapper un soupir de ravissement.

Nicholas eut l'impression d'un feu qui lui courait dans les veines lorsque leurs lèvres s'unirent enfin. Plus rien n'existait en dehors de Maria et de lui. Il était enveloppé de son parfum légèrement fleuri et plus subtilement encore épicé. Elle avait les lèvres douces, et de petits sons inarticulés jaillissaient de sa gorge comme pour réclamer davantage d'attentions.

Glissant les doigts dans les cheveux de la jeune fille, il lui renversa doucement la tête et intensifia son baiser tandis qu'il commençait de défaire les lacets de sa robe.

Maria se sentit emportée par une vague voluptueuse. Il lui semblait qu'une coulée de lave coulait de la pointe de ses seins à une région intime au bas de son ventre, un lieu dont elle ignorait presque l'existence et qui se manifestait à elle, soudain, de la façon la plus exquise et la plus déroutante à la fois.

Elle se serra contre Nicholas dans l'espoir d'apaiser la tension qui s'était installée entre eux, mais il glissa un genou entre les jambes de la jeune fille et la légère pression qu'il exerça sur elle la plongea dans un état de bonheur indescriptible.

Mais même si elle tremblait et réagissait comme si elle voulait interrompre cette étreinte, elle désirait, en fait, qu'elle se prolongeât et attendait d'autres sensations plus fortes encore, plus troublantes. Elle pressentait que Nicholas n'en avait pas fini avec elle et qu'il avait beaucoup d'autres choses à lui apprendre.

Il l'embrassait avec une passion renouvelée et ses gestes se faisaient de plus en plus exigeants. Maria avait envie de sentir la peau de son buste contre sa poitrine nue, elle voulait le caresser comme il la caressait.

— Oh ! Oui, mon amour, fit Nicholas quand elle releva sa tunique pour la lui retirer.

Il s'assit et acheva de s'en débarrasser lui-même puis, se penchant sur elle, il lui parla avec douceur, cherchant par le choix de ses mots à la rendre plus belle, plus sûre d'elle-même, à la convaincre qu'elle était unique et désirée.

Et, comme Maria avait été témoin, un peu plus tôt, de sa générosité et de sa gentillesse, elle ne doutait pas qu'il fût digne d'être aimé lui aussi et s'imaginait aisément à son côté tout au long de la vie.

Elle butinait des lèvres sa poitrine musclée quand elle perçut un bruit, au loin, mais elle était si bien dans les bras de Nicholas qu'elle se sentit incapable de résister à son élan.

Alors qu'elle savourait son odeur et pressait les lèvres contre lui, il la prit par les épaules, la serra contre lui puis, soudain, la repoussa.

— Au nom du Ciel !

Craignant de n'avoir commis quelque maladresse, elle leva les yeux sur le visage défait de Nicholas et, au même moment, perçut des voix à l'extérieur.

— Ne bougez pas, dit Nicholas après un dernier baiser. Je vais voir qui vient.

Maria, grisée, se laissa aller contre les coussins qui garnissaient un côté du lit et entendit Nicholas ouvrir la porte. Un instant après, il s'entretenait avec un homme et une femme dont elle reconnut sans peine les voix.

10.

— Je ne savais pas que vous étiez là, monseigneur, dit Tessa Malloy, feignant la surprise.

Nicholas essaya de ne pas montrer sa mauvaise humeur, mais son front restait barré de deux rides verticales. Lady Tessa et sir Roger n'avaient pas pu ignorer sa présence dans le pavillon de chasse alors que son cheval était attaché à l'extérieur.

— Qu'est-ce qui vous amène ici ? demanda-t-il.

— Nous avons pris l'habitude, ma femme et moi-même, intervint sir Roger, de venir nous reposer au pavillon de temps en temps… surtout lorsque vous recevez vos… amis.

Nicholas eut un petit accès de remords. Evidemment, les Malloy ne se sentaient pas à l'aise au château lorsqu'il y recevait ses compagnons de débauche. Sir Roger avait beau feindre de fermer les yeux sur les distractions du marquis, ce dernier savait ce qu'il en disait en privé.

Il évita de croiser le regard de l'intendant bien qu'il n'eût aucune crainte de s'entendre critiquer directement par lui, mais il souffrait en lui-même de décevoir le vieux couple qui l'avait vu grandir. Un jour, il serait libre de leur parler et pourrait enfin justifier son comportement inconvenant.

Pour l'heure, il ne pouvait les laisser attendre plus longtemps sur le pas de la porte alors qu'ils étaient venus séjourner dans le pavillon, mais lady Maria serait sans doute très gênée d'être vue en sa compagnie en un lieu aussi privé...

La suite des événements, toutefois, le détrompa.

— Lady Malloy, s'écria soudain la voix enjouée de Maria dans son dos. Quelle joie de vous voir ! Vous allez partager notre repas. Nous avons des provisions en abondance...

Sans attendre la réponse de Tessa, la jeune fille se dirigea vers la table et sortit d'autres assiettes du panier qu'elle disposa à côté des leurs. Lady Malloy protesta en voyant Maria commencer de servir les victuailles, insistant sur le fait qu'elle et son mari ne voulaient pas leur imposer leur présence.

— Je vous en prie, répondit Maria. Vous êtes les bienvenus.

Nicholas retint le rire de dérision qui montait de sa gorge et qu'il mut en un toussotement tandis que lady Malloy acceptait l'invitation de Maria et s'asseyait à table à son côté. Sir Roger les rejoignit, puis Nicholas, enfin, l'air renfrogné, qui ne comprenait pas comment Maria pouvait se montrer aussi aimable avec le couple. La frustration qu'il éprouvait était telle que, malgré ses efforts, il était sur le point de laisser éclater sa colère.

Et de regarder la jeune fille, si proche, qui se lovait dans ses bras un instant plus tôt, le rendait fou. Son regard brillait et elle avait encore les joues et le cou en feu. De toute évidence, elle était aussi émue que lui-même.

Il n'avait plus besoin de l'imaginer dévêtue, frémissante sous ses mains. Il avait vu la blancheur de ses seins et savait que leurs pointes étaient aussi douces que le pétale de rose le plus délicat. Elles s'étaient dressées sous ses lèvres, le laissant anticiper ce que serait la réaction de Maria lorsqu'il la posséderait.

Cette nuit...

Il ne pouvait attendre plus longtemps. Elle le désirait autant que lui et il n'y avait plus aucun obstacle au fait qu'ils fussent ensemble.

De petites mèches blondes, échappées de son chignon, dessinaient des boucles sur sa nuque, au-dessous de ses oreilles délicates, là où battait son pouls que Nicholas croyait encore percevoir sous ses lèvres. Le sang lui battait dans les tempes et le désir, de plus en plus violent, le harcelait. Il devinait tout le plaisir qu'une aussi jolie bouche saurait donner... mais il ne se sentait pas le courage d'attendre davantage.

Or, Maria conversait interminablement avec Tessa Malloy sur des sujets sans importance, et Nicholas se lamentait en lui-même, craignant qu'elle ne s'arrêtât jamais. Aussi sa surprise fut-elle immense et son émotion à la mesure lorsqu'il sentit la main de la jeune fille se poser sur sa cuisse.

— Vous avez l'intention de rester ici pour la nuit, n'est-ce pas ? demanda-t-elle à Tessa sans interrompre son geste que la table dissimulait.

La femme acquiesça.

— Si lord Kirkham ne requiert pas la présence de mon mari au château, ce soir, nous serions heureux, en effet, de rester dormir au pavillon. C'est si tranquille ici. Vous n'y voyez pas d'inconvénient, monseigneur ?

Maria crut que Nicholas allait avoir une crise d'apoplexie, mais il sut contrôler sa fureur.

— Pas du tout, Tessa, vous savez que vous êtes toujours la bienvenue.

— Il se fait tard, messire, intervint Maria, impatiente de se retirer.

Elle avait essayé, du mieux qu'elle pouvait, de dissimuler sa gêne aux Malloy, mais elle n'avait pas d'autre désir que de quitter ces lieux. L'attitude de Nicholas, qui la dévorait des yeux, ne l'aidait pas à échapper au malaise dont elle était la proie et le geste audacieux qu'elle avait eu sous la table et qui n'avait pas d'autre but que de l'exhorter au calme, n'avait eu, en fait, que l'effet opposé. Il était, par conséquent, urgent de fuir si elle ne voulait pas perdre complètement l'estime du vieux couple qui lui avait montré si spontanément de l'amitié.

— Oui, répondit-il enfin. Il est temps que nous partions.

— Nous ne voudrions pas, monseigneur, vous chasser de votre..., commença sir Roger mais Nicholas leva la main pour l'arrêter.

— Ne vous faites pas de souci, Roger, dit-il en prenant Maria par le bras et en l'entraînant vers la porte. Reposez-vous le temps qu'il vous plaira. Nous ne voulons vous revoir à Kirkham que parfaitement remis de vos épreuves.

Maria et Nicholas n'échangèrent presque aucun mot sur le chemin du retour, mais l'air vibrait entre eux d'une insoutenable tension. En arrivant au château, la jeune fille fut surprise par le silence qui y régnait. Elle était sur le point d'interroger Nicholas à ce sujet quand l'un des palefreniers vint au-devant d'eux et l'aida à descendre de cheval.

— Ah ! Monseigneur ! Vous voici enfin ! dit-il. Maître Henric attendait votre retour avec impatience.

— Que s'est-il passé ?

— Il s'agit de lord Sheffield…

— Où est Tournay ?

— Il est auprès de ce dernier.

— Qu'est-ce qui ne va pas ? demanda Nicholas en se hâtant vers une petite porte.

— Les blessures de lord Sheffield sont plus graves que ne le pensait maître Henric.

— Grand Dieu ! s'écria Nicholas en pénétrant avec Maria dans un passage conduisant au donjon.

Dès qu'ils furent hors de portée de voix, il prit la main de la jeune fille et la porta à ses lèvres.

— Vous dînerez avec moi, ce soir, ma tendre amie.

— Non, messire, répondit Maria en reculant d'un pas, si bien qu'elle se retrouva le dos plaqué au mur.

Après les événements de la journée, elle devait absolument prendre ses distances vis-à-vis de lord Kirkham si elle tenait à sa vertu.

— Je pense qu'il vaudrait mieux…

— Vous pensez trop, assura Nicholas en posant les mains à plat sur les joues enflammées de la jeune fille.

Maria fut prise de panique. Elle aurait voulu dire non, se faufiler sous son bras et courir à toutes jambes jusqu'à sa chambre, mais il avait déjà les lèvres sur les siennes et avançait une jambe entre les siennes, faisant naître en elle des sensations identiques à celles expérimentées un peu plus tôt devant l'âtre, lorsqu'elle était alanguie parmi les coussins, à demi dévêtue.

— Je vous en prie..., supplia-t-elle d'une voix à peine audible.

— Vous me suppliez de vous prendre maintenant, ma mie, ici ?

— Non, Nicholas...

Elle était bouleversée. Elle désirait si fortement qu'il continuât et, pourtant, elle savait qu'elle ne devait pas le laisser faire... qu'elle ne devait pas se laisser aller.

Dans un sursaut de volonté, elle lui échappa.

Il ne bougea pas, mais la toisa un instant de son regard noir, un pli sauvage au coin des lèvres. Maria resta immobile comme une proie sous le regard de l'aigle puis, soudain, elle s'enfuit.

Nicholas resta seul dans le passage sombre en attendant de retrouver sa respiration, puis il prit le chemin de la chambre où il avait fait transporter lord Sheffield.

Il n'en revenait pas de se laisser troubler à ce point par Maria. Elle était belle, certes, mais il avait tenu dans ses bras beaucoup de jolies filles. Pourquoi celle-ci, à la différence des autres, réussissait-elle à lui faire perdre ses moyens ? Pourquoi, avec une simple caresse, parvenait-elle à le perturber à ce point ?

Excédé, il haussa les épaules et poussa la porte de la chambre.

— Monseigneur…, dit Henric Tournay en le voyant entrer.

Nicholas alla droit au lit sur lequel lord Sheffield gémissait. A chaque respiration, les traits de son visage, humide de sueur, grimaçaient.

— De quoi souffre-t-il exactement ?

— Les côtes ont perforé les poumons. Il a une forte fièvre.

— Envoyez chercher un médecin.

— C'est déjà fait. Le plus proche jouissant d'une bonne réputation est à Malvern Castle.

— C'est à une journée à cheval.

— En effet. J'ai envoyé un messager à l'aube. S'il repart ce soir avec le médecin comme je le lui ai demandé et fait étape en route, ils devraient être ici demain vers midi.

— Pas avant ?

— J'en doute. En attendant, nous avons fait venir un guérisseur.

Nicholas toucha l'épaule du blessé.

— William ? Tu m'entends ?

Lord Sheffield gémit en essayant de lever la main.

— Un médecin est en chemin, déclara le marquis.

— J'ai mal…, souffla le blessé.

Nicholas se tourna vers Henric.

— N'y a-t-il rien que nous puissions lui donner pour l'aider à dormir ?

— Si. Nous lui avons mis un cataplasme sur la poitrine qui ne devrait pas tarder à le soulager.

Sheffield ferma les yeux. Nicholas savait qu'il ne pouvait rien pour lui. Il fallait espérer que sa jeunesse et sa solide constitution lui permettraient de traverser cette épreuve.

— Prévenez-moi si son état s'aggravait, dit-il à Henric.

— Oui, messire... j'ai déjà prévenu le prêtre.

La sinistre prédiction laissa Nicholas complètement déconcerté. Henric, certes, avait raison. Aucune éventualité ne pouvait être écartée et le malheureux méritait, sans doute, d'être absous de ses péchés.

Nicholas fit un signe de tête résigné et quitta la pièce. Dans la grande salle, il fut entouré par ses hôtes qui avaient manifestement oublié la mésaventure de lord Sheffield. Le jeune lord Lofton, impatient que les festivités commencent, arpentait nerveusement la vaste pièce où flambait un immense feu de cheminée.

Ne se sentant aucun désir de festoyer avec ses compagnons, Nicholas les invita à se distraire comme bon leur plairait, puis il se retira dans sa chambre.

Maria avait pris la décision de quitter Kirkham avant l'aube. Depuis sa promenade avec Nicholas, elle connaissait l'emplacement des écuries. Elle n'aurait pas de peine à y trouver son cheval et se lancerait sur la route orientale dont elle connaissait le début pour l'avoir emprunté avec Nicholas.

Elle était d'autant plus impatiente de partir qu'elle se savait en danger si elle restait un jour de plus sous le même toit que lui. Elle perdait la raison dès qu'il lui effleurait la main ou le bras. Si elle ne le fuyait pas, elle succomberait ; elle en avait la certitude.

Lorsqu'elle serait à Rockbury et se serait fait reconnaître pour la fille du duc, elle ferait prévenir Nicholas et il n'aurait plus alors qu'à demander sa main à son père. Elle se représenta la scène et en fut émue aux larmes… Quel bonheur que lady et sir Malloy fussent arrivés au pavillon de chasse au moment opportun ! Sans eux, elle ne savait pas comment elle aurait trouvé la force de résister…

Le simple fait d'évoquer ce souvenir raviva son émoi. Les mains tremblantes, elle alla ouvrir la fenêtre pour respirer la fraîcheur du soir.

Penchée à l'extérieur, elle se saoulait de l'air pur dont elle emplissait ses poumons lorsque les accents joyeux de la musique, qui avait repris dans la grande salle, s'élevèrent jusqu'à elle. Des rires d'hommes, forts et gutturaux, et ceux de femmes, légers et chantants, résonnèrent dans le jardin à ses pieds.

Ils semblaient bien s'amuser… Pourquoi ne descendrait-elle pas les rejoindre plus tard, dans la soirée ? Elle avait réussi à se faire passer pour une lady auprès de lord Kirkham, alors, pourquoi pas auprès des autres ?

— Milady ? appela soudain une voix féminine à l'extérieur de la chambre tandis qu'on frappait doucement à la porte.

Le battant s'ouvrit avant même qu'elle eût le temps de répondre et Aggie parut, portant un plateau de victuailles.

— Je le dépose simplement sur la table près du feu, dit-elle en marchant vers l'âtre.

Maria sentit son cœur chavirer en pensant au repas qu'elle avait commencé de partager avec Nicholas devant la cheminée du pavillon de chasse. En lui donnant la becquée, elle lui avait effleuré les lèvres et une sensation exquise l'avait envahie. Elle avait été incapable de lui résister... mais en avait-elle eu seulement le désir ?

— Merci, Aggie, dit-elle d'une voix distraite.

— Désirez-vous autre chose, milady ?

— Non, Aggie, je te remercie.

Seule, Maria alluma les bougies de deux chandeliers, et s'assit près du feu. Elle s'étonnait de la rapidité avec laquelle elle était tombée amoureuse de Nicholas. C'était sa gentillesse et sa générosité avec les enfants qui l'avaient définitivement séduite. Et elle avait mesuré aussi combien ses sujets l'aimaient.

Elle en avait été d'autant plus impressionnée qu'elle n'avait eu jusqu'alors que l'exemple de sa tante et de ses cousins pour lesquels les villageois d'Alderton ne montraient que crainte et méfiance.

Mais Nicholas était si différent ! Elle se sentit attendrie jusqu'au tréfonds du cœur en pensant qu'à cet instant précis il prenait son tour de garde auprès de Sheffield. Elle doutait que Geoffrey Morley eût jamais montré une telle compassion pour l'un de ses compagnons qui aurait été blessé.

Elle en était là de ses réflexions lorsque la porte s'ouvrit une nouvelle fois à la volée. Maria fit volte-face... Nicholas était là. Ayant refermé la porte derrière lui, il attendit, immobile, les bras croisés sur sa large poitrine, comme s'il souhaitait que Maria lui fît connaître ce qu'elle attendait de lui.

Mais elle était incapable d'articuler un mot... Il était si séduisant, les cheveux mouillés après le bain qu'il venait visiblement de prendre, et la barbe fraîchement rasée. Elle sentait son regard chaud et pénétrant sur son corps, et se savait déjà perdue...

Lorsqu'il avança vers elle et lui prit la main, elle le laissa faire, sachant qu'il était vain de nier l'évidence : face à cet homme, et quoi qu'il fît, elle n'était que capitulation.

— Vos lèvres sont faites pour recevoir des baisers, dit-il dans un souffle en la serrant contre lui.

Quand il l'embrassa, elle crut défaillir de bonheur. Etait-elle donc de cire pour fondre ainsi à la seule chaleur de ses baisers ? se demanda-t-elle, éperdue. Il pressait sa virilité contre elle et, pour la seconde fois depuis le lever du jour, défaisait les lacets de sa robe, dénudait sa poitrine...

Entre deux étreintes, il se débarrassa de sa propre tunique et, s'inclinant sur la jeune fille, emprisonna tour à tour la pointe de ses seins entre ses lèvres. Elle glissa les doigts dans sa chevelure tandis qu'elle renversait la tête en un abandon total. Il frémit, emporté par un désir farouche, incontrôlable.

Sans jamais interrompre ni ses baisers ni ses caresses, il acheva de défaire la robe qui tomba sur les chevilles de Maria comme une corolle de soie bleue. Puis, la soulevant dans ses bras, il alla l'étendre sur la courtepointe moelleuse qui couvrait le lit.

La passion amoureuse que la jeune fille lisait dans son regard dissipait ses ultimes pudeurs et elle ne rougissait pas d'être nue.

Il la dévorait, descendant de ses seins vers sa taille...

— Nicholas..., murmura-t-elle dans un soupir.

— Vous êtes merveilleuse. Depuis l'instant où j'ai posé pour la première fois les yeux sur vous, je n'ai pas cessé de vous désirer...

Tout en parlant, il achevait de se dévêtir et, lorsqu'il cueillit de nouveau les lèvres de Maria, il ne portait plus rien. Elle fut parcourue d'un frisson en sentant la chaleur de sa peau et le contact de sa toison soyeuse alors qu'il tissait autour d'elle un voile d'ivresse et de caresses.

— Nicholas... je vous en prie...

Il l'éveillait à la féminité avec art et délicatesse, d'une façon si habile qu'elle s'élevait vers des sommets indicibles, et elle s'abandonnait, s'ouvrait à lui sans restriction.

Elle avait la gorge pleine, les lèvres gonflées, et ses yeux d'ambre étaient enfiévrés de désir. Il respirait le parfum de sa peau, l'odeur troublante de son corps de nymphe alors que ses cheveux, gerbe blonde et bouclée, croulaient en cascade soyeuse sous ses mains.

Jamais il n'avait rencontré une femme aussi naturelle, libre dans l'expression de son attente, et il en éprouvait un désir d'autant plus brûlant.

Incapable de remettre encore l'instant où il la ferait sienne, il s'étendit dans le doux vallon de ses jambes et, avec une force mesurée, vint en elle.

Il s'arrêta soudain...

Grand Dieu !

Il entendait battre son pouls, sa respiration était rauque… l'acte qu'il accomplissait n'était pas du tout ce qu'il croyait…

Il tenait une vierge dans ses bras !

11.

Si on lui avait posé la question quelques instants plus tôt, Nicholas aurait juré ses grands dieux que lady Maria n'était plus pucelle. Elle avait une façon de l'embrasser et de le toucher qui n'était pas celle d'une innocente. Jamais il ne s'était senti aussi bien dans les bras d'une femme, jamais il n'en avait rencontré d'aussi accueillante, compréhensive, tendre, attentive à tous ses désirs, réceptive à toutes ses envies…

— Nicholas ? chuchota-t-elle.

Il avait le visage brûlant ; le sang tapait dans ses tempes et ses muscles étaient endoloris parce qu'il se retenait. Il n'en pouvait plus de désir…

— Tu aurais pu m'avertir, ma chérie…

Aucun son ne franchit les lèvres de Maria bien qu'elle formulât les mots dans sa tête. Inconsciente de n'avoir pas donné de réponse, elle ferma les yeux et eut un mouvement lascif des hanches qui provoqua la réaction immédiate de Nicholas.

Reprenant son puissant va-et-vient, il la conduisit sur un chemin inconnu tandis qu'elle l'enveloppait de gestes tendres et doux, l'encourageant de sa voix mélodieuse, le stimulant d'une caresse audacieuse dont elle seule semblait avoir la science, une science infuse puisque, contrairement à ce qu'il avait imaginé, elle n'avait aucune expérience des échanges amoureux.

Elle lui griffa le dos lorsqu'il vint plus fort encore en elle ; elle gémit, soupira d'une délicieuse manière qui fut comme un aiguillon sur les sens exacerbés de Nicholas.

Il s'abandonna en elle dans un ultime élan et fut soulevé par la vague d'un indicible plaisir. Il lui sembla que le monde chavirait autour de lui alors que Maria criait son nom…

Lorsqu'il revint à lui, étendu près d'elle, il lui prit le visage entre les mains et but les larmes qui roulaient sur ses joues.

— Tu pleures, ma tendre amie ? T'ai-je fait si mal ?

— Non, monsei… euh… Nicholas, mais je ne savais pas que… je n'avais jamais…

Il l'écoutait, penché sur elle, et, déjà le désir s'emparait de nouveau de lui, mais, cette fois, il voulait lui accorder toute l'attention qu'elle méritait et, fort de son expérience, la conduire à son tour au plaisir avec une infinie douceur…

Maria s'éveilla brusquement. Elle ne dormait, certes, que d'un sommeil léger car la présence de Nicholas près d'elle la troublait, mais elle avait, sans doute, réagi à un bruit en provenance de l'extérieur.

Elle n'avait aucune envie de s'arracher aux bras de Nicholas ni à la chaleur de son corps, mais elle entendait un crépitement insolite contre la muraille. Dans un suprême effort, elle sortit du lit et, pieds nus sur les carreaux de terre cuite, se dirigea vers la fenêtre ouverte.

Se penchant à l'extérieur, elle vit des torches allumées et un petit groupe d'hommes et de femmes qui riaient aux éclats en jetant des cailloux contre les fenêtres aux petits carreaux cerclés de plomb de la chambre.

Ils étaient manifestement échauffés par la boisson et cherchaient à arracher au sommeil le maître des lieux.

— Réveille-toi, Nicholas ! cria la voix exaltée d'une femme. Viens nous montrer ce dont tu es capable.

— Eh ! Nicholas ! fit une voix d'homme. Oublie la petite caille que tu as mise au frais dans ton donjon. En voilà une qui est prête à te donner ce que tu veux sans se faire prier !

Des rires et des gloussements ponctuèrent ces propos. Horrifiée par ce qu'elle venait d'entendre, Maria se boucha instinctivement les oreilles mais les mots cruels continuaient de résonner dans sa tête. Ainsi, elle n'était qu'un mets de choix en attente dans le donjon... Alors même qu'elle tombait amoureuse de son séducteur, ce dernier n'avait eu d'autre intention que de lui ravir son honneur !

Un autre jet de cailloux vint frapper la fenêtre de la chambre voisine et la voix de la femme s'éleva de nouveau dans le silence de la nuit :

— Descends ! Descends, mon petit lord... tu ne t'es pas déplu dans mes bras, la nuit dernière !

Mortifiée, Maria s'essuya rageusement les yeux. Elle avait déjà été soumise à la convoitise des hommes, mais jamais on ne s'était abusé d'elle d'une telle manière, jamais on n'avait essayé de la tromper avec autant de froideur et de détermination. Comme elle avait été sotte de croire à la sincérité des sentiments de Nicholas !

Mais il pouvait aller au diable !

Elle se retourna et jeta un regard circulaire sur la chambre éclairée par la faible lumière du feu. A travers ses larmes, elle contempla une dernière fois la vaste pièce où elle avait vécu des moments d'un bonheur immense puis, n'ayant rien à emporter, aucun bagage à rassembler, elle passa sa robe, en noua rapidement les lacets et, impatiente de fuir, courut vers la porte comme une femme ivre.

Le médecin se présenta à Kirkham dès l'aube et l'on vint chercher Nicholas qui dormait. Constatant que Maria n'était plus à son côté, il pensa qu'elle était allée faire sa toilette dans la salle de bains contiguë à sa chambre. Malgré les étreintes qu'il avait partagées avec elle durant la nuit, il doutait qu'elle se fût baignée sans gêne devant lui à la clarté du jour naissant.

Elle serait moins pudique le soir venu…

Il fut rempli d'orgueil à la pensée d'avoir été le premier homme à révéler à Maria le plaisir des sens. Et lorsqu'il la prendrait dans ses bras, la nuit prochaine, il lui ferait connaître des sensations plus grandes encore qui ne manqueraient pas de la surprendre…

Jamais il n'avait rencontré de femme aussi réceptive, ni aussi spontanée. Elle avait manifestement trouvé une joie très vive dans leurs transports, et s'était montrée douce et affectueuse à son égard.

Tout ceci était nouveau pour lui et extrêmement troublant. La plupart des femmes qu'il avait connues jusqu'alors étaient certes éprises de lui mais, cette fois, il avait senti plus que de l'attirance ou de la sensualité. Maria avait eu à son endroit des attentions qui trahissaient un amour sincère, encore naissant bien sûr, mais déjà enraciné.

Ceci était très préoccupant, décida-t-il, car il n'avait évidemment pas les mêmes sentiments pour elle et n'en éprouverait jamais de tels. Il ne se sentait doué d'aucune tendresse, en tout cas pas de celle requise par les femmes. Et puis il était engagé dans une mission dangereuse qu'il ne pouvait mener à bien qu'en exposant sa vie. Un trop grand attachement à une femme le rendrait vulnérable et l'ennemi ne manquerait pas d'exploiter cette faiblesse.

Qu'importe ! Il jouirait de la présence de Maria jusqu'à ce qu'il se fût lassé d'elle. Il ferait en sorte, alors, qu'elle fût bien récompensée de sa générosité et elle pourrait retourner chez elle…

Il fronça les sourcils. Qui était Maria, au juste ? Partagé entre des sentiments antagonistes, il tournait toujours cette question dans sa tête en se rendant, un moment plus tard, au chevet de Sheffield. Au début, Maria l'avait surtout intrigué, et voilà qu'à présent, elle le tourmentait presque ! Il savait avec certitude qu'elle n'était pas une maîtresse rejetée par son amant comme il l'avait pensé d'abord, mais sa condition restait obscure car si elle était noblement vêtue, il ne convenait pas à une jeune fille de bonne naissance de chevaucher seule sur les routes.

Bah ! Il éluciderait cette question plus tard, se dit-il en lui-même en poussant la porte de la chambre du blessé.

Maria n'en croyait pas ses yeux ! S'il s'agissait là de Rockbury, alors elle était princesse ! Un vaste et imposant château, hérissé de tourelles, encadré par quatre grosses tours et dominé par un donjon se dressait devant elle. Elle n'aurait pas imaginé de demeure plus prestigieuse, sinon le palais du roi en personne.

Elle n'avait pas rêvé d'une telle citadelle. Tout ce qu'elle souhaitait, c'était une maison, un havre de paix où elle pût se retirer et réfléchir aux derniers événements de sa vie. Un endroit où elle pût recommencer une nouvelle vie et oublier Nicholas Hawken.

Le cœur battant, elle chevaucha jusqu'à l'entrée principale où elle mit pied à terre. Le regard levé sur les hautes portes de chêne bardées de fer, elle les vit s'ouvrir lentement, dans un parfait silence. Bientôt, un homme de petite taille parut sur le seuil. Maria, qui retenait sa respiration, planta un regard altier dans le sien, soucieuse non de le provoquer, mais plutôt d'exprimer à la fois assurance et autorité. Après tout, n'était-elle pas venue à Rockbury pour en réclamer l'héritage ? Un air suppliant n'eût pas convenu dans de telles circonstances.

D'autant moins qu'elle risquait fort d'être éconduite dans un instant…

L'expression de l'homme s'altéra alors que Maria s'approchait de lui. Soudain, il se retourna et appela quelqu'un. Maria inquiète vit bientôt paraître une femme d'un certain âge qu'elle tint pour son épouse.

— Seigneur ! murmura cette dernière en découvrant Maria.

— N'est-ce pas ? On jurerait que lady Sarah est revenue du royaume des morts pour nous visiter !

Maria, paralysée par l'émotion, considérait le couple avec un vague soulagement. Si on la prenait pour sa mère, on ne la chasserait pas...

La femme s'approcha et plaça le bras autour de ses épaules comme si elle la connaissait depuis toujours.

— Ne pleure pas, ma fille. Te voici enfin chez toi.

Maria n'avait pas conscience que des larmes roulaient le long de ses joues. Elle les essuya du revers de la main tandis que sa bienfaitrice l'entraînait à l'intérieur du château.

— Votre père sera fou de joie, assura-t-elle. Il n'a jamais perdu l'espoir de vous retrouver depuis le jour où la duchesse douairière lui a avoué que vous aviez survécu.

— Mon père ? bredouilla Maria.

— Oui, confirma l'homme. John Burton, duc de Sterlyng. Il réside actuellement à Londres, nous allons l'envoyer quérir à l'instant même.

— Alors... alors vous croyez que je suis Maria Burton ?

Le couple se mit à rire devant l'incertitude de la jeune femme.

— Vous êtes le portrait de votre mère, répondit la femme. Et vous avez les yeux de votre père. Ils sont de la nuance exacte de l'ambre, chauds comme le soleil par une matinée d'été.

— Tu t'oublies, femme !

— Je n'ai pas peur de le dire, le duc est encore très bel homme. Et regarde ce médaillon...

Elle désigna le bijou que Maria portait avec tant de dévotion et d'amour.

— Tu ne nieras pas qu'il a appartenu à lady Sarah.

— Nous allons envoyer chercher le duc immédiatement, répéta maître Twickham. Il n'en aura que pour un jour à venir ici de Londres.

Maria sentit ses genoux trembler. Elle avait un père ! Et qui plus est un père qui serait débordant de joie en apprenant son existence. Or, jamais plus qu'à cet instant, elle n'avait éprouvé le besoin d'un protecteur.

Où était allée Maria ? Et pourquoi l'avait-elle fui ? N'avaient-ils pas passé ensemble une journée et une nuit merveilleuses ?

Merveilleuses... il parlait comme un amoureux transi. En fait, elle ne comptait pas plus pour lui que n'importe laquelle des femmes qui étaient passées dans sa vie. Si elle avait quelque chose de plus que les autres, c'était le mystère dont elle s'enveloppait. Or, c'était une raison suffisante pour la fuir car il avait déjà bien assez de secrets à percer dans sa propre vie sans avoir à s'embarrasser du sien.

Il allait et venait devant la cheminée monumentale de la grande salle où dansaient les flammes d'un feu nourri, tournant et retournant les mêmes questions dans sa tête. Il ne savait rien de Maria. Il ignorait où elle allait, d'où elle venait. Il n'avait aucune idée de la façon dont il devait commencer ses recherches.

Car il était bien décidé à enquêter pour la retrouver. Il n'avait pris conscience qu'elle avait quitté Kirkham qu'en fin de matinée, lorsqu'il était enfin ressorti de la chambre où Sheffield luttait contre la mort.

Il avait aussitôt fait seller son cheval et, soupçonnant la jeune femme d'avoir fui par ce chemin, s'était lancé sur la route qu'ils avaient empruntée ensemble la veille, mais une violente averse, annihilant toute visibilité, l'avait bientôt contraint de faire demi-tour.

Il ne désespérait pas, cependant, de la rejoindre sous peu. Il se promettait même de la serrer de nouveau dans ses bras dans un délai très bref. Par goût du défi, bien sûr…

— Quelle est l'opinion du médecin au sujet de Sheffield ? demanda Lofton d'un air détaché alors que Nicholas, plongé dans ses pensées, s'asseyait près du feu.

L'attitude de Lofton et le ton de sa voix irritèrent Nicholas au plus haut point. N'aurait-il pas dû être contrit, sachant qu'il avait une part de responsabilité dans le terrible accident dont avait été victime son compagnon ?

— Il a un poumon perforé, répondit-il. Il a peu de chances de s'en tirer.

Lofton secoua sans conviction la tête.

— C'est trop bête…

Puis, un sourire aux lèvres :

— Dis-moi, tu dormais profondément la nuit dernière, pas vrai ?

Nicholas le toisa.

— Qu'en sais-tu ?

— Trendall et moi, nous avons essayé de te réveiller un peu avant le lever du jour. Il y avait une fille avec nous que tu connais bien. Elle t'a appelé plusieurs fois.

— Et alors ? Que s'est-il passé ?

— Comme tu ne répondais pas, on a jeté des cailloux dans tes fenêtres. La fille miaulait comme une chatte en chaleur. Mais toi, tu restais imperturbable. Tu as le sommeil plus lourd que les morts.

Nicholas enfouit le visage dans ses mains. Il ne pouvait que trop se représenter Maria témoin de ce vacarme nocturne. Cette intrusion, et tout ce qu'elle impliquait, l'avait évidemment fait fuir.

Se levant brusquement, il sortit de la salle. Qu'avait entendu Maria des propos de la drôlesse ? Des paroles suffisamment offensantes en tout cas pour la jeter sur les routes en pleine nuit !

Deux jours plus tard, en début de soirée, Maria était assise au bord d'une mare au fond du jardin de Rockbury où les oiseaux venaient boire et faire leur toilette dans la douceur du printemps. Les pieds dans l'eau claire, elle les agitait, dispersant les petits poissons dorés qui venaient autour d'elle.

Dans ce lieu tranquille, elle réussissait presque à oublier Nicholas Hawken et le doux contact de ses lèvres sur sa peau... elle n'était même pas loin de se persuader qu'elle n'avait jamais été sensible au toucher de ses mains.

Elle sortit les pieds de l'eau et ramena les genoux sur la poitrine, les tenant dans ses bras. Elle n'avait pas envie de penser à Nicholas maintenant alors que son père allait…

— Milady ?

La voix de l'intendante interrompit le fil de ses pensées. Redressant la tête, elle la vit approcher en compagnie d'un homme aux cheveux blancs qui marchait d'un pas hésitant.

Il avait une belle allure malgré son âge et, lorsqu'il fut assez proche, elle vit deux yeux ambre briller dans son visage qui ressemblaient étrangement aux siens. Emue aux larmes, elle fut incapable d'articuler un mot lorsqu'elle entendit l'inconnu prononcer :

— Maria ?…

Il avait une voix grave, mais son souffle court empêchait qu'il en fît entendre toutes les harmonies. Les yeux humides, il tendit une main tremblante à la jeune femme.

Elle ravala sa salive et réussit enfin à répondre dans un souffle :

— Père ?

Il resta silencieux un long moment en tenant les deux mains de sa fille emprisonnées dans les siennes puis, ouvrant les bras, il la serra sur sa poitrine :

— Mon enfant, fit-il d'une voix étranglée. Maria !

12.

Dans ses rêves les plus fous, Maria ne s'était jamais représenté un endroit plus étonnant et merveilleux que Londres. Les rues y étaient noires de monde et sur le marché régnaient des couleurs vives et variées. Le parfum des épices se mêlait à celui du feu de bois, des rôtis et à l'odeur de la Tamise dont le souffle humide s'élevait jusqu'à l'hôtel du duc de Sterlyng situé sur Bridewell Lane, au nord est de Westminster.

Maria était encore étourdie par le défilé des couturières, des bottiers, des maîtres de chant, de danse et de maintien, des écuyers qui ne s'était pas interrompu de la semaine. Elle disposait, à présent, déjà, de plusieurs robes, bottes, bijoux et manteaux. En outre, son père lui avait fait don d'une très belle jument et d'une superbe selle richement décorée.

Elle s'était si souvent entraînée à imiter Cecilia que sa façon de parler et ses manières étaient presque parfaites. On lui avait attribué, toutefois, un précepteur pour lui enseigner l'art de la lecture, le latin, et parfaire ses connaissances.

Le duc, en effet, avait le désir de marier sa fille aussi tôt que possible, et avec un seigneur de haut rang.

Maria ne put retenir un bâillement. Elle s'était réveillée de bonne heure et levée pour ne plus penser à la soirée de la veille où plusieurs jeunes gens avaient été conviés, chacun ayant reçu du duc l'autorisation de faire la cour à lady Maria.

Elle aurait dû être au comble du bonheur. Le duc se montrait très généreux à son égard. Il était si heureux de l'avoir retrouvée qu'il dépensait sans compter pour lui faire plaisir et, dans sa grande générosité, lui accordait une liberté dont peu de demoiselles nobles devaient avoir la jouissance.

Les jeunes gens qui étaient venus lui présenter leur hommage étaient tous beaux, de noble naissance et avaient fait leur preuve sur les champs de bataille, en France et ailleurs. Certains, même, siégeaient déjà à la chambre des lords, mais aucun d'eux n'était comte de Kirkham.

Nicholas…

Elle avait cru réussir à le chasser de son esprit dans les premiers jours qui avaient suivi son arrivée à Rockbury, mais elle s'était montrée trop optimiste. Chacun des sourires que lui adressaient ses prétendants lui évoquait ceux, infiniment plus charmants, de Nicholas. Et lorsque l'un des chevaliers avait osé lui effleurer la main, elle avait aussitôt pensé à son ex-amant et à son art incomparable de toucher, caresser, faire naître en elle des désirs inavouables…

Elle se reprochait, toutefois, d'être encore aussi imprégnée de son souvenir car elle ne se faisait aucune illusion à son sujet. C'était un vaurien, un scélérat, un vil séducteur qui n'éprouvait aucun remords de collectionner les conquêtes.

Elle entendait encore la voix moqueuse de l'inconnue qui l'avait hélé cette nuit maudite, évoquant les moments intimes partagés la veille !

Dans un mouvement d'humeur, Maria sortit de sa chambre et descendit à l'étage principal où elle trouva lady Alicia Preston, la gouvernante de son père, les bras encombrés de deux énormes bouquets de fleurs séchées.

Parente du duc, Alicia avait épousé un simple marchand contre la volonté de son père. Après son veuvage, le duc lui avait offert sa protection et elle était venue vivre chez lui avec son fils. Eduqué comme tous les jeunes nobles, ce dernier, à présent, servait comme écuyer dans le Surrey, chez l'un de ses oncles.

Dès son arrivée à Londres, Alicia avait pris Maria sous son aile un peu comme si elle avait été sa sœur aînée, et Maria n'avait été que trop heureuse de trouver cette aide.

— Ah ! Vous voici ! fit Alicia en voyant la jeune femme. Encore des fleurs pour vous !

— Encore? répéta Maria en jetant un regard étonné autour d'elle.

Constatant que la salle était déjà remplie de bouquets disposés dans des vases, elle ne put retenir un cri d'admiration. Nulle part, elle n'avait vu autant de fleurs, pas plus à Kirkham qu'à Alderton.

— Qu'est-ce que cela signifie ?

Alicia gloussa.

— Ce sont des cadeaux, ma petite amie ! Des marques d'admiration de la part de tous vos admirateurs.

— Qui sont-ils ?

— Les mêmes jeunes gens qui étaient là pour vous entourer hier soir et la veille.

— Mais je…

— Et vous avez reçu bien d'autres présents, poursuivit Alicia. Des robes, de riches brocarts, des soieries et même un cuissot de chevreuil pour votre table.

— Un cuissot ? fit Maria qui n'en croyait pas ses oreilles. Je ne comprends pas…

— Votre père a l'intention de vous trouver un compagnon de votre rang, mais il nous a dit clairement que ce serait à vous de choisir l'élu de votre cœur. Les soupirants défilent ici depuis votre arrivée avec l'espoir pour chacun d'entre eux que vous poserez votre regard sur lui.

Sans prêter attention à l'expression stupéfaite de Maria, Alicia prit un bouquet de fleurs oublié sur une table et se dirigea vers l'office. A cet instant, entendant des pas dans le hall, elle voulut changer de direction, mais Maria, qui la voyait les mains encombrées, déclara en se tournant vers la porte :

— Attendez, je vais voir !

Elle n'avait pas atteint le seuil que le chemin lui fut barré par un homme de haute taille : Nicholas en personne se dressait devant elle ! Et le choc qu'elle reçut à sa vue n'eut d'égal que celui du jeune homme lui-même…

Au cours des interminables journées où il ne l'avait pas vue, Maria était devenue plus belle et plus désirable encore. Et s'il avait envie de la souffleter pour l'avoir fait tant souffrir, le besoin de la serrer dans ses bras et de goûter à la saveur de ses lèvres se révélait bien plus fort encore.

Profitant de la stupeur de la jeune femme qui restait saisie par son apparition, il l'enlaça sans préambule et l'embrassa. Il l'aurait dévorée de baisers et possédée incontinent si les cris affolés d'une femme n'avaient fini par résonner à ses oreilles et s'il n'avait pris conscience des deux mains de Maria contre sa poitrine, le repoussant à toute force.

— Messire ! Je vous en prie ! implorait Alicia. Laissez lady Maria en paix !

Nicholas interrompit enfin son étreinte et, laissant tomber les bras de part et d'autre du corps, garda les yeux baissés sur la jeune femme qui, haletante, le fixait avec un air de stupéfaction mêlé de peur.

Ayant repris son souffle, elle recula d'un pas puis gifla Nicholas à la volée. Il resta sans voix, se frottant la joue.

— Dois-je appeler un écuyer, lady Maria ? demanda Alicia, ébranlée par cette scène incongrue.

La jeune femme, les yeux immenses et craintifs comme ceux d'une biche sous le regard d'un archer prêt à décocher sa flèche, ne répondit rien, pas plus qu'elle ne réagit lorsque Nicholas s'empara de la main avec laquelle elle venait de le frapper.

— Vous vous trompez, dit-elle enfin. Je ne suis pas celle que vous croyez. Et si vous êtes venu pour...

— Ne me faites pas de procès d'intention, rétorqua Nicholas qui regrettait d'avoir volé son innocence à la jeune femme et n'avait nullement l'intention d'agir avec elle comme il l'avait fait à Kirkham, d'autant moins qu'elle s'avérait être la fille du duc de Sterlyng, l'homme qu'il soupçonnait de servir les intérêts du roi de France.

Il baisa dévotement ses doigts, puis reprit :

— J'étais venu vous présenter mes hommages, milady... et vous demander d'intercéder auprès du duc, votre père, afin qu'il m'accorde une entrevue. Mais manifestement, l'instant est mal choisi...

Maria crut perdre connaissance quand il se retira sur ces mots. Alicia, par bonheur, était là, qui lui offrit le support de son bras pour la conduire vers un fauteuil.

— Cela ne me regarde pas, milady, mais, tout de même, il a dû vous faire beaucoup de mal pour que...

— Non, interrompit la jeune femme d'une voix tremblante, non, Alicia ! Il ne m'a pas blessée comme vous le croyez. Il n'a pas le pouvoir de me faire mal. Sa présence ici n'a fait que m'irriter.

— Si vous le désirez, je peux, néanmoins, prévenir votre père...

— Non, je vous en prie. Je préfère que mon père ignore cet incident. Ne lui en dites rien. Je ne voudrais pas lui causer de soucis.

Elle ne voulait pas, surtout, que le duc apprît la folie qu'elle avait commise à Kirkham de crainte qu'il ne lui retirât son estime et sa confiance.

— Je ne pense pas, toutefois, reprit Alicia, que lord Kirkham osera de nouveau ce genre de privautés avec vous. Vous l'avez reçu d'une verte manière...

Maria se tordit nerveusement les mains. Deux semaines presque s'étaient écoulées depuis que Nicholas lui avait révélé des délices cachées, bouleversant ses sens, s'emparant de son cœur... Ne se libérerait-elle jamais de ce regard gris qui l'envoûtait? Ni de ces mains qui avaient joué avec son corps comme sur un instrument de musique, lui arrachant des gémissements, des cris dont elle se serait crue incapable ?

— Non, confirma-t-elle enfin d'une voix raffermie. Il ne reviendra pas.

Une semaine s'était écoulée avant que Nicholas ne fût mis au courant des questions sibyllines posées par Maria au sujet de Rockbury. De là, il lui avait été aisé de deviner qu'elle était la fille du duc, l'enfant que Sterlyng recherchait sans relâche, d'autant plus qu'elle avait les mêmes yeux ambre que son père.

Avant de se rendre dans la demeure londonienne du duc, Nicholas avait enquêté sur Maria et appris qu'elle venait d'Alderton où, comme ses mains abîmées en témoignaient, elle avait été traitée en domestique.

Il avait été informé, en outre, que depuis son arrivée à Londres, la jeune femme montait chaque jour à cheval sous la garde d'un écuyer, et il avait la ferme intention de l'intercepter lors de sa prochaine sortie. A la réaction qu'elle avait eue avec lui, le matin de ce même jour, il savait qu'elle restait très sensible à son charme.

Mais lui-même n'était pas non plus indifférent à Maria. Il ne cessait de penser à elle et de revivre les moments qu'ils avaient partagés depuis la gifle qu'elle lui avait donnée sur la route de Kirkham jusqu'à la nuit qu'ils avaient passée dans les bras l'un de l'autre.

Lorsqu'il s'était trouvé, soudain, en face d'elle, dans la maison de son père, il avait été incapable de résister à la tentation…

Un sourire se dessina sur ses lèvres. Maria méritait pleinement l'effort qu'il avait accompli pour la retrouver, et il ne s'offusquait pas de sa réaction. Il aurait dû s'y attendre. Elle avait plus de caractère que toutes les femmes réunies qu'il avait connues. Il ne pouvait concevoir de devoir patienter avant que de lui refaire l'amour, mais il savait qu'il n'avait d'autre choix.

Il ferait en outre d'une pierre deux coups car il ne manquerait pas de s'informer auprès d'elle des activités du duc de Sterlyng et de ses éventuelles relations avec le duc d'Alençon. Pour ne pas s'attirer les foudres de la jeune femme, il devrait s'efforcer à une certaine retenue, mais, se jura-t-il, il y parviendrait. La cause qu'il servait justifiait un tel effort et d'autres plus grands encore s'il le fallait.

Comme il approchait de Westminster, il commença d'observer les cavaliers qu'il croisait. Maria se rendait au parlement chaque jour pour y retrouver son père avec lequel elle prenait une collation dans un cabaret voisin.

Nicholas avait l'intention de l'arrêter en chemin avant qu'elle n'eût vu son père afin de lui présenter ses excuses et de la convaincre de l'accepter au nombre de ses prétendants.

Pour mener à bien son projet, il avait chevauché jusqu'à une prairie quelque peu isolée sur les terres de l'abbaye de Westminster par laquelle devait passer la jeune femme si ses renseignements étaient bons.

Il conduisit son cheval à l'ombre d'une haie épaisse pour n'être pas vu de Maria et mieux la surprendre. Il souhaitait, en effet, pouvoir observer sa réaction lorsqu'elle le verrait sans qu'elle eût le temps de se composer une mine indifférente.

Car elle ne l'était pas du tout, il avait pu le constater le matin même.

Il sourit de nouveau en se représentant l'expression de Maria lorsqu'elle l'avait vu, et un frémissement d'impatience courut sous ses veines, car elle ne tarderait pas à être de nouveau dans son lit, il en était certain.

Ce qu'ils avaient partagé était trop extraordinaire pour n'être pas vécu de nouveau. Il sentait son désir s'éveiller rien qu'en imaginant son amante dévêtue, ses cheveux blonds épars autour de son visage, ses yeux rivés aux siens, leurs corps communiant dans une même extase…

Un bruit de sabots l'arracha à sa rêverie. La cadence, lente, indiquait qu'il s'agissait de cavaliers peu pressés, conduisant leurs montures à un petit trot tranquille.

Nicholas, dont le cœur s'était mis à battre plus fort, eut la respiration coupée lorsqu'il reconnut Maria qui chevauchait d'une manière très princière avec ses riches vêtements de soie et de velours, la tête coiffée d'un voile comme il convenait aux dames de haute naissance.

Il fit avancer son cheval pour croiser le chemin de la jeune femme.

— Oh ! fit-elle, prise de court.

— Quelle coïncidence ! s'exclama-t-il en saisissant la bride de sa monture.

— Milady ? fit l'écuyer de Maria, qui se porta aussitôt à son niveau.

Maria resta silencieuse un moment comme si elle s'interrogeait sur l'attitude à adopter puis, s'adressant au jeune homme :

— Ne vous faites pas de souci, maître Cole. Lord Kirkham est... un vieil ami.

— Lady Maria... le duc, votre père, m'a donné comme consigne...

— Attendez-nous près de ce boqueteau, interrompit Nicholas avec autorité. Je ne retiendrai pas votre maîtresse longtemps.

L'écuyer interrogea la jeune femme du regard mais, d'un geste, elle lui fit signe de s'éloigner. Tournant ensuite son visage hautain vers Nicholas, elle dit sèchement :

— Je ne comprends pas ce que vous faites ici, messire. Je n'ai rien à vous dire.

— Depuis quand me donnez-vous du *messire* ? s'insurgea Nicholas. C'est absurde... Vous m'en voulez, n'est-ce pas ?

Comme la jeune femme, le regard perdu au loin, restait muette, il reprit :

— Je ne puis comprendre pourquoi vous avez fui Kirkham à cause de quelques bouffons avinés qui ont crié je ne sais quelle ânerie sous vos fenêtres.

Elle ne répondit rien et mit au pas son cheval. Nicholas commanda aussitôt à sa monture d'avancer. Tandis qu'ils cheminaient en silence, le jeune homme étudiait le profil de sa compagne, les boucles blondes qui s'échappaient du voile de soie, le col brodé de sa robe qui soulignait la blancheur et la finesse de son cou de cygne, la façon dont elle tenait les rênes de ses mains gantées...

Il s'évertua à chasser les images que cette observation faisait naître en lui, des images sensuelles, troublantes, de moments passionnés qu'il ne lui serait plus permis de vivre s'il voulait accomplir au mieux sa mission. Des renseignements passaient quotidiennement à l'ennemi par l'intermédiaire d'un grand du royaume qui n'était peut-être autre que le père de Maria. Fort des quelques preuves qu'il avait réussi à réunir, il serait sans doute en mesure de confondre bientôt le traître.

Or, ce n'étaient pas un joli visage ni une charmante silhouette qui l'en dissuaderaient… mais il ne pouvait supporter, cependant, de se sentir rejeté par la jeune femme.

Il saisit de nouveau la bride de sa monture, qu'il arrêta net.

— Maria, dit-il avec douceur, ne me torturez pas avec votre indifférence. Je vous prie de me pardonner pour mon attitude indigne. Je n'avais pas compris… J'ignorais que vous…

— Je vous en prie, Nicholas, dit-elle d'une voix blanche. Laissez-moi ! Je ne suis plus une orpheline misérable soumise au bon vouloir d'une tante cruelle. Mon père a l'intention de me donner pour femme à un jeune homme de haute naissance. Par bonheur, il ignore ce qui s'est passé entre nous à Kirkham…

Elle détourna les yeux avant de reprendre :

— Je tiens à ce que nous gardions le silence sur ce sujet.

Elle tira sur les rênes de son cheval dont il venait de lâcher la bride et s'éloigna sans un regard. Alors que la distance entre eux se creusait, Nicholas sentit son cœur se serrer malgré lui. Quoi qu'il fît, il ne pouvait ignorer le fait qu'il lui avait causé un tort irréparable.

Un constat douloureux qui le conduisait à penser qu'il était apparemment moins roué qu'il ne l'avait cru.

13.

Maria s'était sentie spontanément proche de son père. A aucun moment, elle n'avait ressenti de malaise du fait qu'ils étaient demeurés étrangers l'un à l'autre pendant autant d'années. Miraculeusement, ils se comprenaient, s'entendaient comme si elle avait grandi auprès de lui.

Au cours des premiers jours de leurs retrouvailles, ils n'avaient pas perdu un instant et étaient restés ensemble pendant toutes les heures où ils ne dormaient pas, comme pour rattraper le temps perdu.

Bien que Maria ne donnât que peu de détails sur sa vie à Alderton, le duc n'eut aucune peine à deviner la façon dont elle avait été traitée et il brûlait d'aller demander des comptes à sa belle-sœur.

— Je vous en prie, père ! s'exclama-t-elle un jour où il lui réaffirmait sa volonté de la venger. Tous ces mauvais souvenirs appartiennent au passé. Je souhaite tourner la page et vivre pleinement le présent tout en envisageant l'avenir. Rien ne compte vraiment dans ce que j'ai vécu avant de vous connaître, et maintenant que j'ai le bonheur d'être auprès de vous, je ne veux pas que vous me priviez une seule seconde de votre compagnie, et certainement pas pour aller sermonner cette horrible Olivia Morley.

— Je ne me contenterais pas de lui faire les reproches qu'elle mérite, je la punirais pour t'avoir caché les véritables circonstances de ta naissance.

— Mais je ne crois pas qu'elle les connaissait... Les Morley n'ont plus rien voulu savoir de ma mère dès qu'elle a eu rallié la cause du roi Henry... c'est d'ailleurs à la suite de son engagement qu'ils l'ont déshéritée.

— Quand bien même l'ignoraient-ils...

— J'ai survécu, père, interrompit Maria en se blottissant dans les bras du duc. Et je vous ai enfin retrouvé.

— En tout cas, pas grâce à ta tante. Sais-tu que j'ai fait envoyer un officier royal à Alderton ? Il était chargé de se renseigner à ton sujet et elle a nié ton existence !

— Je sais, dit la jeune femme dans un souffle. J'ai épié leur conversation. C'est ainsi que j'ai appris votre nom, et votre présence à Rockbury. Mais, de toute façon, je ne serais pas restée à Alderton...

C'était la stricte vérité. Elle aurait quitté Alderton, puis Kirkham dont elle n'avait rien dit à son père car elle ne doutait pas qu'il eût corrigé Nicholas de sa propre main s'il avait appris ce qu'il avait fait à sa fille. Or, elle ne voulait surtout pas qu'une telle confrontation eût lieu entre les deux hommes.

Après les quelques mots qu'elle avait échangés avec Nicholas en chemin vers Westminster, elle espérait qu'il se tiendrait dorénavant à l'écart, sa présence n'ayant d'autre effet que de lui briser le cœur. Il ne nourrissait pas les mêmes sentiments à son égard, elle l'avait clairement compris, et cette constatation était trop douloureuse pour qu'elle pût en faire encore une fois l'expérience.

Elle en était certaine, il n'avait retrouvé sa trace et était venu la voir à Londres que parce qu'il avait été vexé de constater qu'elle l'avait fui dès l'aube après une nuit où il ne doutait pas d'avoir donné le meilleur de lui-même. Jamais aucune de ses conquêtes n'avait dû le quitter ainsi.

Un courant d'air glacé, soudain, l'enveloppa et Maria serra autour de ses épaules la cape en laine dont elle s'était couverte. Bien qu'un soleil printanier brillât sur Londres, la température restait très basse.

Se reprochant ses rêveries sentimentales, elle s'essuya furtivement les yeux. Tout avait changé dans les circonstances de sa vie. Non seulement avait-elle un père qui l'aimait, mais, en outre, il était duc, riche, puissant, et voulait la marier à un seigneur tout aussi important.

Elle avait déjà atteint ses vingt-deux ans et le duc estimait qu'il était grand temps de lui trouver un époux avant que son âge ne fût un obstacle. Dans la mesure où elle n'avait jamais pu exercer aucun choix, il lui donnait toute liberté de désigner celui qui deviendrait son mari à la condition qu'il l'en jugeât lui-même digne.

Elle ne se faisait cependant aucune illusion quant à l'homme qu'elle épouserait, car aucun ne saurait l'enflammer comme Nicholas. De cela, au moins, elle était certaine... et c'était là une bien triste certitude.

Au cours des jours suivants, Nicholas, qui assistait à chaque séance de la Chambre des Lords, s'y montra particulièrement actif, intervenant à plusieurs reprises pour contrecarrer avec habileté le très arrogant et entêté comte de Bexhill. Nicholas savait parfaitement que le point de vue qu'il défendait ne lui permettrait pas de gagner spontanément la sympathie du duc de Sterlyng, mais qu'il suffirait pour lui ouvrir les portes de sa maison.

Les appartements du duc à Westminster avaient été soigneusement fouillés, mais il avait été impossible de chercher des preuves de ses intelligences avec l'ennemi dans son hôtel londonien dont les accès étaient fermés par de solides portes munies d'énormes verrous impossibles à faire sauter sans ameuter tout le voisinage. C'était à lui que revenait la délicate mission d'espionner Sterlyng chez lui.

L'opportunité lui en fut donnée bientôt lorsque, un soir de tempête, le duc de Gloucester entra brutalement dans ses appartements de Westminster.

— Kirkham ! dit-il avant de tousser et cracher dans un mouchoir. Voici une dépêche qui vient de nous arriver de France.

Il brandit le document qu'il agita sous le nez de Nicholas.

— Bedford m'a prié de la faire parvenir au plus vite à Sterlyng, mais pas avant que vous n'en ayez pris connaissance.

Nicholas déroula la feuille de vélin et lut ces mots :

« Rendez à la Pucelle ci-envoyée de par Dieu les clés de toutes les bonnes villes que vous avez prises et violées en France. Je suis ci-venue de par Dieu, le roi du Ciel, corps pour corps, pour vous bouter hors de toute France. »

Nicholas releva les yeux et, fronçant les sourcils :

— Q'est-ce que c'est que ça ? Qui a écrit ces mots ?

Gloucester répondit en haussant les épaules :

— Comme le texte l'indique, la Pucelle ; a priori une jeune fille au service du dauphin. Elle est convaincue que Dieu est de son côté et exige que nous renoncions à toutes nos possessions en France.

Nicholas poursuivit la lecture de la missive où la Pucelle menaçait d'anéantir les forces de Bedford s'il ne se retirait pas de France, puis, s'adressant à Gloucester :

— N'a-t-on pas d'autres informations à son sujet ?

— Rien d'important sinon qu'elle a rencontré récemment le dauphin à Chinon.

— N'est-ce pas une simple aventurière comme on en trouve tant dans le sillage des armées ? demanda Nicholas qui espérait que l'on s'inquiétait à tort au sujet de cette inconnue.

Le moral des troupes anglaises était au plus bas. Une pucelle déguisée en soldat et se prétendant l'envoyée de Dieu pourrait avoir un effet désastreux sur l'armée.

— Non, Hawken. C'est beaucoup plus sérieux que ça.

A l'expression de Gloucester, Nicholas comprit que la question était grave. Même s'il n'était pas toujours d'une grande habileté diplomatique, le duc était un homme intelligent qui ne se laissait pas facilement duper. Pas davantage son frère, d'ailleurs, le duc de Bedford, régent de France. Si tous deux prenaient ce texte au sérieux, lui-même ne pouvait que le considérer avec la même gravité.

— Voulez-vous que je porte moi-même ce document à Sterlyng ? demanda Nicholas.

— J'espérais que vous me le proposeriez...

Un coup de tonnerre ébranla la fenêtre, interrompant le duc qui reprit :

— L'orage est trop fort pour moi, ce soir.

Un valet de pied ouvrit la porte de l'hôtel de Bridewell Lane et fit entrer Nicholas qui avait rabattu la capuche de son manteau sur sa tête pour se protéger des torrents de pluie. Il entendait des voix qui venaient de l'intérieur de la maison alors qu'il attendait une réponse de Sterlyng.

Lorsque le valet fut de retour, il débarrassa Nicholas de son vêtement ruisselant et le conduisit dans la salle des chevaliers au très haut plafond. Plusieurs hôtes conversaient dans la douce chaleur du feu qui brûlait dans l'énorme cheminée, et Nicholas eut le déplaisir de reconnaître Bexhill parmi eux, à la droite de Maria et beaucoup trop près d'elle à son goût.

Il n'avait pas vu la jeune femme depuis une semaine... et il préférait ne pas compter les jours qui s'étaient écoulés depuis la nuit qu'ils avaient partagée. Elle était belle, ce soir comme tous les autres soirs, vêtue d'une robe similaire à celle qu'il avait choisie pour elle à Kirkham. D'une teinte vert bronze, elle faisait paraître sa chevelure blonde plus chaude et dorée. Près du corps, elle en soulignait les formes admirables, et présentait un large décolleté… peut-être un peu trop plongeant ? pensa Nicholas.

Il brûlait de la prendre dans ses bras, de la toucher, de sentir la douceur de sa peau…

— Kirkham ?

Il tourna la tête et reconnut le duc de Sterlyng.

— A quoi devons-nous l'honneur de vous voir en ce lieu ?

— La raison d'Etat, messire.

Sterlyng hocha la tête d'un air entendu.

— Vous connaissez tous Kirkham, je présume ? fit-il à la cantonade.

Puis, s'adressant à sa fille :

— Maria ? Il me semble que tu m'as parlé d'une brève visite à Kirkham, n'est-ce pas ?

— Oui, père, répondit la jeune femme en rougissant. Nous nous sommes déjà rencontrés.

— Eh bien, fit le duc en entraînant Nicholas vers son cabinet. Si vous voulez bien nous excuser quelques instants…

« Jamais je n'aurais dû porter cette robe », se dit Maria en se levant pour aller chercher un châle de soie noire qu'elle jeta sur ses épaules. S'étant assurée que ses épaules et sa gorge échappaient entièrement aux regards, elle rejoignit les hôtes qui venaient de passer dans une autre salle où l'on avait dressé une table pour le dîner.

Aucun d'entre eux ne l'avait réellement importunée par des regards insistants. Elle ne s'était sentie singulièrement dénudée que lorsque Nicholas était entré dans la pièce.

Heureusement que son père l'avait emmené dans son cabinet de travail, car elle ne se serait pas sentie capable d'affronter plus longuement sa présence. Il lui était déjà bien assez difficile d'essayer de l'oublier en s'efforçant de ne pas croiser son chemin.

Des ménestrels jouaient de leurs instruments et les servants apportaient des plateaux de victuailles et versaient le vin dans les coupes. Maria alla de l'un à l'autre, s'assurant que chacun était servi selon son désir puis elle prit place au milieu de la table.

La conversation roulait sur le tournoi que le roi devait donner en fin de semaine et la foire de Londres qui avait commencé le matin même. Les torrents d'eau qui s'étaient abattus depuis le début de la journée n'avaient pas découragé les camelots dont les étals occupaient toujours les rues de la vieille cité.

Lorsque le duc revint avec Nicholas et demanda qu'on mît un autre couvert, Maria planta son regard dans celui du comte de Bexhill, laissant entendre qu'elle nourrissait le plus vif intérêt pour ses interminables récits de combats.

Nicholas sourit. Bien que le duc n'eût rien révélé par son expression au moment où il lui avait montré la lettre adressée au roi par la Pucelle, il avait l'impression que la soirée ne serait pas perdue. Il avait apparemment gagné la confiance de son hôte qui l'avait spontanément convié pour le dîner... auquel Maria était présente.

Il avait vu comment le sang avait reflué de son visage lorsqu'elle avait compris qu'il resterait pour la soirée et elle s'était presque étranglée avec son vin au moment où il s'était assis à la place restée libre près d'elle. Assurément, elle s'attendait à ce que son père occupât ce siège.

— C'est très généreux de votre part de me laisser prendre part à ce repas festif, lady Maria, dit-il.

Puis, se penchant sur elle, il ajouta à voix basse :

— Tu es très belle, ce soir, ma chérie...

Elle tourna aussitôt la tête vers Bexhill qui ne tarissait pas et vantait les exploits guerriers qu'il avait accomplis en Aquitaine.

— Ma tendre amie, chuchota Nicholas en tirant discrètement sur son châle. Si vous vouliez bien vous défaire de ce vêtement, vous me donneriez la chance de me hisser au paradis par la contemplation de vos épaules nacrées.

Il l'observait d'un œil amusé alors qu'elle se penchait de plus en plus vers Bexhill comme si elle craignait de ne retomber dans le filet qu'il tendait devant elle en habile chasseur.

Dans le mouvement empressé qu'elle fit, elle laissa échapper son châle qui glissa le long de ses épaules et tomba à terre. Nicholas se baissa pour le ramasser au même moment que Maria, de telle sorte que leurs visages se frôlèrent.

— Ta gorge me rend fou, dit-il dans un souffle. Comme j'aimerais la caresser...

La jeune femme se redressa avec vigueur et feignit de ne s'intéresser qu'aux mets disposés dans son assiette lorsque Nicholas drapa autour d'elle le carré de soie.

Il nota, à la lumière des bougies, qu'elle rougissait et que ses mains tremblaient. Etait-ce de colère ou d'émotion ? Il n'aurait su le dire, mais lui savait en revanche quelle était la source du feu qui courait dans ses veines.

14.

Deux jours s'écoulèrent avant que Nicholas ne la revît. Il s'était rendu, la veille, à l'hôtel de Bridewell Lane, mais pour s'entendre dire que lady Maria était absente.

Ce qui était pur mensonge.

Les entrées et sorties de l'hôtel étant espionnées en permanence, Nicholas savait parfaitement quand Maria sortait de chez elle et quand elle y revenait. Aussi était-il clair, pour lui, qu'elle avait refusé de le voir.

— Messire…, commença Henric Tournay de sa voix feutrée en entrant soudain dans le cabinet de son maître, une liasse de documents sous le bras.

Toujours vêtu avec soin, il ne pouvait, néanmoins, dissimuler son teint cireux ni son corps décharné.

— Sir Roger vous fait savoir que lord Sheffield, au grand étonnement de vos gens, s'est remis miraculeusement et qu'il envisage de regagner York.

— La bonne nouvelle ! fit Nicholas avec un large sourire.

Il n'avait quitté Kirkham qu'à contrecœur, sachant qu'il y laissait un ami en proie à d'effroyables souffrances. Or, on ne savait par quel prodige, il s'était remis de ses blessures.

— Voici des lettres qui vous ont été adressées, messire, reprit Tournay. Et j'aurais besoin de votre signature au bas de celle-ci.

Nicholas déposa les feuilles de vélin, souples et odorantes, sur sa table de travail puis se dirigea vers la fenêtre. Le jour venait de se lever. Un soleil orangé brillait dans le ciel limpide. Il ne pouvait concevoir de laisser s'écouler une aussi belle journée sans rencontrer Maria, même s'il se répétait inlassablement que la seule raison qu'il aurait de la voir serait de trouver le moyen, grâce à elle, de rencontrer le duc de Sterlyng.

— Messire ?

Il se retourna d'un air absent pour constater que Tournay était toujours là.

— Oui ?

— Votre signature.

— Ah ! en effet…

Il se pencha sur sa table de travail, parcourut du regard les documents qu'il y avait lui-même déposés puis, plongeant sa plume dans l'encrier, les parapha un à un avant de leur apposer son cachet.

— Trouvez-moi sir Gyles, dit-il en tendant les documents à son secrétaire. Et dites-lui de venir ici.

— Je crois qu'il est à Westminster, messire.

— Tant mieux. Il ne sera là que plus rapidement.

Quand il fut seul, Nicholas reprit les lettres qui lui avaient été adressées. Parmi elles, une invitation à une fête au château de Fleet…

Il laissa échapper un soupir et s'assit dans un fauteuil pour étudier un dernier parchemin adressé au duc de Sterlyng et roulé à l'intérieur d'un autre parchemin sur lequel figurait son propre nom.

Il le déroula et lut ces quelques mots :

« Soyez vivement remercié. Vos chiffres sont exacts. Grâce à eux, nous pourrons employer la Pucelle là où elle sera le plus utile. »

Au bas du message était tracé un « J » en guise de paraphe.

De petits morceaux de cire, à l'intérieur du premier parchemin, indiquaient que le second avait été décacheté. Or, il était trop endommagé pour que Nicholas pût l'identifier.

Il repoussa son siège.

— Tournay ! cria-t-il en ouvrant la porte.

Le secrétaire, qui s'éloignait dans une longue galerie, se retourna et revint sur ses pas.

— Messire ? fit-il, imperturbable.

Nicholas le fit entrer dans son cabinet et referma la porte.

— D'où vient ce document ? demanda-t-il en brandissant le parchemin adressé au duc.

— Je l'ignore, messire. Je l'ai trouvé sous ma porte, ce matin.

— Ne trouvez-vous pas étrange qu'il soit arrivé ici ?

Le secrétaire haussa les épaules.

— Non... pas particulièrement. Il est fréquent de trouver sous sa porte des messages arrivés très tôt le matin ou dans la nuit.

Nicholas observa Tournay d'un air dubitatif. Peut-être, effectivement, certains parchemins étaient-ils glissés sous les portes de destinataires endormis ? Mais il aurait voulu savoir qui avait tracé ce « J » avec force fioritures.

Il le souhaitait d'autant plus qu'il apparaissait clairement qu'on avait voulu délibérément compromettre le père de Maria. Or, la preuve contre le duc était presque trop accablante pour être vraie !

Nicholas l'avait observé de près lorsqu'il lui avait remis la lettre de la Pucelle au roi d'Angleterre, et il lui avait semblé sincèrement étonné par son contenu.

— Messire ? fit une voix grave derrière lui.

Il fit volte-face et reconnut sir Gyles qui tendait la tête à l'intérieur du cabinet.

— Vous vouliez me voir ?

— Oui, en effet, confirma-t-il, puis, s'adressant au secrétaire : Tournay, débrouillez-vous pour savoir d'où émane cette lettre dont je ne peux lire le cachet.

Tournay fit « oui » de la tête puis se retira, laissant Nicholas seul avec sir Gyles.

— N'avez-vous rien remarqué d'insolite à Bridewell Lane ? demanda Nicholas qui restait troublé par ce qu'il venait de lire.

L'informateur était manifestement impatient de voir Sterlyng pris au piège, mais pourquoi ne se faisait-il pas connaître ?

— Non, messire. Rien en dehors des allées et venues habituelles des gens du duc. Lady Maria n'a pas quitté l'hôtel, hier, il a plu toute la journée, d'ailleurs, si vous vous en souvenez, mais, ce matin, elle s'est rendue à la foire de Dunstan escortée par Bexhill.

Nick resta un instant bouche bée.

— Bexhill !

— Oui, messire. Le comte est arrivé de bonne heure puis est ressorti en compagnie de lady Maria et lady Alicia Preston.

Nicholas pouvait à peine croire que Maria eût manqué à ce point de jugement pour se commettre au bras d'un balourd comme Bexhill qui n'était rien d'autre qu'un vantard, un fanfaron qui assommait d'ennui tous ceux qu'il rencontrait avec ses exploits guerriers en France.

Assurément, il se prenait pour le meilleur des chevaliers et voulait en convaincre Maria. N'était-elle pas l'un des partis les plus enviables du royaume ? En épousant la fille d'un duc, l'un des plus puissants et respectés seigneurs du royaume, Bexhill accomplirait un vrai exploit.

« Mais il lui faudrait d'abord me passer sur le corps ! » se dit Nicholas avec fureur.

La foire de Londres ne ressemblait à aucune de celles que Maria avait pu voir en province. Nettement plus importante, elle réunissait des marchands venus de tous les coins de l'Europe et même d'Orient, présentait des objets très divers, des soieries, tissus et étoffes, des objets précieux, des mets exquis, et était animée par des saltimbanques, des cracheurs de feu, des montreurs d'ours, des acrobates de tout acabit.

Or, pour la première fois, Maria avait dans sa bourse une pièce d'or qu'elle pouvait dépenser à son gré ! Le comte, qui lui faisait une cour acharnée, était, en outre, prêt à n'importe quelle dépense pour gagner sa sympathie.

Il était, évidemment, un peu content de soi mais Maria ne prenait pas ombrage de son bavardage continuel. Elle appréciait sa courtoisie et toutes les attentions dont il l'entourait. Elle avait été l'objet de si peu d'égards dans sa jeunesse. Et puis, il était bel homme et richement vêtu. Dans une robe finement brodée et coiffée d'un hennin, qui ajoutait à la grâce de sa silhouette, elle se sentait comme une princesse à son côté.

Alicia Preston, constamment auprès d'eux, passait pour la suivante de Maria. Derrière venaient plusieurs des prétendants de Maria qui les avaient rejoints et leur avaient emboîté le pas. Bexhill, cependant, affichait une suprême assurance et ne semblait pas prendre ombrage de cette concurrence.

Alicia accéléra le pas et glissa le bras sous celui de Maria pour l'entraîner vers un étal où étaient disposées diverses étoffes.

— Il faudrait que vous tempériez un peu le comte, chuchota Alicia lorsque Bexhill ne fut plus à portée de voix.

— Que voulez-vous dire ?

— Il se considère comme votre fiancé attitré, répondit Alicia en passant la main sur une toile de lin souple et fine.

Maria écarquilla de grands yeux stupéfaits.

— Ce n'est pas possible… je ne lui ai donné aucune raison de croire…

— Oh ! Maria… vous êtes si jeune…

— Pas du tout ! s'insurgea la jeune femme en rougissant. J'ai vingt-deux…

— Je parle en terme d'expérience.

Cette fois, Maria piqua un fard.

— Oh…

Elle était assurément moins innocente qu'Alicia ne le pensait, mais cette dernière n'avait pas entièrement tort, d'une certaine manière, car elle était effectivement d'une naïveté inconcevable pour s'être laissé séduire par ce scélérat de lord Kirkham.

— Que voulez-vous que je lui fasse ? demanda-t-elle enfin.

— Montrez de l'intérêt pour les autres jeunes gens qui vous entourent d'attentions. Vous laisserez ainsi indirectement entendre au marquis qu'il ne doit pas s'imaginer que vous lui êtes acquise.

Maria fronça les sourcils alors qu'elle considérait la suggestion de son amie.

— Je crois comprendre ce que vous me dites.

— Faites-le un peu souffrir, reprit Alicia. Il est bon pour un homme de sentir qu'il doit lutter pour conquérir le cœur de celle qu'il aime.

Maria réfléchit au propos d'Alicia. Assurément, elle avait commis une erreur avec Nicholas. Elle ne lui avait jamais donné l'occasion de la désirer… Elle avait toujours été à sa disposition… Elle avait succombé à son charme et s'était donnée à lui sans même l'interroger sur ses intentions. Quelle idiote elle avait été !

Et malgré tous les griefs qu'elle nourrissait à son endroit, il lui manquait. Elle était prête à accueillir dans sa vie n'importe lequel de ses nouveaux prétendants, mais aucun d'entre eux ne l'attirait autant que Nicholas. Aussi débauché et goujat fût-il, elle ne pouvait s'empêcher d'éprouver des sentiments pour lui.

— Veuillez envelopper ce rouleau de soie pour moi, ordonna soudain une voix masculine familière, et le livrer à l'hôtel Sterlyng.

Maria, alertée, pivota... et reconnut Nicholas qui posait sur elle un regard dont l'expression ne trompait pas. A côté de lui, sir Gyles payait pour la soie, la plus fine et la plus belle que Maria eût jamais vue.

— Messire..., protesta Alicia en rougissant. C'est plus qu'inconvenant de votre part d'offrir ce cadeau à lady Maria... On pourrait croire...

— Qu'est-ce que ça signifie ? intervint Bexhill de sa voix tonitruante. Kirkham !

— En personne, répondit Nicholas en saluant bas mais l'air moqueur.

— En quête d'une jeune proie ? fit Bexhill sans prêter attention à l'air horrifié de Maria.

— Je ne serais pas étonné que celle dont vous parlez en ces termes peu courtois soit lasse de vos vantardises.

De crainte que la scène ne s'envenimât, Maria tourna les talons et, prenant le bras de l'un de ses prétendants resté à l'écart, s'éloigna bien vite des deux gentilshommes qui la considérèrent avec stupéfaction.

— Une douceur pour une dame très douce ? demanda le chevalier dont elle tenait le bras alors qu'ils passaient devant un étal de gâteaux et de sucreries.

— Non, merci, répondit Maria d'un air distrait.

Elle s'était arrêtée et prêtait l'oreille pour écouter l'échange entre Nicholas et Bexhill qui manifestement s'envenimait. Au défi que venait de lui lancer Bexhill, proposant de se mesurer à lui dans le prochain tournoi, Nicholas répondit de toute sa hauteur et avec un mépris évident :

— Je me ferai un plaisir de te battre à cette occasion, Bexhill.

Maria, en se dressant sur la pointe des pieds, réussit à voir le visage de Nicholas dont le regard gris exprimait une rage dont elle ne l'aurait jamais cru capable. Il ne ressemblait en rien au jeune noble indolent qu'elle connaissait.

— Tes menaces me font rire, Hawken, répondit Bexhill.

Une foule de badauds commençait à se former autour d'eux dans l'attente, visiblement, qu'ils dégainent les dagues qu'ils portaient au côté.

Heureusement, sir Gyles intervint et réussit à écarter Nicholas de son adversaire. Alicia en profita pour entraîner Maria vers d'autres marchands.

La jeune femme se sentait au bord de l'évanouissement. Elle ne doutait pas que Nicholas fût le plus fort des deux hommes, elle connaissait chaque muscle de son corps ; elle en savait la souplesse, l'agilité, mais les faits d'armes de Bexhill semblaient tant avérés qu'il risquait d'être un adversaire redoutable. D'autant plus qu'elle ignorait si Nicholas était entraîné à ce genre d'exercice.

Elle ne savait de lui que ses exploits féminins, n'avait jamais entendu parler de lui qu'en qualité de séducteur invétéré dilapidant sa fortune dans la recherche du plaisir.

Que se passerait-il s'il ne savait pas tenir une épée ni une lance ?

— Il est temps que nous rentrions à la maison, dit lady Alicia, alertée par la pâleur de sa compagne.

Cette dernière se laissa conduire sans résistance jusqu'à Bridewell Lane où elle eut le déplaisir d'apprendre que son père n'était toujours pas revenu de Westminster.

Elle savait que des problèmes graves se passaient sur le Continent, mais lord Sterlyng restait muet sur ce sujet et elle n'osait pas l'interroger.

— Vous devriez vous allonger un peu pour être en forme ce soir, conseilla Alicia. Tous les chevaliers du royaume à cent lieues à la ronde seront au château de Fleet cette nuit. C'est une occasion incomparable pour vous de trouver un mari.

Maria acquiesça d'un hochement de tête et se dirigea vers l'escalier. Lorsqu'elle fut étendue sur son lit, elle n'eut qu'à fermer les yeux pour plonger dans un profond sommeil.

Nicholas n'en revenait pas de s'être ridiculisé ainsi en public. Comment avait-il pu rivaliser de rodomontades avec cet imbécile de Bexhill qui n'était rien d'autre qu'un freluquet, un fier-à-bras imbu de soi ?

Pour avoir eu des mots avec un fat de la plus belle espèce devant l'étal d'un marchand de tissus flamand, il était maintenant condamné à croiser le fer devant le jeune roi et tous les grands du royaume ainsi que la moitié de la population de Londres, alors qu'il aurait dû employer tout son temps et son énergie à démasquer un duc félon dont les agissements compromettaient les intérêts de la couronne !

Il n'avait, certes, encore aucune indication sur l'identité de celui qui avait intercepté la lettre destinée au duc de Sterlyng et la lui avait envoyée, mais le faisceau d'indices accusant le père de Maria ne cessait de s'élargir…

Il verrait Maria, ce soir… Il ne se rendrait pas à Fleet dans cette intention, évidemment, mais bien pour tenter de se renseigner sur le prétendu voyage de Carrington en Italie ainsi que sur les activités de quelques barons de l'entourage du duc. Cependant, en son for intérieur, il savait qu'il aurait défié la plus violente tempête et les plus grands dangers pour rejoindre celle qui occupait ses pensées presque en permanence depuis qu'elle avait fui Kirkham comme une voleuse… une voleuse de cœur !

Un sourire se dessina malgré tout sur ses lèvres quand il se représenta Maria recevant le rouleau de soie qu'il avait chargé sir Gyles de porter chez elle. C'était en effet un présent qu'il ne convenait nullement à un homme d'offrir à une femme à moins qu'elle ne fût son épouse, la soie, extrêmement fine et délicate, ne convenant que pour des vêtements très suggestifs.

Son sourire s'élargit… Sa réputation de vaurien ne s'en trouverait que renforcée. Quant à Maria, ce serait pour elle l'occasion de se souvenir de l'intimité qu'ils avaient partagée.

15.

La fête battait son plein. Jamais Maria n'avait vu autant d'aimables et courtois chevaliers rassemblés en un seul lieu. La danse avait suivi un dîner très fin et, à présent, entraînée par d'excellents musiciens qui frappaient leurs tambourins et soufflaient dans leurs bombardes, elle sautait d'un pied sur l'autre au gré du rythme rapide et tapait, tour à tour, dans les mains de nombre de jeunes gens.

Elle s'amusait comme jamais, riant, jouant du regard, souriant, charmant tous les beaux chevaliers qui semblaient n'attendre que leur tour pour lui effleurer la main ou glisser un instant le bras sous le sien avant de laisser la place à un autre danseur.

Et, soudain, alors qu'elle riait, s'amusait, le cœur léger, sous le regard attendri de son père, elle aperçut Nicholas dans la foule. Sa gaieté s'évanouit aussitôt. Elle était venue à cette fête pour se distraire et s'exercer sur lord Bexhill à la nouvelle stratégie que lui avait enseignée Alicia.

Bexhill méritait qu'on lui prêtât attention. Beau garçon, blond, charmant, attentionné, il ne prenait jamais de libertés avec elle, la traitant, au contraire, avec beaucoup de respect et de déférence.

Il ne créait pas non plus de trouble profond en elle, n'allumait pas un feu ardent dans ses sens...

Ce n'était peut-être pas si important, pensa-t-elle en haussant les épaules. Elle doutait qu'un autre homme produisît jamais sur elle le même effet que Nicholas, mais elle exaucerait, néanmoins, le souhait de son père et choisirait sans tarder un mari. Elle n'avait pas d'autre effort à fournir que d'assister aux diverses fêtes qui ne manqueraient pas d'avoir lieu au cours de l'été.

Or, Bexhill lui conviendrait autant qu'un autre. La rumeur laissait entendre qu'il avait décidé de prendre femme, aussi les jeunes filles, poussées par leurs mères, se pressaient-elles autour de lui. En les observant, Maria se jurait de ne jamais leur ressembler et préférait suivre le conseil d'Alicia. Elle prendrait tout son temps avant de répondre aux avances du comte, joli garçon, d'ailleurs, avec ses cheveux blonds et ses yeux bleus.

Mais n'était-elle pas heureuse dans sa nouvelle vie ? Pourquoi songer déjà au mariage alors qu'elle venait à peine de retrouver son père et qu'ils se découvraient l'un l'autre un peu plus chaque jour ? Elle n'était pas si vieille, elle avait encore du temps devant elle.

Les danseurs se succédaient, et elle se trouva bientôt au côté d'un très charmant jeune homme, lord Westby, héritier d'un comté dans le Kent. Il était beau et bien fait, mais un peu trop impatient pour être vraiment agréable. Et puis, il était enuyeux... il n'y avait pas d'audace en lui, d'indépendance d'esprit... cela lui viendrait peut-être avec le temps, mais il ne pourrait jamais rivaliser avec...

Elle s'interdit de poursuivre le cours de sa pensée. Elle n'allait pas comparer à Nicholas tous les hommes qu'elle rencontrait ! D'ailleurs, elle savait parfaitement que ce dernier n'était pas le mari qu'il lui fallait. Tout le monde parlait de lui en termes négatifs. C'était une fripouille, très séduisante, certes, mais...

Son cœur s'affola quand, à cet instant précis, une voix grave chuchota à son oreille :

— Un jour, un musicien composera une danse qui permettra aux amoureux de s'enlacer publiquement.

Maria n'eut pas besoin de se retourner pour savoir que c'était Nicholas qui se tenait derrière elle, et que c'était son souffle chaud qu'elle sentait sur son épaule.

Elle prit conscience à cet instant que son odeur, le son de sa voix, le contact de ses mains resteraient à jamais gravés dans sa mémoire... mais elle ne laisserait pas le passé déterminer son avenir.

Feignant d'ignorer Nicholas, elle prit le bras de Westby :

— Voulez-vous faire quelques pas avec moi dans le jardin ?

Nicholas, l'air moqueur, les regarda s'éloigner. A quoi jouait Maria ? Il savait qu'elle n'éprouvait aucune attirance pour ce freluquet qui rougissait chaque fois qu'elle levait ses yeux d'ambre sur lui.

Nicholas se passa nerveusement les doigts dans les cheveux sans prêter attention à l'aspect barbare qu'il se donnait en désordonnant son abondante chevelure. Si Westby osait seulement avoir un geste familier avec Maria...

Il se tourna vers une table et prit une coupe de vin qu'il vida d'un trait. Maria pouvait se commettre avec qui elle voulait, ça ne le regardait pas, se dit-il en lui-même avec humeur, c'était son père qui le préoccupait et non elle ; elle n'était en fait que l'instrument pour atteindre le duc.

Mais à peine eut-il fait cette réflexion qu'il sortit à son tour dans le jardin, incapable de résister au besoin de s'assurer que rien d'intime ne se passait entre Maria et son compagnon.

Il ne fut pas long à les repérer à la lumière des torches qui éclairaient l'allée. Ils s'étaient quelque peu éloignés du reste des convives et s'étaient tournés vers le sud où un orage venait d'éclater. Des éclairs déchiraient le ciel noir au loin tandis que le tonnerre grondait. L'odeur de la pluie flottait dans l'air tiède…

Quand Westby mit la main sur la taille de Maria, Nicholas n'attendit pas un instant. Il descendit l'allée à grands pas et, s'approchant du couple :

— Westby ! dit-il d'une voix autoritaire. Quelle chance de te trouver ici ! Le duc de Gloucester te demande.

— Gloucester ? fit le jeune homme, très étonné. Que me veut-il ?

— Je n'en sais rien ; il n'a pas donné d'explication.

Manifestement déchiré entre le désir de rester avec Maria et celui de connaître la raison pour laquelle l'oncle du roi le faisait demander, le jeune homme hésita.

— Tu ferais bien de ne pas faire attendre le duc, Westby. Je vais raccompagner lady Maria jusqu'au château.

— Merci, Kirkham, répondit le jeune lord. Je te revaudrai ça.

Lorsqu'il ne fut plus à portée de voix, Maria remarqua sur le ton du reproche :

— Ce n'est pas gentil de votre part, Nicholas.

— Gloucester et lady Eléonore viennent de quitter Fleet. Westby croira que le duc était très pressé et n'a pu l'attendre.

La nuit étant très douce, Maria avait laissé son châle dans le château si bien que ses épaules et la naissance de sa gorge étaient offertes à la contemplation de Nicholas qui se retenait difficilement de les toucher.

— Pensez-vous que l'orage va venir jusqu'à nous, messire ? demanda-t-elle en levant les yeux vers le ciel d'encre.

— Possible, répondit Nicholas, parfaitement indifférent au temps. Vous êtes venue à Fleet dans une voiture fermée ?

— Bien sûr, mon père ne m'aurait pas laissée monter à cheval alors qu'il se rendait à la même invitation.

— Il veille sur vous en toutes circonstances... ça n'a pas toujours été le cas cependant.

A peine eut-il prononcé ces mots qu'il les regretta. Il avait entendu le récit incroyable au sujet de la disparition de Maria. Le duc était à Londres lorsqu'il avait reçu une lettre de sa belle-mère l'informant de la mort en couche de sa femme ainsi que du décès de l'enfant.

Selon la rumeur, Sterlyng était si abattu par la douleur qu'il n'était pas retourné sur ses terres avant plusieurs mois au cours desquels la nourrice de l'enfant, craignant pour sa vie, l'avait conduite à Alderton.

Pendant vingt-deux ans, le duc avait cru sa fille morte jusqu'au jour où, à l'agonie, sa belle-mère lui avait enfin avoué qu'elle lui avait menti au sujet de l'enfant.

La réflexion de Nicholas avait fait reculer Maria d'un pas et elle le considérait avec méfiance.

— Je suis désolé, dit-il en la rejoignant.

Puis, la prenant par le bras :

— Je n'aurais pas dû vous parler ainsi.

Elle avait le regard perdu au loin, là où l'orage continuait de sévir, et semblait ne plus entendre les propos de Nicholas.

— C'est beau, n'est-ce pas ? fit-elle, rêveuse.

— Oui…

Il avait les yeux baissés sur elle et ne se lassait pas d'admirer son charmant profil.

— Vous ne pouvez pas vous représenter la douleur de mon père au cours de toutes ces années où il a pleuré la mort de sa femme et de sa fille.

Nicholas eut une expression dubitative. Elle était préoccupée par la souffrance de son père et oubliait la sienne propre. Pendant toutes ces années où il la pleurait, certes, n'avait-elle pas été traitée par sa tante comme la plus misérable des servantes ?

Renonçant à argumenter davantage, il suggéra avec douceur :

— Voulez-vous faire quelques pas avec moi, ma douce amie ?

Elle hésita un instant puis, circonspecte :

— Oui, mais n'allons pas trop loin, Nicholas.

Il ne répondit rien et l'entraîna plus bas, le long de l'allée. Elle ne protesta pas, mais il sentait sa main trembler. Avait-elle froid ou était-elle aussi émue que lui ? Devinait-elle le feu qui le dévorait ? Le désir impétueux qui s'emparait de lui ?

— Maria, fit-il, soudain, en s'arrêtant devant elle.

L'air inquiet, elle recula aussitôt d'un pas.

Nicholas ne la laissa pas s'éloigner. A chaque pas qu'elle faisait en arrière, il en faisait un en avant jusqu'à ce qu'elle fût acculée à une haie d'arbustes. Il la prit alors par les épaules et approcha les lèvres des siennes.

— Non, Nicholas... il ne faut pas...

Sans écouter la jeune femme, il lui effleura les lèvres d'un baiser... Elle ne put cacher son émotion, aussi fit-il ses baisers plus pressants. Quand elle noua les mains derrière sa nuque, enflammée de désir, il la serra dans ses bras avec passion.

De ses longs doigts, elle jouait avec les mèches de ses cheveux, créant chez lui un frémissement voluptueux. Les convives, dont les voix résonnaient au loin, ainsi que la musique étaient abolis. Ils étaient seuls au monde et rien n'aurait su arrêter l'irrépressible envie de Nicholas de revivre avec Maria les instants merveilleux qu'ils avaient connus ensemble.

Interrompant brusquement le baiser dans lequel ils communiaient, il la prit par la main et l'entraîna dans le chemin. L'orage grondait mais ils ne l'entendaient pas, courant presque, l'un et l'autre, vers une grange que Nicholas avait repérée à quelque distance.

Il conduisit Maria à l'intérieur du bâtiment et, la poussant contre un mur de torchis :

— Je rêve de te voir dans une chemise de cette soie que je t'ai fait livrer... elle serait le seul vêtement que tu porterais et, à travers elle, je sentirais la chaleur de ta peau... je la soulèverais et la transition entre la soie et ton ventre serait insensible...

Tout en parlant, il avait glissé la main dans le décolleté de la jeune femme et caressait la rondeur d'un sein tandis que, de l'autre, il lui ouvrait les jambes...

Maria se mit, soudain, à respirer plus vite et à trembler. Comprenant qu'elle avait atteint une sorte d'ivresse sensuelle, il osa des baisers plus audacieux et pressa les lèvres contre sa gorge chaude tout en observant du coin de l'œil s'il ne se trouvait pas quelque botte de paille sur laquelle l'étendre.

Maria devina ce qu'il cherchait et prit brutalement conscience de la situation. Nicholas ne voulait avoir qu'un bon moment avec elle dans une grange du château. Elle ne pouvait pas se laisser faire... elle n'oserait plus comparaître devant son père.

Le repoussant de toutes ses forces, elle rassembla sa jupe dans ses mains et s'enfuit en courant. Elle devait retrouver son père au plus vite et fuir ce château. Il n'était pas question de moisir ici.

— Tu es bien silencieuse, ma chérie, remarqua le duc alors qu'ils roulaient sur la route cahoteuse menant à Londres.

De loin en loin, des éclairs déchiraient le ciel et le grondement sourd du tonnerre montait jusqu'à eux comme une lourde charge de cavaliers en armes.

— Ne t'es-tu pas amusée à Fleet ?

— Oh ! Si, père. J'y ai passé un moment merveilleux... je me suis simplement sentie un peu lasse et j'ai eu envie de rentrer chez nous.

Le duc hocha la tête, l'explication de sa fille étant parfaitement plausible. Il avait donné beaucoup de dîners en son honneur depuis qu'il l'avait retrouvée, mais il se doutait que, s'il lui avait demandé son avis, elle lui aurait sans doute répondu qu'elle préférerait passer ses soirées seule avec lui.

Maria ne reprochait pas à son père les efforts qu'il déployait pour la marier ; il ne pouvait pas se douter du peu d'intérêt qu'elle éprouvait pour tous ces jeunes hommes qu'il lui présentait. Pour se faire comprendre, il aurait fallu lui avouer sa passion folle et dévastatrice pour un vaurien, un pirate, un séducteur sans scrupules.

S'il ne s'était pas montré généreux et attentif envers ses gens à Kirkham, elle n'aurait pas éprouvé la même attirance pour lui, mais il s'était incontestablement conduit noblement à plusieurs occasions devant elle.

La voiture s'arrêta brusquement et Maria tomba de son siège sur le plancher. Alors que son père l'aidait à se relever, l'attelage repartit à plus vive allure, rebondissant sur les pierres, plongeant brutalement dans les ornières.

Des voix d'hommes résonnaient à l'extérieur ; les intonations étaient fortes, les mots échangés grossiers ; il ne s'agissait assurément pas de leurs gardes.

Maria fut prise de panique. Qui, sinon des hors-la-loi, pouvait s'en prendre à eux ainsi dans la nuit ? Et ne tueraient-ils pas son père une fois qu'ils auraient obtenu ce qu'ils voulaient ?

— Tiens-toi à la banquette, dit Sterlyng en se penchant à la fenêtre.

Il souleva le volet et regarda dehors. Maria tenta de voir par-dessus son épaule mais les lanternes de la voiture ne répandaient qu'une très faible lumière autour d'elles.

— Diable !

Des cris rauques jaillirent alors que la voiture s'immobilisait de nouveau.

— Qu'y a-t-il, père ?

— Ce sont des voleurs, répondit-il en sortant un couteau de sa tunique. Les gardes vont les mater.

Maria succomba à une peur horrible. Que se passerait-il si leurs gardes succombaient sous le nombre ? Qu'adviendrait-il de son père ? Que…

La porte du côté de Maria s'ouvrit soudain et un homme, monté sur le marchepied, se pencha à l'intérieur de la voiture. Saisissant Maria, il la tira à l'extérieur. Elle entendit son père protester mais le bandit, se servant de la jeune femme comme d'un bouclier, l'empêchait de faire usage de son épée qu'il avait sortie de son fourreau.

Dans l'obscurité, Maria distingua plusieurs hommes gisant à terre alors que d'autres, à cheval ou à pied, s'affrontaient.

Voyant le ravisseur de sa fille se fondre dans la nuit avec sa victime, le duc sauta de l'attelage pour tenter de les rejoindre mais il fut arrêté par le combat qui faisait rage autour de lui.

Lorsqu'il se fut assez écarté des belligérants, le voleur arracha le collier et le médaillon de Maria, lui retira ses bagues et les ornements dans ses cheveux sans se soucier des coups qu'elle lui donnait en se débattant. Elle aurait voulu lui faire comprendre qu'elle n'était pas prête à disputer sa vie contre quelques pierres précieuses mais pouvait la lui donner elle-même pourvu qu'il épargnât son père.

Au-dessus du vacarme qui régnait sur le chemin, on entendit approcher des chevaux au galop. Maria, craignant qu'il ne s'agît d'une nouvelle vague de malfaiteurs, fut plongée dans le désespoir. Tout était perdu s'ils recevaient de l'aide…

Un claquement étrange résonna tout près d'elle et l'homme, qui la maintenait prisonnière, tomba en arrière avec un grognement, levant les mains à sa gorge.

Effrayée, la jeune femme s'adossa à un arbre. Elle distinguait mal les formes humaines autour d'elle qui croisaient le fer avec fureur mais le tintement des armes emplissait ses oreilles. Pétrifiée, elle n'osait bouger, espérant seulement que son père et ses écuyers l'emporteraient.

Une voix familière s'éleva, soudain, au-dessus de la mêlée. C'était une voix grave et autoritaire qui encourageait les uns, donnait des ordres brefs aux autres.

Comment Nicholas pouvait-il se trouver là ? Il aurait quitté la fête juste après eux et, ayant pris la route de Londres, serait tombé sur l'embuscade dont ils étaient les victimes ?

Elle laissa échapper un cri alors que l'un des voleurs l'attrapait par le poignet et l'entraînait à l'écart. Elle essaya de résister, se débattant comme une diablesse. Bientôt, elle entendit le même sifflement suivi d'un craquement et son agresseur gémit en s'affaissant.

Nicholas, surgi de l'ombre, la souleva dans ses bras et l'emporta vers la voiture.

— Attendez ici, dit-il en la déposant sur le siège.

Puis il repartit au combat. L'attente parut interminable à la jeune femme qui n'avait pas revu son père et s'inquiétait horriblement pour lui. Elle n'entendait que le bruit mat des lames qui se heurtaient ou s'abattaient sur les cottes de maille, et plaignait les hommes de leur troupe qui mordaient la poussière.

Soudain, le calme revint...

La gorge nouée, elle releva le volet de la fenêtre et scruta l'obscurité. Elle reconnut, bientôt, son père au côté de Nicholas tandis que les gardes du duc désarmaient quelques-unes des canailles qui avaient échappé au massacre ou n'avaient pu s'enfuir.

Elle entendait les voix de son père et de Nicholas mais ne pouvait distinguer leurs paroles. Quand leur entretien, très discret, fut terminé, elle vit Nicholas s'éloigner dans la nuit tandis que le duc revenait vers l'attelage.

— Tu n'es pas blessée, Maria ? demanda-t-il en se hissant dans la voiture.

— Non, père... j'ai seulement eu très peur pour vous.

— Kirkham nous a sauvé la vie...

Le duc fronça les sourcils.

— J'ai peut-être eu un jugement un peu hâtif sur lui.

— C'est-à-dire ?

Sterlyng remua la tête en regardant distraitement par la fenêtre.

— Je le tenais pour un vaurien depuis la mort de son frère... je ne l'aurais jamais cru capable d'un tel courage.

— Sans lui nous serions tous morts, n'est-ce pas, père ?

— Sans aucun doute. Je n'ai jamais vu aucun combattant se servir d'un fouet comme lui.

— Un fouet ?

— Oui, répondit le duc en tournant les yeux vers sa fille. Un fouet… vous pourrez l'interroger à ce sujet demain.

Maria leva sur son père un regard étonné.

— Kirkham m'a demandé l'autorisation de vous rendre visite. J'ai accepté de le recevoir. Il arrivera à midi.

16.

Maria, le lendemain matin, au réveil, se sentait si mal qu'elle eut envie d'envoyer quelqu'un prévenir Nicholas qu'elle n'était pas en état de le recevoir mais, à mesure que la matinée s'écoulait, elle commença de se sentir mieux et prit enfin son petit déjeuner en compagnie d'Alicia. Elle ne prêta pas attention aux airs entendus de la jeune femme et mangea légèrement sans s'inquiéter de la prochaine visite de Nicholas.

Elle fit sa promenade à cheval habituelle jusqu'à Westminster et réussit à se détendre malgré l'inquiétude qui l'habitait à la pensée d'être de nouveau en présence de Nicholas à la fin de la matinée.

Comment pourrait-elle lui faire face dignement alors qu'elle avait fondu dans ses bras dans les communs du château de Fleet et qu'elle se sentait toute fébrile à la seule pensée de le revoir ?

Il fallait qu'il prît conscience de ses responsabilités et apprît à se maîtriser car elle n'était pas capable de résister au désir quand elle était dans ses bras.

Le scélérat, certes, en avait conscience et en profitait...

Maria se rassurait, cependant, en pensant que son père serait là quand Nicholas arriverait. Il se sentait tellement redevable envers lui qu'il avait l'intention de revenir plus tôt de Westminster et de l'accueillir lui-même.

Grâce à la présence du duc à son côté, elle n'aurait pas à conduire la conversation et Nicholas ne se permettrait pas d'évoquer ce qui s'était passé entre eux à Fleet.

La rencontre sur la route du duc et de Maria aux prises avec des voleurs, indépendamment de son aspect dramatique, avait été fortuite car Nicholas était parti de Fleet la mort dans l'âme. La manière brutale avec laquelle Maria l'avait quitté l'avait laissé profondément déconcerté et il s'était senti incapable de rester plus longtemps à la fête.

Après son intervention décisive pour libérer Maria, il ne s'était pas préoccupé de son état et était reparti, convaincu qu'elle n'avait reçu aucune blessure. Arrivé chez lui, cependant, il avait commencé de s'inquiéter pour la santé de la jeune femme et, lorsqu'il avait été couché, il avait été saisi par l'envie terrible de l'avoir près de lui, de sentir son corps sous le sien, respirer son odeur, la caresser, et s'assurer qu'elle allait bien, qu'elle ne souffrait pas, ne portait aucune trace du combat sur son corps fragile.

Il avait conscience que son attitude était absurde. Il séduisait les filles pour le plaisir qu'elles lui donnaient et non pour s'assurer de leur bien-être, mais il ne pouvait s'empêcher de repenser au péril qui avait menacé Maria. Il se rendait compte que de la savoir en danger le rendait fou d'inquiétude.

Il se disait, comme pour se rassurer, que le cri de Maria aurait atteint le cœur de tout autre homme et qu'il n'avait agi que comme n'importe lequel des chevaliers du royaume. Elle ne signifiait rien de particulier pour lui sinon qu'elle était la seule femme noble qu'il eût rencontrée qui tombât dans ses bras au premier effleurement de la main ou des lèvres.

Il ne pourrait jamais oublier le goût de sa peau ni ses petits gémissements lorsqu'il l'embrassait dans le cou, sur la pointe des seins... et son parfum, l'odeur de son corps le rendait fou de désir...

En qualité de prétendant, cependant, il n'aurait plus jamais l'occasion d'être seul avec elle. Il ne la serrerait plus dans ses bras, ne l'embrasserait plus, ne lui ferait plus l'amour... Et comme il n'avait pas l'intention de lui demander sa main, elle épouserait un homme comme Bexhill...

Il eut un serrement de cœur ; cette pensée lui était insupportable... D'une façon qu'il n'aurait su définir, Maria lui appartenait. Elle lui avait donné son innocence, sa confiance...

Il remua la tête pour briser le fil de sa pensée. Il ne courtisait Maria que pour avoir accès à la maison du duc. La preuve de sa trahison était sans doute dissimulée quelque part dans l'hôtel, et c'était à lui de la découvrir.

Lorsque l'heure fut venue de se rendre à l'invitation de Sterlyng, il se présenta à son hôtel où il fut reçu avec politesse mais quelques réserves par la maîtresse de maison, Alicia Preston.

— Le duc n'est pas encore de retour de Westminter, messire, lui dit-elle en le faisant entrer dans la grande salle. Lady Maria va venir nous rejoindre et nous prendrons quelques rafraîchissements en attendant le duc.

Le temps sembla interminable à Nicholas avant que Maria ne parût, drapée dans une robe lie-de-vin qui lui marquait la taille, les hanches et la poitrine. Les manches, gonflantes, se resserraient aux poignets. Taillée dans un tissu d'aspect velouté, elle évoquait la douceur de la peau de la jeune femme.

Elle était si pâle, constata-t-il. Elle ne s'était pas encore remise des événements de la veille. Comment avait-il pu se retirer et laisser au duc le soin de la ramener à Londres alors qu'il aurait dû la raccompagner jusqu'au seuil de sa maison ?

Peut-être aurait-il mieux dormi s'il s'était assuré lui-même qu'elle allait bien ? Il n'aurait pas été assailli par tous ces mauvais rêves…

Il s'approcha de la jeune femme et lui baisa la main. En se redressant, il vit avec satisfaction qu'elle rougissait.

— Bonjour, messire, dit-elle en essayant de retirer sa main, mais Nicholas la garda dans la sienne.

L'empressement de Maria à lui dérober sa main éveillant ses soupçons, il releva la manche de la jeune femme pour découvrir un poignet et un bras dont la peau était déchirée par endroits et qui présentait de nombreuses ecchymoses.

— Vous avez été blessée, la nuit dernière ? fit-il en se baissant pour mieux observer les traces que Maria portait dans sa chair.

Il souleva le voile qui lui couvrait la tête et s'écria :

— Votre cou ! Vous êtes blessée… votre père m'avait assuré que vous ne l'étiez pas…

— Je ne le suis pas, protesta la jeune femme en lui retirant sa main. Je n'ai rien…

Elle alla s'asseoir près de l'âtre.

— Ces marques sont de vraies blessures, insista Nicholas en s'agenouillant près d'elle.

Il lui prit de nouveau la main et passa délicatement le doigt sur la peau éraflée de son poignet où il sentait battre le pouls.

— Je ne vous aurais jamais quittée si j'avais su que vous étiez blessée.

Une vive émotion se lut dans le regard de la jeune femme.

— Je vous assure, Nicholas, que ce n'est rien.

Un léger toussotement d'Alicia leur rappela qu'ils n'étaient pas seuls.

Nicholas eut envie de la prendre par le col de sa robe et de la jeter dehors. N'aurait-elle pu trouver une occupation et les laisser en paix ?

Serrant les mâchoires, il domina sa colère. Il était clair que cette entrevue se passerait de la façon la plus formelle qui fût, mais il ne pouvait taire le désir qui torturait son corps. Il voulait serrer Maria dans ses bras, la couvrir de baisers, effacer les traces qu'elle portait, effeuiller ses vêtements un à un et l'entendre gémir sous ses caresses.

— Avez-vous réussi à dormir après toutes vos émotions ? demanda-t-il enfin d'une voix tendue.

— Oui, messire. C'est gentil de penser à me le demander.

— Le duc, votre père, ne devrait pas tarder à arriver, déclara Alicia qui cherchait un moyen d'interrompre cet échange trop personnel. Prenez un siège, s'il vous plaît, lord Kirkham, et terminez votre vin. Nous déjeunerons dès que le duc sera là.

Nicholas prit sa coupe et se tint près du feu. Maria avait des cernes sous les yeux. Il savait qu'elle lui avait menti. Comment aurait-elle bien dormi après avoir été violentée ainsi ?

— Vous n'avez pas d'autres blessures, lady Maria ? demanda-t-il, incapable de changer de sujet de conversation.

Il ne cessait de se répéter en son for intérieur qu'il aurait dû demeurer auprès d'elle et la tenir toute la nuit dans ses bras pour apaiser sa douleur. Il aurait été baigné dans son odeur suave et aurait dormi en paix. Il ne doutait pas que sa présence aurait eu le même effet sur elle.

— Non, messire... je n'ai eu que quelques éraflures que m'ont laissées les mains du brigand lorsqu'il me tenait par les poignets et aussi lorsqu'il m'a arraché ma chaîne...

Puis, choisissant de ne plus parler d'elle-même :

— J'ai cru comprendre que vous et votre escorte aviez réussi à capturer plusieurs de ces bandits et que vous les aviez remis à la justice à Londres ?

Il eut un geste de la main comme pour dire que ce n'était rien.

Quelques boucles blondes s'étaient échappées du voile de Maria et frisonnaient sur sa nuque, ses tempes. Comme il aurait aimé les enrouler autour de son doigt, presser son visage contre la riche chevelure blonde de la jeune femme, en respirer le parfum…

— … et vous avez récupéré tout ce qu'ils nous avaient dérobé.

— Ce n'était pas le plus difficile.

— Non, certes… vous m'avez sauvé la vie. Je vous avoue que j'ai eu peur de la perdre et, au moment même où cette crainte m'a gagnée, vous avez surgi. Je n'ai pas eu l'occasion de vous en remercier, hier. Aussi, acceptez mes remerciements, messire.

Elle parlait avec grâce et d'une manière distante, très étudiée. Elle n'avait été proche et spontanée qu'au moment où elle l'avait désigné par son prénom et qu'il avait perçu une émotion dans ses yeux. Elle était incontestablement devenue la fille d'un duc, mais il savait ce qui se cachait sous cette façon contrôlée de s'exprimer.

Et il avait beau savoir qu'il aurait été préférable d'oublier les moments intimes qu'ils avaient partagés et de ne pas rêver à d'autres instants aussi sensuels, il ne pouvait s'en empêcher.

Plongeant la main sous sa tunique, il en sortit un médaillon qu'il tendit à la jeune femme.

— Seigneur ! s'écria-t-elle. Mon médaillon ! Oh ! Nicholas… C'est le seul objet que je tienne de ma mère… j'étais si malheureuse de l'avoir perdu.

Il savait le prix qu'elle attachait à ce bijou ; c'était pourquoi il l'avait porté chez un orfèvre, le matin même, pour en faire réparer le fermoir, brisé au moment où il avait été dérobé à Maria.

En la voyant porter l'objet sur son cœur, il fut troublé. Il aurait voulu poser la main sur ce sein qu'elle pressait...

A cet instant, un page annonça le duc de Sterlyng qui pénétra dans la salle. Nicholas se reprit aussitôt. Il était là pour gagner la confiance du duc et ne devait se concentrer que sur cette mission.

— Kirkham ! fit Sterlyng en tendant la main à son hôte. Désolé de vous avoir fait attendre.

— Je viens juste d'arriver, messire.

— Lord Kirkham vient d'exprimer son regret devant les blessures de lady Maria, dit à mi-voix Alicia Preston en s'adressant au duc.

— Ah ? fit ce dernier en se penchant pour déposer un baiser sur la tempe de sa fille. Elle m'a dit qu'elles étaient sans importance. Le déjeuner est servi ?

Nicholas retourna chez lui à la tombée du jour avec un sentiment accablant de frustration. Il n'avait pas eu un instant de libre pour fouiller la demeure du duc. Or, il avait de nouvelles raisons de le vouloir car il était de plus en plus convaincu de l'innocence de Sterlyng.

Après un après-midi en sa compagnie, il éprouvait la certitude de son intégrité et de son honnêteté. S'il avait réellement trahi la Couronne, il aurait été maître dans l'art de dissimuler, mais Nicholas en doutait fort. Il ne pouvait se le représenter trahissant des hommes aussi proches de lui que Gloucester et Bedford.

Nicholas s'assit devant sa table de travail et consulta d'un œil distrait les parchemins qui y avaient été déposés par Tournay. Son esprit était ailleurs. Pour la première fois de sa vie, le fait de duper des personnes qui avaient sa confiance lui était insupportable. Il lui était odieux, surtout, de mentir à Maria, et il redoutait qu'elle refusât de lui parler et de le revoir lorsqu'elle apprendrait le rôle qu'il avait joué à son insu. Jamais elle ne saurait si les gestes qu'il avait eus envers elle étaient sincères ou purement calculés.

Etait-ce si important ?

— Seigneur Dieu, oui ! dit-il dans un souffle en se frottant la nuque.

Il était dans une situation inextricable, mais il n'avait guère d'autre choix que de poursuivre ce qu'il avait commencé.

— Tournay ! cria-t-il.

— Oui, messire, répondit le secrétaire en rentrant dans le cabinet.

— Envoyez quelqu'un sur le port et qu'il trouve un navire avec un chargement de fleurs fraîches. Je veux faire porter une brassée de roses jaunes à lady Maria Burton.

— Des roses jaunes, messire ? Elles vous coûteront une fortune.

— Ça m'importe peu. Dépensez ce qui sera nécessaire. Lorsque vous vous serez acquitté de cette tâche, envoyez-moi sir Gyles. Nous avons à régler ensemble les détails d'un prochain tournoi.

*
* *

Le lendemain matin, Maria chevauchait à travers le parc de Westminster avec son écuyer qui la suivait à quelque distance. Jamais elle n'avait éprouvé un tel sentiment de liberté.

Elle trouvait une joie accrue dans l'équitation depuis qu'elle avait reçu les conseils d'un écuyer de son père. Elle montait en amazone avec beaucoup d'aisance, à présent.

Le ciel était clair. L'air du matin était frais et odorant après la petite pluie fine qui avait humidifié le sol. Les premières fleurs apparaissaient dans l'herbe tendre, mais aucune ne rivalisait avec la beauté des roses que Nicholas lui avait fait porter la veille.

Elle était confuse d'avoir reçu de lui un aussi beau cadeau, surtout dans la mesure où il lui avait fait parvenir après un autre cadeau, plus compromettant celui-ci.

Alicia avait été scandalisée qu'il osât offrir une soie aussi fine à la fille du duc de Sterlyng. Aucun homme aux intentions honorables n'aurait fait un tel don à une lady.

Maria n'avait pas eu besoin de la leçon d'Alicia pour comprendre les intentions de Nicholas. Elle savait à quelle catégorie d'hommes il appartenait et ce qu'il attendait d'une femme. Certainement pas le mariage même si, elle en avait la certitude, il n'avait aucune intention de l'offenser avec ses présents d'un goût douteux. Elle voyait de l'espièglerie, de la légèreté dans ses cadeaux mais pas de grossièreté.

Elle ne doutait pas qu'il lui retirerait ses vêtements si elle lui en donnait l'occasion et honorerait son corps jusqu'à la rendre folle de plaisir. Il ne voulait rien de plus ni de moins que vivre avec elle un intermède amoureux intense et torride.

Il lui avait envoyé des fleurs, certes... des roses du jaune le plus subtil et d'un parfum le plus délicat qu'elle eût jamais vu et senti !

Elle pensait à ce présent fait pour émouvoir le cœur d'une femme en trottant sur le sentier qui traversait le parc à l'est lorsqu'elle aperçut un cavalier, immobile à la lisière des bois en direction desquels elle se rendait.

Elle n'eut pas de peine à reconnaître Nicholas, assis droit sur la selle, impressionnant de grandeur et de majesté avec ses larges épaules rejetées en arrière, son air sauvage et triomphant dans la clarté du soleil matinal.

Elle ne ralentit pas son allure et, imperturbable, poursuivit son chemin vers lui comme si sa présence n'avait aucune signification pour elle. Elle se remémorait les leçons qu'elle avait reçues de Cecilia et les conseils d'Alicia. Elle était prête à lui faire face. Plus jamais il n'abuserait d'elle comme il avait essayé de le faire au château de Fleet.

— Bonjour, ma tendre amie, dit-il quand elle fut à son niveau.

Il donna un léger coup de talon à sa monture qui avança à côté de celle de Maria. La jeune femme se contenta de hocher la tête sans freiner son allure.

— C'est une matinée splendide pour monter, reprit-il, d'un ton anodin.

Mais lorsqu'elle croisa son regard, elle y saisit une expression de sensualité qui ne trompait pas.

— Ou pour se promener, main dans la main, le long du cours d'eau là-bas, poursuivit-il en attrapant la bride du cheval de Maria qu'il arrêta. Je vais vous voler des baisers, étendus dans l'herbe, ma tendre amie.

Il lui prit la main et, ayant retiré son gant, l'embrassa au creux de la paume sans la quitter du regard.

Maria resta figée. Elle savait très bien à quelle fantaisie ce baiser faisait allusion, mais n'avait aucune intention de se laisser prendre au piège une deuxième fois. Faisant mine de réfléchir à la proposition qu'il venait de lui faire, elle regardait vers le ruisseau qui serpentait en contrebas de la prairie.

— Non, messire, je ne le pense pas, répondit-elle enfin en retirant sa main. L'herbe, d'ailleurs, serait bien trop mouillée après la pluie de ce matin.

— Ce n'est pas un peu d'humidité qui nous arrêtera…

— Je tenais à vous remercier pour vos roses, Nicholas, interrompit-elle avec désinvolture alors qu'elle avait le cœur battant. Elles sont magnifiques.

Elle voulait maintenir une distance de bon aloi entre eux comme elle l'avait fait la dernière fois qu'elle l'avait vu. Si elle lui donnait la phalange du premier doigt, il aurait tôt fait de lui confisquer la main, le bras puis tout le reste.

Ayant repris les rênes de son cheval, elle le mit au petit trot.

— Je les ai choisies parce qu'elles évoquaient pour moi la teinte de vos cheveux et de vos yeux, répondit Nicholas en donnant un petit coup de talon au flanc de sa monture.

Elle rit avec grâce.

— Vous n'êtes qu'un coquin de flatteur, Nicholas, dit-elle d'un ton moqueur.

Puis se tournant vers lui d'un air grave :

— Mais ces roses ont touché mon cœur.

Sur ces mots, regrettant déjà l'aveu qu'elle venait de faire et craignant de ne se trahir davantage si elle poursuivait leur entretien, elle éperonna sa jument et partit au galop. Elle ne pourrait jamais s'abandonner devant Nicholas et lui avouer ses sentiments. Elle devait garder ses distances et épargner à son cœur d'être brisé à coup sûr.

Nicholas la regarda s'éloigner et ne la suivit pas comme il en éprouvait l'envie. Il savait qu'il aurait dû être beaucoup plus assidu auprès d'elle pour que l'on s'habituât à sa présence dans l'hôtel du duc de Sterlyng et qu'il pût y entrer presque incognito, mais les mots de Maria et quelque chose dans l'expression de son regard l'avaient ébranlé.

Il ne supportait plus de lui mentir, de l'utiliser pour approcher son père...

Il avait une mission à remplir cependant ; la vie de plus d'un chevalier anglais se battant sur le sol de France dépendait peut-être de lui ?

Lorsqu'il avait demandé à Maria de se promener le long du ruisseau, il n'avait rien de tout ça en tête. Il devait en convenir. Il n'avait qu'un désir, qu'une préoccupation : la tenir dans ses bras, respirer son parfum, goûter à ses lèvres...

Il y avait beaucoup trop longtemps qu'il ne l'avait pas embrassée et il aurait juré qu'elle éprouvait la même frustration que lui. Il n'avait relevé aucun dédain dans son expression lorsqu'il lui avait pris la main, mais, bien au contraire, un désir et une impatience qu'il ne connaissait que trop lui-même.

La silhouette de Maria se fondait dans la distance. Son écuyer la suivait fidèlement, cet homme dont la seule fonction était de s'assurer que rien de mal ne pût arriver à sa maîtresse.

Nicholas ne pouvait que souhaiter, pour sa part, de jouer le même rôle auprès de Maria.

17.

— Avez-vous bien dormi, lady Maria ? demanda lord Bexhill alors qu'ils faisaient quelques pas dans les jardins de l'hôtel du duc.

Des parterres de fleurs venaient d'être plantés par les jardiniers, et ils jetaient leurs couleurs vives au milieu du gazon.

— Oui, très bien, répondit-elle. Je vous remercie.

Elle avait la main posée sur celle de son compagnon et elle voulait croire qu'elle éprouvait quelque émotion au contact de ce fier chevalier, mais elle devait se rendre à l'évidence : aussi beau fût-il, Bexhill ne la troublait nullement alors qu'il suffisait d'un regard de Nicholas…

— Assisterez-vous au tournoi, ce matin ?

Elle faillit s'étrangler. Elle redoutait ce jour et avait espéré ne pas être obligée d'assister aux joutes auxquelles les meilleurs chevaliers du royaume se livreraient devant la cour et le peuple de Londres. Son père et elle-même avaient été invités, cependant, à partager la loge du duc de Gloucester, et ils ne pouvaient refuser cet honneur.

— Oui, j'y serai, répondit-elle, enfin.

Un sourire se dessina sur les lèvres de Bexhill. Contrairement à Nicholas, ses yeux ne reflétaient pas son humeur et, s'il riait, son regard restait sans expression comme c'était le cas à cet instant même. Maria se représentait la façon dont Nicholas lui aurait souri, inclinant légèrement la tête de côté, une lueur espiègle dans ses grands yeux gris cernés de petites rides. « C'est un sourire de séducteur, de bandit », pensa-t-elle en elle-même, et elle aurait mieux fait de l'oublier.

Ils allèrent s'asseoir sur un banc de pierre autour duquel s'épanouissaient de magnifiques arbustes fleuris. Une servante leur apporta un plateau sur lequel étaient disposés des gâteaux secs, deux bols de terre cuite et une cruche de cidre. Au moment où elle le plaça près d'eux, l'un des bols glissa du plateau et tomba sur une dalle de pierre contre laquelle il éclata.

— Maladroite ! fit Bexhill en tirant Maria par le bras comme si elle risquait d'être blessée par les débris de terre cuite.

L'étreinte de ses doigts parut un peu trop rude à Maria.

— Ce n'est rien, Lizzie, assura-t-elle en se dégageant.

Elle s'agenouilla pour aider la pauvre servante à rassembler les morceaux épars.

— Oh ! milady… je suis désolée…

— Vous pouvez l'être, et si j'étais votre maîtresse…, remarqua Bexhill.

Maria l'arrêta en le tirant par la manche de son vêtement.

— Venez, messire. Allons rejoindre mon père dans son cabinet.

Elle ne supportait pas qu'on malmenât les serviteurs. Elle avait commis plus d'une maladresse au service de sa tante et s'était vue rabrouée sans ménagement. Elle comprenait le malaise de la jeune Lizzie et ne voulait pas qu'on l'aggravât en lui faisant des reproches. L'attitude de Bexhill l'avait ulcérée et elle n'avait qu'un désir, le congédier au plus vite. Cependant, elle ne pouvait pas le faire sans être grossière. La solution la plus simple consistait à le conduire auprès de son père qui se chargerait, ensuite, de le raccompagner à la porte.

— Père, fit-elle en ouvrant la porte du cabinet. Je viens avec...

Elle se tut en voyant Nicholas debout près de la fenêtre à meneaux alors que le duc était assis à sa table de travail. D'après leur expression, ils étaient au cœur d'une conversation sérieuse et Maria était confuse de les déranger.

— Oh ! Je vous demande pardon, dit-elle.

Mais Bexhill l'écarta pour avoir le passage et entra dans la pièce.

— Monseigneur, dit-il en s'inclinant avec politesse devant le duc.

Puis, à l'adresse de Nicholas, il ajouta d'une voix grinçante :

— Kirkham...

Nicholas ne réagit pas à la provocation de Bexhill. Il se contenta de le saluer de la tête puis porta de nouveau son attention vers le duc. Maria eut l'impression qu'ils échangeaient sans le recours des mots quelques pensées qui leur étaient communes puis Nicholas s'écarta de la fenêtre.

S'approchant de Maria, il lui prit les mains et les baisa.

— Vous êtes très belle, ce matin, lady Maria. La promenade à cheval aux premières lueurs du jour vous fait assurément le plus grand bien.

Elle rougit de l'entendre évoquer leur rencontre, mais ne fit pas écho à son allusion.

— Je vous prie de me pardonner, mon père, pour avoir interrompu votre entretien avec lord Kirkham. J'ignorais que vous étiez ensemble.

Elle prononça ces derniers mots en regardant Nicholas dans les yeux. Elle ne voulait pas qu'il pût croire qu'elle était venue intentionnellement dans le cabinet de son père.

— En effet, répondit le duc en se levant de son siège. Kirkham et moi-même avons beaucoup travaillé. Bedford réclame un nouvel impôt pour soutenir l'effort de guerre. La chambre des lords a débattu de cette question toute la journée.

— Nous n'allons pas vous déranger plus longtemps...

— Non, restez avec nous. J'ai été retenu si longtemps à Westminster depuis trois jours que je n'ai eu guère l'occasion de te voir, et tu m'as manqué.

Nicholas, qui venait seulement de relâcher les mains de Maria, avança un siège pour elle. Bexhill s'assit le plus près possible d'elle alors que Nicholas retournait près de la fenêtre. Il avait un air grave qui changeait radicalement de l'expression moqueuse et provocante qu'il arborait d'habitude, et la jeune femme en conclut qu'il ne s'était pas seulement entretenu du nouvel impôt avec son père.

Son cœur se mit à battre quand elle sentit de nouveau son regard s'accrocher au sien. Elle aurait préféré n'être pas sous ses yeux quand elle était courtisée par un autre homme. Or, Bexhill s'y employait délibérément ; et il aurait fait un magnifique mari ; Nicholas ne pouvait le nier.

Elle se sentait, néanmoins, vulnérable et soumise à sa critique comme s'il devait décider pour elle de son choix conjugal. En outre, il ne manquait pas une occasion de lui rappeler leur liaison folle et passionnée.

Nicholas jura dans sa barbe. Bexhill se comportait un peu trop en propriétaire avec Maria. S'il voyait une seconde fois les grosses mains de ce grand blond sur l'épaule de la jeune femme, il l'assommerait du plat de son épée.

Il ne pouvait pas imaginer que Sterlyng acceptât de donner la main de sa fille unique à cet idiot. S'il entendait parler, en tout cas, de préparatifs de mariage entre les deux jeunes gens, il se promettait d'intervenir...

Etait-il fou ? Il n'avait pas, lui-même, l'intention d'épouser Maria, alors, de quel droit s'opposerait-il à son union avec l'homme de son choix, même s'il s'agissait de ce crétin de Bexhill ?

Ne lui avait-il pas, d'ailleurs, laissé entendre qu'il aimerait bien reprendre une liaison avec elle mais qu'il n'avait aucune intention de se marier ? S'il avait cherché une femme, certes, elle aurait été mieux qu'aucune autre, mais les services qu'il rendait à l'Angleterre en exposant dangereusement sa vie le rendaient impropre au mariage.

Or, il n'avait aucune intention de renoncer à sa mission ni à son image de séducteur, d'homme à femmes, qui lui collait à la peau et lui permettait d'obtenir les confidences ou d'arracher les secrets des hommes de son rang.

Il risquait à tout moment d'être dénoncé par un Français ou un compatriote, et de perdre la vie... Aussi considérait-il comme un devoir moral de n'avoir ni femme ni enfants.

Dans la foulée de cette dernière pensée, il se surprit à imaginer Maria donnant la vie à l'héritier de Kirkham ! Et il en fut tout bouleversé.

L'idée de concevoir des enfants avec la jeune femme ne manquait pas d'attrait, de même que de couler des jours paisibles en famille à Kirkham.

Il se passa une main dans les cheveux en levant les yeux sur Maria qui était manifestement troublée par sa présence et prenait une pose mettant en valeur sa silhouette enchanteresse.

Mais s'il ne la laissait pas indifférente, elle le rendait fou ! Et il était bien clair dans son esprit qu'il ne supporterait pas de la voir se marier avec un autre homme.

Le lendemain, à midi, Maria était assise à côté de son père dans une loge de la tribune surplombant la lice où devaient s'affronter les participants au tournoi. Auprès d'eux se trouvaient Humphrey, duc de Gloucester, et sa femme, lady Eléonore.

Jolie et gracieuse, elle était vive et naturelle à la différence de la plupart des femmes de haut lignage. Elle était, d'ailleurs, très mal vue d'elles. Maria ne l'en estimait que davantage. Elle aimait la façon dont elle s'habillait avec des couleurs vives et des décolletés audacieux, et était touchée par les gestes affectueux qu'elle multipliait à l'attention du duc.

Plusieurs pages, au service du duc et de la duchesse, allaient et venaient pour apporter des rafraîchissements, des mets divers, des coussins pour améliorer le confort de leurs maîtres ainsi que de leurs hôtes.

Maria était tendue et pleine d'appréhension, sachant que Nicholas et Bexhill devaient s'affronter. Elle se rassurait en se disant que ce n'était qu'un tournoi pour le divertissement et qu'il n'y aurait aucun combat à mort, mais elle avait entendu tant de fois faire l'éloge de Bexhill et de ses prouesses sur les champs de bataille, et rien au sujet de Nicholas sinon sur ses succès féminins !

Elle connaissait bien son talent dans l'espace confiné d'une alcôve, mais elle craignait qu'il ne lui fût d'aucun recours face aux assauts d'un preux chevalier.

Heureusement, il avait quelques dons pour la bagarre, il l'avait amplement prouvé en lui portant secours ainsi qu'à son père sur la route de Londres. Elle espérait seulement qu'il serait aussi à l'aise avec une lance qu'avec ses poings.

— Les champions s'affronteront successivement avec trois armes, lady Maria, annonça Gloucester, mais aucune d'entre elles ne sera tranchante car il s'agit d'un tournoi amical.

— Les concurrents se mesureront d'abord à la lance, précisa le duc de Sterlyng, puis à l'épée et, enfin, à la hache.

Maria eut le cœur soulevé par une vague nauséeuse comme ça lui arrivait souvent depuis peu. Si seulement la vie pouvait devenir un peu plus simple, peut-être serait-elle moins sujette à ces symptômes.

— Etes-vous certain, père, qu'ils ne peuvent pas se blesser avec des armes émoussées ?

— En principe.

Un chevalier bardé de cuir noir pénétra dans la lice sur un cheval rouan. Son heaume était peint en noir mais son écu était de gueules à la tour blanche. La foule salua son arrivée et le suivit du regard alors qu'il s'arrêtait devant la loge où se trouvait Maria.

Gloucester, oncle du roi, qui présidait le tournoi en l'absence du jeune souverain, ne fut pas étonné de ce signe d'allégeance qui s'adressait à Henry à travers sa personne.

De grande taille, les hanches étroites et les épaules carrées, le chevalier se tenait bien droit, l'épée au côté, la hache pendue à la selle, la lance inclinée devant lui. Il avait l'aisance d'un champion.

Il s'arrêta devant Maria qui, la gorge serrée par l'émotion, n'osait le reconnaître puis salua Gloucester et Sterlyng avant de relever la visière de son casque.

La foule se fit silencieuse tandis que le cœur de la jeune femme bondissait dans sa poitrine en découvrant le visage de Nicholas. Son regard gris, sombre comme le ciel avant l'orage, exprimait la fureur.

— Lady Maria, commença-t-il, un signe de votre confiance et de votre estime me comblerait d'honneur.

Un large sourire aux lèvres, Lady Eléonore se pencha sur Maria et chuchota :

— Donnez-lui votre voile.

Maria s'était fait tailler un voile dans la soie rouge que lui avait offerte Nicholas, qui ne cachait que partiellement ses magnifiques cheveux, et une chemise qu'elle portait sur la peau. Elle imaginait ainsi que c'était les mains de Nicholas qui la caressaient…

Il la fixait de son regard pénétrant et il lui semblait qu'il lisait au fond de son cœur, qu'il pénétrait ses pensées les plus intimes. Rougissant, elle défit son voile et le jeta à Nicholas.

Il le récupéra sur la pointe de sa lance et le laissa glisser le long du bois jusqu'à ce qu'il pût le saisir de la main. Il l'effleura alors des lèvres puis le glissa sous son armure à l'emplacement de son cœur.

Un instant après, il refermait la visière de son casque et, tirant la bride de son cheval, s'éloignait au galop.

— Parole de femme, déclara lady Eléonore, je fondrais devant une telle marque de galanterie. J'ai rarement vu un aussi beau champion…

Elle ajouta dans un souffle pour n'être entendue que de Maria :

— Il ferait, j'en suis sûre, un merveilleux amant.

Déconcertée par la remarque de la duchesse, Maria vit lord Bexhill entrer en lice. Comme Nicholas, ses armes étaient peintes sur son bouclier.

Elle se demandait si lady Eléonore avait un don de double vue ? Mais elle conclut, bientôt, que la duchesse n'était pas différente d'elle-même. Sa remarque n'était liée qu'à la beauté et au charme de Nicholas. Pourquoi les autres femmes n'auraient-elles pas réagi comme elle devant sa silhouette d'athlète ? Elle releva quelque peu le menton et s'efforça de durcir son cœur. Elle ne devait pas oublier à quel point Nicholas était apprécié des femmes.

Lord Bexhill, qui avait observé avec rage l'entrée en lice de Nicholas, se dirigea vers une autre loge où il salua une jeune fille rousse qui lui jeta un ruban aux couleurs de sa famille.

Soudain, les trompettes sonnèrent, invitant les deux champions à prendre place dans la lice.

— Bexhill porte une armure hérissée de pointes, remarqua Gloucester en fronçant les sourcils.

— C'est interdit, dit Sterlyng. Il ne devrait même pas porter d'armure simple.

— Pourquoi ? interrogea Maria.

— Parce que celle de Kirkham est en cuir.

— En cuir ?

— Oui, c'est la coutume pour les tournois amicaux. Il s'agit d'un cuir bouilli, très résistant, certes, mais qui n'a rien à voir avec une armure.

— Regardez ! dit Eléonore. Ils commencent.

Maria retint son souffle et s'accrocha au bras de son père lorsque les deux cavaliers, la lance au poing, s'élancèrent l'un vers l'autre des deux extrémités du champ.

Au premier choc, Bexhill faillit vider les étriers, mais il réussit à se maintenir en selle et les deux cavaliers gagnèrent l'extrémité du champ avant de se retourner l'un contre l'autre.

Cette fois, il n'y eut aucun vainqueur, et les champions se préparèrent à charger une troisième fois. Au moment où il allait porter son coup, Bexhill inclina sa lance et poussa son cheval contre celui de Nicholas qui roula à terre avec son cavalier.

Maria se dressa sur ses jambes en voyant Nicholas disparaître sous sa monture.

— Père ! s'écria-t-elle.

Sterlyng se leva à son tour ainsi que Gloucester.

— Je ne comprends pas ce qui a pu se passer, fit ce dernier.

— Le cheval de Kirkham a été blessé lors de la dernière joute, expliqua Sterlyng. Ça n'arrive jamais dans les tournois amicaux.

Il fit signe à un page d'approcher et lui donna des instructions à la suite desquelles le jeune homme s'en fut rapidement de la tribune.

Plusieurs écuyers accoururent pour porter assistance à Nicholas alors que Bexhill, arborant une attitude triomphante, descendait de cheval. Maria n'avait d'yeux que pour Nicholas qu'on aidait à se relever. Il ne semblait pas blessé…

— Ne t'inquiète pas, Maria, dit Sterlyng en passant le bras autour des épaules de sa fille. Il n'a rien. Le combat va pouvoir reprendre.

En effet, à peine le duc eut-il parlé que les deux chevaliers tirèrent leurs épées de leurs fourreaux. Quand ils croisèrent leurs armes, Maria eut un sursaut.

— N'aie pas peur, dit son père. Leurs épées sont taillées dans des fanons de baleine. Ils ne peuvent pas s'infliger de blessures mortelles.

— Monseigneur..., commença le page, revenu aussi vite qu'il était parti.

Maria ne réussit pas entendre ses propos, mais, lorsqu'il eut terminé, elle vit le duc de Gloucester se tourner vers un chevalier de sa suite auquel il parla sur le ton de la confidence.

— Que se passe-t-il, père ? demanda la jeune femme.

Sterlyng haussa les épaules.

— Le page a relevé certaines irrégularités... regarde !

Il montrait du doigt les combattants. Bexhill gisait au sol, étendu sur le dos, et Nicholas avait la pointe de son arme sur sa gorge.

— Que va-t-il se passer maintenant ?

— Le combat est fini, déclara avec colère Gloucester. Je m'oppose radicalement à ce genre de tricherie.

— Quelle tricherie ?

— Mon page soupçonne fort que le cheval de Kirkham ait été blessé par les pointes de l'armure ou la lance de Bexhill. Ce dernier, bien sûr, nie avoir eu la moindre intention de déroger au règlement.

Maria, qui écoutait attentivement le duc, eut de nouveau un haut-le-cœur subit et dut s'asseoir.

18.

— Vous vous sentez mal ? demanda lady Eléonore. Voulez-vous boire une goutte de…

Maria fit non de la tête. Elle devait avoir une mine épouvantable pour que la duchesse s'inquiétât ainsi pour elle…

— Non, je vous remercie, dit-elle dans un souffle. Ça va passer…

Soudain, une sonnerie de trompettes résonna puis d'une voix puissante le duc de Gloucester annonça :

— Nous déclarons lord Kirkham vainqueur de ce tournoi sans qu'il lui soit nécessaire de s'affronter à Lord Bexhill à la hache. Qu'il s'approche pour que nous lui remettions sa récompense !

Maria se sentait trop mal pour attendre que Nicholas vînt recevoir sa récompense. La seule chose qui comptait pour elle, c'était qu'il fût sorti de cette épreuve sans blessure. A présent, elle pouvait se retirer.

— Père ? Pourrions-nous rentrer à la maison ? Je ne me sens pas très bien…

Nicholas fut amèrement déçu de ne pas trouver Maria dans la tribune lorsqu'il vint recevoir son prix, un médaillon d'or incrusté de rubis qu'il avait eu l'intention de lui offrir sur-le-champ.

Pourquoi réagissait-il ainsi ? Il remua la tête sans comprendre ce qui lui arrivait. Il n'y avait qu'une grande confusion dans son esprit lorsqu'il pensait à lady Maria Burton.

De retour chez lui, il se plongea avec délectation dans une baignoire pleine d'une eau bien chaude. Il s'était remis de sa déception, d'autant mieux qu'il savait qu'il verrait Maria le soir même puisqu'il était convié à dîner chez le duc de Sterlyng. Il choisirait le moment où ils seraient à table et entourés des convives du duc pour offrir le médaillon à la jeune femme. Il vérifierait alors si elle était capable de lui montrer de l'indifférence.

La chaleur de l'eau associée à une huile parfumée soulageait son corps endolori. Il somnolait dans cette tiédeur apaisante, satisfait de cette journée qui avait permis de démasquer Bexhill, de révéler aux yeux de tous quel imposteur il était. Maria savait, à présent, lequel entre lui et Bexhill était le meilleur chevalier.

Maria... Il étendit le bras pour prendre sur un siège le voile qu'elle lui avait donné au début du tournoi. Il l'approcha de son visage et respira le parfum de la jeune femme dont il était imprégné. Elle l'avait porté sur sa peau dont il gardait l'odeur...

Comme il aurait aimé qu'elle fût là avec lui, nue dans cette même eau qui l'enveloppait comme des bras doux et caressants... il l'imaginait à califourchon sur lui avec ses magnifiques cheveux tombant en lourdes boucles autour de ses épaules, sa poitrine ferme et ronde offerte à ses caresses, ses lèvres humides entrouvertes...

Au château de Fleet, Maria s'était montrée follement amoureuse et réceptive à ses baisers puis, soudain, elle l'avait fui... elle n'avait pas compris à quel point il la désirait sinon elle n'aurait pas été capable d'une telle cruauté...

Il sortit du bain et s'essuya énergiquement avec une serviette. Ce n'était pas le moment de s'abandonner à ses rêveries. Il avait une mission importante à accomplir.

Les troupes françaises avaient pris position devant Orléans. Conduites par la Pucelle, elles seraient peut-être beaucoup plus redoutables. Les Anglais, qui faisaient le siège d'Orléans, étaient peut-être en grand danger ?

Il était grand temps qu'il trouvât quel personnage haut placé transmettait des informations aux Français au sujet des troupes anglaises ; il sauverait ainsi peut-être la vie de bon nombre de combattants.

Il avait envisagé de se confier à Sterlyng à ce sujet puis considéré que, pour les besoins de l'enquête, il valait mieux le tenir à l'écart et continuer d'entretenir l'illusion de sa trahison. Ainsi se jouerait-on mieux de celui qui essayait de le compromettre en accumulant des preuves contre lui et il serait plus rapidement démasqué.

Ce jour-là, le dauphin ne serait plus informé sur le nombre et le moral des troupes anglaises ni sur leur approvisionnement. Il n'y aurait plus personne pour lui rendre compte des sentiments du peuple anglais et du Parlement sur la guerre.

Tout en s'habillant, Nicholas réfléchit à la manière dont il pourrait s'y prendre pour démasquer le traître et, ce faisant, il réussit, pendant quelques instants, à ne plus penser à Maria.

Maria s'était couchée après le repas et avait été assaillie par un cauchemar où elle voyait Nicholas dans une armure éclaboussée de sang, brandissant une épée brisée. Elle s'était éveillée en hurlant au moment où un cavalier le chargeait, pointant sa lance sur son cœur.

Elle s'était levée brusquement et avait été reprise de nausées que l'odeur des volailles qui rôtissaient rendait plus pénibles encore.

Elle s'était enfuie de la maison en compagnie d'Alicia, et les deux jeunes femmes étaient descendues ensemble jusqu'à la Tamise le long de laquelle se promenaient des amoureux.

— Comme on est bien ici, commenta Maria en laissant son regard glisser sur le fleuve et les barques de pêcheurs qui en remontaient le cours.

— Oui. Votre père m'a dit que vous aviez été bouleversée par le tournoi.

Maria haussa les épaules.

— Je ne trouve pas très captivant de voir deux hommes s'affronter avec des lances et des épées.

— Lord Kirkham a gagné ?

— En effet. Bexhill n'était pas de taille à lutter contre lui.

— C'est étonnant... d'autant plus que jamais personne n'a entendu parler de la bravoure de lord Kirkham.

Mais je crois qu'il s'est battu en France, il y a quelques années, au côté du roi Henry VI.

— Ah bon ?

Alicia confirma d'un hochement de tête.

— Son frère a été tué à son côté. On prétend qu'il ne s'en est jamais remis.

— Cela ne m'étonne pas.

— Le roi l'a relevé de ses fonctions, mais, d'après ce que j'ai entendu dire, il n'est pas pour autant revenu en Angleterre. Il se tenait pour responsable de la mort de son frère et ne se sentait pas le courage de comparaître devant leur père. Il n'est revenu en Angleterre qu'après sa mort.

Alicia et Maria marchaient le long de la Tamise tout en parlant.

— Pourquoi le considérez-vous aussi peu…

— Recommandable ?

Maria acquiesça.

Elles continuèrent de flâner un moment en silence puis Alicia reprit :

— Je ne crois pas qu'il soit aussi mauvais qu'il veut le laisser paraître.

— Vraiment ? fit Maria en s'arrêtant.

Alicia poursuivit sa marche.

— Oui… on sent chez lui, sous l'apparence du mauvais garçon, trop de principes, un trop grand sens de l'honneur… considérez son attitude à l'égard de votre père. Le respect qu'il lui montre, j'en suis sûre, n'est pas feint.

— Non, sans doute, Alicia, répondit Maria avec enthousiasme. Et si vous l'aviez vu à Kirkham ! Il était d'une gentillesse et d'une courtoisie avec sa vieille nourrice et le couple chargé de l'intendance !

— Je pense, en fait, qu'il est plus beau encore en lui-même qu'à l'extérieur, remarqua Alicia en observant du coin de l'œil la réaction de Maria.

Cette dernière marchait les yeux baissés. Elle pesait en elle-même les propos de son amie. Elle n'avait guère fait l'expérience de la vertu de Nicholas pas plus que de son sens de l'honneur. Elle l'avait vu généreux, certes, mais force lui était de constater qu'il n'avait d'autre intention à son égard que de la mettre dans son lit.

Elle aurait tout de même aimé croire qu'Alicia avait en partie raison et que Nicholas n'éprouvait pas que de la convoitise pour elle... mais elle n'osait l'espérer.

— Père m'a dit que de grands vaisseaux venant de tous les coins du monde venaient jeter l'ancre dans le port de Londres, remarqua Maria, désireuse de changer de sujet.

Alicia inclina la tête de côté d'un air perplexe comme si elle hésitait à faire quelque autre révélation sur Nicholas Hawken, mais elle abandonna, elle aussi, le sujet pour faire écho à Maria :

— Oui, en effet, répondit-elle brusquement. Et je vous conseille de ne pas vous aventurer le long des quais. Il n'y a pas de lieu plus dangereux au monde que le port de Londres.

Maria fronça les sourcils.

— Pourquoi ?

— On y trouve les pires individus. Les tavernes y sont pleines de courtisanes qui attirent des hommes grossiers et violents... les cabarets sont le siège du vice, de l'ivresse et des querelles… les récits de personnes volées, battues à mort, poignardées abondent…

— Eh bien… j'espère ne pas avoir de raison d'y aller.

— Ne vous y rendez tout simplement jamais… Maria ?…

— Oui ? fit la jeune femme d'un air absent alors qu'elle laissait son regard errer sur le fleuve et ses berges.

C'était une journée ensoleillée, étonnamment chaude pour le printemps.

— Regardez ! dit-elle soudain.

Elle pointait du doigt vers deux barques à bord desquelles se trouvaient de jeunes rameurs rivalisant de vitesse.

— Ils font la course !

— Oui, en effet, répondit Alicia, renonçant à poser la question qui lui brûlait la langue quelques instants plus tôt.

Lorsqu'elles furent de retour à l'hôtel Sterlyng, la préparation du dîner battait son plein. Maria gagna sa chambre pour se changer.

Assise devant sa coiffeuse, les images insupportables de son rêve s'imposèrent de nouveau à elle. Nicholas, blessé, perdant son sang, lui apparut ainsi que Bexhill dont les lèvres étaient tordues par un sourire cruel. Elle ne comprenait pas comment il pouvait continuer à vivre après ce qu'il avait fait au tournoi. Pour commettre un tel acte, il fallait être dépourvu de tout respect de soi.

Le jour déclinait, mais Maria n'éprouvait pas encore le besoin d'éclairer sa chambre. Après avoir retiré la robe toute simple qu'elle portait pendant la promenade, et revêtu la chemise de soie rouge qu'elle avait fait tailler dans le tissu offert par Nicholas, elle s'assit de nouveau devant sa coiffeuse et commença de retirer une à une les épingles de ses cheveux. Elle brossa ensuite sa splendide chevelure d'or…

La conversation qu'elle avait eue avec Alicia au bord du fleuve n'avait rendu que plus confus encore ses sentiments au sujet de Nicholas. Fermant les yeux, elle laissa échapper un soupir et se représenta son visage dans toute son exactitude. Quel surprenant personnage ! A la fois fripon et chevalier hors pair, séducteur, coureur de jupons et généreux champion ! Il était capable du pire et du meilleur.

Mais le pire était-il si mal ? Gardant les paupières closes, elle s'abandonna à une rêverie qui lui était devenue familière depuis qu'elle l'avait rencontré. Il avait les mains sur son corps dévêtu, la caressait doucement tandis qu'il lui effleurait les lèvres de divins baisers…

Un bruit contre la fenêtre l'arracha à la scène merveilleuse qu'elle vivait. Elle ouvrit les yeux et aperçut une silhouette qui enjambait l'appui de fenêtre en fer forgé.

— Nicholas !

— Chut ! fit-il en se précipitant vers elle pour lui couvrir les lèvres de la main. Ne criez pas.

Elle se débattit, repoussa sa main.

— Que faites-vous ici ? Je…

Il lui scella les lèvres avec un long et brûlant baiser qui laissa Maria bouleversée, les genoux tremblants, incapable de résister.

— Je voulais te voir seule, ma chérie, dit-il dans un souffle. Et c'était le seul moyen de parvenir jusqu'à toi.

Il la regardait dans les yeux comme s'il voulait s'emparer de son âme tandis qu'avec les mains il prenait possession de son corps.

— Nicholas..., murmura la jeune femme en sentant ses doigts sur sa peau.

Il tira sur sa chemise de soie, révélant la nudité de sa poitrine. Elle était incapable de lui opposer la moindre résistance et lorsqu'il s'inclina pour emprisonner la pointe de ses seins entre ses lèvres, elle ne sut pas l'arrêter. Au contraire, elle lui caressait amoureusement les épaules.

— Nicholas... tu n'es pas blessé... Bexhill ne t'a pas atteint ?

— Non, mon tendre amour. Tu peux examiner chaque parcelle de mon corps, si tu veux t'en assurer.

Il reprit la pointe d'un sein dans sa bouche et le titilla du bout de la langue tandis que Maria, haletante, glissait les doigts dans ses cheveux, lui maintenant le visage contre sa poitrine.

Elle était comme remplie d'une lave en fusion ; le pouls lui battait ; les muscles de son ventre se tendaient, vibraient dans l'attente d'être comblés... Elle fut, soudain, envahie par la même sensation que celle qu'elle avait éprouvée dans la grange du château de Fleet. Ses muscles étaient comme dissous, sa volonté anéantie et elle glissait dans une délicieuse euphorie...

Elle ne comprit qu'elle avait été sur le point de perdre l'équilibre qu'au moment où Nicholas la souleva dans ses bras pour aller l'étendre sur le lit. Il lui retira complètement sa chemise au moment de la reposer sur la courtepointe puis, s'agenouillant près d'elle, dévora de baisers sa sublime nudité…

Elle n'aurait pas dû le laisser faire cela… il allait la rendre folle avec ses caresses, et la façon délicieuse dont il la torturait du bout de la langue… il fallait le chasser…

— Non… Nicholas…, dit-elle en gémissant, incapable de former une phrase.

— Ne dis rien, mon amour…

Il lui embrassait le nombril, la taille, les hanches, le ventre… ouvrait ses cuisses… approchait les lèvres du doux écrin de sa féminité…

Elle lui tira les cheveux.

— Non… Nicholas ! Il ne faut pas…

— Il est trop tard, ma tendresse, répondit-il en poursuivant ses baisers enivrants comme l'opium. Je n'ai pas cessé d'en rêver depuis que tu m'as quitté à Kirkham. Il m'est impossible d'arrêter maintenant…

— Mais moi je dois te fuir de nouveau, murmura-t-elle tout en gémissant de plaisir, les paupières mi-closes. Tu n'es pas du tout l'homme qu'il me faut, Nicholas. Je dois trouver un époux respectable et… oh…

Elle se mit à trembler de tous ses membres en soupirant…

— Ce n'est pas le moment de parler d'un époux hautement recommandable… concentre-toi sur ce que je te fais.

Mais elle ne pouvait déjà plus rien faire d'autre que sentir les mains et les lèvres de Nicholas. Par la magie de ses caresses et de ses baisers, il avait fait d'elle une créature avide de lui ; incapable de penser, réfléchir et d'empêcher ce qui ne manquerait plus de se produire.

La nuit tombait. Maria pouvait à peine distinguer les traits de Nicholas alors qu'elle frémissait sous lui, entièrement soumise à son bon vouloir.

Ce n'était pas bien, se répétait-elle en elle-même sans pouvoir exprimer son opinion à voix haute, de laisser Nicholas abuser d'elle ainsi. Dans quelques instants, elle descendrait rejoindre son père pour recevoir leurs hôtes dont plusieurs étaient des prétendants très honorables.

Et Nicholas serait présent aussi à cette mascarade… comment pourrait-elle le regarder en face après cet… intermède ?

On frappa soudain à la porte :

— Milady ?

— Un instant, s'il vous plaît ! cria Maria, en plein désarroi.

— Je suis venue vous aider à lacer votre robe et à vous coiffer, dit la servante.

— Je ne suis pas prête, lança Maria. Laissez-moi un peu de temps…

— Bien sûr, milady. Appelez-moi quand vous voudrez.

Maria sauta du lit et se couvrit aussitôt de sa chemise de soie tandis que Nicholas se levait à son tour, enveloppant la jeune femme de son regard gris où brillait la lueur d'un désir inassouvi.

— Je te préfère nue, ma chérie, dit-il, s'efforçant de trouver une sortie humoristique à leur situation qui, en fait, le peinait horriblement.

— Nicholas ! fit-elle, déconcertée.

Elle ne comprenait pas comment elle avait pu se laisser séduire ainsi. Elle aurait dû le repousser tout de suite sans lui laisser le temps de mettre un pied dans sa chambre.

— Je te laisse, à présent, dit-il en lui donnant un rapide baiser, mais je reviendrai.

— Non, Nicholas ! répondit-elle dans un souffle. Il ne faut pas !

Il lui sourit puis tourna les talons et disparut par la fenêtre.

19.

Sans Nicholas, le dîner aurait été terriblement ennuyeux, mais grâce à lui, sa forte personnalité, son humour, son expérience de la vie parlementaire, la conversation avait été constamment animée et distrayante.

Tous semblaient fascinés par lui, en particulier les jeunes filles. Ce détail n'échappait pas à Maria qui, pour sa part, s'efforçait de ne pas le regarder. Elle ne lui avait pas pardonné son intrusion dans sa chambre. Comment osait-il la traiter ainsi ? Elle n'était pas de celles dont on disposait à son gré puis que l'on rejetait lorsqu'elles avaient cessé de plaire.

Elle se félicitait de l'avoir interrompu avant qu'il ne fût parvenu au plaisir. Ce n'était qu'une juste punition de ne pas avoir eu plus d'égard pour elle qu'avec une courtisane, et elle espérait qu'il souffrait en ce moment d'une cruelle frustration.

— ...une simple marque de mon estime pour la très honorable lady Maria !

C'était lui qui venait de prononcer ces mots ! Elle n'avait pas prêté attention à ce qu'il avait dit auparavant et, à présent, il lui présentait un objet. C'était un important médaillon d'or présentant les armes des Lancastre sur son couvercle et incrusté de pierreries.

— Eh bien, lady Maria ? fit Nicholas. Vous n'écoutiez pas ?

Elle rougit, avec son charme incomparable, pensa Nicholas. Elle s'était montrée indifférente ou vaguement irritable avec lui pendant tout le repas alors qu'elle avait été ostensiblement aimable avec tous les autres hôtes, mais il ne s'en offusquait pas. Il l'avait bien mérité.

Jamais il n'avait eu l'intention de s'introduire dans sa chambre sans y avoir été invité mais, étant arrivé trop tôt à Bridewell Lane, il avait attendu dans la rue d'où il l'avait aperçue, la tentation de la rejoindre avait été trop grande. Il avait escaladé sans difficulté la façade de l'hôtel jusqu'à l'étage et s'était brusquement trouvé devant elle. Il n'avait eu aucune autre intention que de lui exprimer sa passion dans un long baiser puis de se retirer, mais, une fois qu'il l'avait tenue dans ses bras, emporté par le feu du désir, il n'avait pas réussi à contrôler ses gestes...

Elle était irrésistible dans la chemise de soie rouge qui révélait ses rondeurs, marquait sa taille fine, montrait toute la finesse et l'élégance de son corps. Et il avait eu l'impression que c'était pour lui plaire et par amour qu'elle avait choisi de porter au contact de sa peau cette soie qu'il lui avait offerte.

Il fut bouleversé, soudain, à la pensée de Maria se livrant à lui, les reins cambrés, la pointe des seins tendue... elle était la plus belle des femmes dans ces instants privilégiés. Il ne pourrait jamais se rassasier de la voir, la toucher... quoi qu'elle dît ou pensât, il retournerait auprès d'elle, plus tard...

Peut-être ne devrait-il pas ? Il l'avait bouleversée à deux reprises dans la journée... n'avait-elle pas dû quitter le tournoi avant la remise de sa récompense ? Elle n'éprouvait peut-être pas que du dédain pour lui ?

Le duc lui-même semblait particulièrement bien disposé à son égard, ce soir. Il venait de se lever et, un large sourire aux lèvres, suspendait le médaillon au cou de sa fille.

Touché par ce geste, Nicholas montra son contentement puis s'éclipsa discrètement comme s'il avait dû se rendre aux latrines.

Il y avait trop longtemps qu'il était parti ! Elle ne pouvait plus rester ainsi dans l'incertitude. Comme un métal inexorablement attiré par un puissant aimant, elle dut se lever de table et se laisser guider par l'instinct qui la poussait vers Nicholas.

Elle monta d'abord à sa chambre, pensant qu'il s'y était peut-être réfugié en attendant qu'elle le rejoignît, mais elle était vide. Elle alla voir dans la chambre de son père où Nicholas ne se trouvait pas davantage.

Où pouvait-il être ? se demanda-t-elle en fronçant les sourcils. Il n'était tout de même pas reparti sans prendre congé de ses hôtes ?

Maria traversa l'étage et rejoignit la tour d'escalier à l'arrière de la maison qu'elle emprunta pour descendre aux cuisines. De là, elle passa dans la cour où il n'y avait personne non plus.

De retour dans la maison, elle fouilla les différentes salles puis longea l'étroit passage qui conduisait au cabinet de travail de son père. A peine en eut-elle franchi le seuil qu'elle sentit une main saisir son poignet...

Nicholas la prit dans ses bras et la serra contre lui, scellant ses lèvres avec un baiser pour l'empêcher de crier.

— Tu ne trouveras pas un mari parmi ces jouvenceaux, ma douce amie, dit-il dans un souffle. On leur presserait le nez qu'il en sortirait du lait.

— Détrompez-vous, lord Kirkham, répondit-elle en le repoussant de toutes ses forces. Je prendrai pour époux un homme qui me respectera et non un barbare qui me surprend dans les coins sombres.

Nicholas sourit en remuant la tête, mais Maria n'était pas d'humeur à plaisanter.

— Que faites-vous ici ? demanda-t-elle en jetant un regard sur la pièce.

Il hésita avant de répondre :

— Je me suis perdu dans la maison... je cherchais à te rejoindre.

Elle croisa impatiemment les bras.

— Me pardonnerez-vous, lord Kirkham, si je trouve cette réponse un peu difficile à croire ?

— C'est vrai ! insista-t-il avec un rire forcé. Je vous trouve bien soupçonneuse, milady.

Il se pencha pour l'embrasser dans le cou mais elle le repoussa de nouveau. Le cabinet de travail était plongé dans l'ombre, mais il y flottait l'odeur d'une bougie que l'on venait d'éteindre.

— Qu'est-ce que vous cherchiez ?

— Pardon ?

— Ne me prends pas pour une idiote, Nicholas, dit-elle en pressant le doigt sur sa poitrine.

— Que vas-tu chercher ?

— Je ne cherche rien ; c'est toi, me semble-t-il, qui cherchais quelque chose dans ce cabinet, et je ne te laisserai pas partir sans que tu ne m'aies dit ce que c'était ?

Il fut un moment silencieux avant de répondre :

— Non, Maria, ce n'est rien de ce que tu imagines…

— Assez de mensonges, Nicholas ! Que faisais-tu dans le cabinet de mon père ?

Il soupira, manifestement très embarrassé. Il devait assurément une explication à la jeune femme mais jusqu'où devait aller sa sincérité ?

— Je n'ai aucune intention de te mentir, Maria, dit-il en la prenant par les épaules, mais simplement… plus tu en sauras et… plus ce sera dangereux pour nous tous.

— Explique-toi !

Il s'éclaircit la gorge avant de déclarer d'une seule traite :

— Je suis au service du duc de Bedford qui m'a chargé de démasquer un traître qui transmet au dauphin des informations sur nos troupes…

Il se tut pour observer la réaction de Maria puis ajouta :

— Et les plus forts soupçons pèsent sur ton père.

Elle fut un moment figée, incapable de parler, puis, laissant éclater sa colère :

— C'est absurde… ridicule…

Elle s'était dégagée des bras de Nicholas et lui tournait le dos.

— La situation est extrêmement grave, Maria, dit-il en la prenant par le bras. Nos hommes tombent chaque jour sur le sol de France, semble-t-il parce que nos ennemis sont au courant de tous leurs mouvements, de leurs approvisionnements, de leur nombre, des soldes qui leur sont versées.

— Tu parles sérieusement ? fit Maria en se dégageant.

Nicholas hocha la tête.

— Et tu penses que mon père informe le dauphin de France ?

De nouveau, Maria lui tourna le dos. Au frémissement de ses épaules, il comprenait qu'elle pleurait. Il se maudit en lui-même pour s'être laissé surprendre ainsi. Il avait été beaucoup trop long pour ouvrir le coffre du duc et examiner tous les documents qu'il contenait, parmi lesquels, d'ailleurs, il n'avait rien trouvé de compromettant.

Il était évident pour Nicholas que le duc était totalement étranger à cette affaire d'espionnage, mais il préférait ne rien en dire à Maria pour qu'il n'y eût aucune fuite et que le vrai coupable ne pût se douter de rien.

— Maria..., commença-t-il. Ce n'est pas aussi simple...

Elle fit non de la tête. Comme Nicholas ne voyait pas l'expression de son visage, il la contourna et constata qu'elle ravalait ses larmes.

— Mon père ne commettrait jamais un acte aussi vil, répondit-elle enfin d'une voix étranglée. Il est tout sauf un traître.

— Si je suis ici, Maria, c'est précisément pour t'en apporter la preuve.

— Tu ne peux quand même pas me demander de te croire.

— Si, Maria, je te le demande, répondit-il avec un sourire contrit.

— Eh bien, moi, je vais te dire ce que je pense, Nicholas Hawken ! Tu es venu ici en faisant croire à mon père que tu avais de l'amitié pour lui et que tu t'intéressais à moi mais, en fait, tu ne...

— Non, c'est faux. Lorsque je t'ai vue, pour la première fois, sur la route de Kirkham, j'ignorais que tu étais la fille du duc de Sterlyng, et lorsque nous... euh...

Considérant que ce n'était pas le moment d'évoquer le cours intime qu'avait pris leur relation, il reprit :

— Fais-moi confiance, Maria... tu es merveilleuse... tu comptes beaucoup pour moi.

Elle leva sur lui des yeux brillant de larmes puis, brusquement, elle tourna les talons et sortit de la pièce.

Nicholas aurait brisé un objet s'il avait pu le faire sans ameuter toute la maison. Il ne se souvenait pas de s'être déjà comporté aussi maladroitement avec une femme. Il parvenait toujours à régler les conflits avec une aisance remarquable.

Il aurait dû se douter, la première fois qu'il avait vu Maria sur la route de Kirkham et qu'elle l'avait frappé de toutes ses forces, que rien jamais ne serait simple et facile avec une femme de cette trempe.

Convaincue que Nicholas ne reviendrait pas participer au dîner, Maria l'excusa auprès de son père, évoquant un rendez-vous important où il avait dû se rendre. Elle s'attendait à le voir derrière la fenêtre de sa chambre, un peu plus tard, lorsque la maison serait endormie, mais il ne reparut pas.

Elle ne savait si elle devait ou non lui en être reconnaissante ?

Après réflexion, elle considéra que c'était heureux qu'il ne fût pas revenu. Elle n'avait aucune envie de le revoir. Ce n'était qu'un menteur, une canaille qui ne respectait rien.

Les yeux perdus au plafond où dansaient des ombres, Maria se répétait les arguments avancés par Nicholas pour justifier sa présence dans le cabinet de travail de son père, et elle était incapable de faire le tri entre le vrai et le faux. Pouvait-elle ou non lui faire confiance ?

De toute façon, qu'il cherchât à innocenter son père ou à le faire condamner, de forts soupçons pesaient sur ce dernier sinon Nicholas n'aurait pas pris le risque de se laisser surprendre en train de fouiller son cabinet.

Au cours des quelques semaines qu'elle avait partagées avec son père, Maria s'était profondément attachée à lui et elle ne pouvait concevoir de le perdre, à présent, à cause d'une fausse accusation.

Si elle avait été instruite sur le fonctionnement du Parlement et qu'elle eût parmi ses amis des membres de la chambre des lords autres que Nicholas, elle leur aurait parlé et les aurait convaincus de l'innocence de son père.

Nicholas lui avait dit être au service du duc de Bedford qui était, lui-même, un ami de son père. Comment pouvait-il penser tant de mal de lui ? De quelles preuves si accablantes disposait-il contre lui ?

Il devait y avoir quelques indices jetant le doute sur le duc sinon, effectivement, Nicholas ne se serait pas permis de fouiller sa maison où il était convié en ami. Mais Maria aurait parié sur sa propre vie que son père n'avait commis aucun acte de trahison contre son pays.

Nicholas avait beau affirmer le contraire, il croyait à la culpabilité de son père et il l'avait utilisée pour se rapprocher de lui et mieux l'espionner ! Ce constat était trop accablant. Il était le scélérat, le vaurien contre lequel elle avait essayé initialement de se protéger. Que n'avait-elle persévéré dans cette attitude ! Elle aurait préservé son père contre des agissements diaboliques car, elle n'en doutait pas, le vrai coupable cherchait à faire porter au duc la responsabilité de sa trahison.

Son cœur se serra… elle ne doutait plus que Nicholas n'eût aucun sentiment pour elle. Il n'avait jamais cherché qu'à endormir sa vigilance par ses caresses et mieux conduire ainsi sa mission auprès du duc de Bedford.

Il l'embrassait jusqu'à lui faire perdre la raison puis, sans crainte d'être remarqué, bien installé dans la place forte, il poursuivait ses investigations.

Il était sur le point de réussir lorsqu'elle l'avait surpris… et elle avait toutes les raisons, à présent, de le chasser de son esprit. Or, elle n'y parvenait pas. Même lorsqu'elle voulait oublier la façon dont il enflammait ses sens, elle sentait ses lèvres sur les siennes, l'odeur et la chaleur de son corps…

En se retournant dans son lit, elle porta le regard sur la fenêtre qui était entrouverte. Elle voulut croire qu'elle l'avait laissée ainsi parce que la nuit était douce, mais elle savait très bien qu'elle ne l'avait pas fermée en se couchant au cas où Nicholas reviendrait dans la nuit. Elle avait agi ainsi, certes, pour se donner la chance de lui expliquer qu'il n'avait plus à s'inquiéter et qu'elle continuerait elle-même l'enquête pour faire éclater la vérité et montrer que son père n'était pas un traître.

Elle se redressa brusquement et s'assit dans son lit. Plutôt que de rêver aux baisers de Nicholas, elle aurait mieux fait de se concentrer sur l'enquête qu'elle allait devoir mener. Elle ne tarderait pas à innocenter son père et à confondre ce fripon de lord Kirkham.

Elle fut presque sur le point de sauter au bas de son lit et courir rejoindre son père mais elle se ravisa. Elle craignait de ne le troubler et, pire encore, lui faire du mal. Non, elle s'acquitterait seule de cette tâche et serait fière de damer le pion à Nicholas. Elle dirait ensuite adieu au jeune marquis et choisirait un mari parmi les prétendants qui avaient déjà demandé sa main au duc.

Elle regonfla son oreiller et s'allongea de nouveau. Elle aimerait autant que son père choisît pour elle. L'épreuve serait moins pénible…

Nicholas marchait impatiemment de long en large dans sa chambre. Il mourait d'envie de retourner à Bridewell Lane et d'escalader la façade jusqu'à la fenêtre de la chambre de Maria, mais il se doutait que la probabilité qu'elle le repoussât violemment était plus grande que celle qu'elle l'accueillît à bras ouverts.

L'importance que Maria avait prise dans sa vie depuis peu l'inquiétait vivement. Jamais aucune femme n'avait autant compté pour lui, au point de le mettre dans une telle confusion et de l'écarter de son devoir.

Il était, peut-être, temps de réunir ses compagnons pour une nuit de débauche où il essaierait de chasser Maria de son esprit. Un bon moment dans les bras d'une fille lascive comme il en connaissait suffirait à lui faire oublier cette petite blonde pulpeuse...

Mais aucune, il le savait bien, ne saurait la remplacer, pas même l'effacer de son esprit, ne fusse qu'une soirée. Son attachement à Maria était si fort qu'il ne serait, d'ailleurs, en paix que s'il s'assurait qu'elle ne courait aucun danger. Or, à cause de la maladresse qu'il avait commise aujourd'hui, elle était sans doute déjà en quête elle-même du vrai traître.

Peut-être aurait-il dû s'entretenir de la situation avec le duc de Sterlyng lui-même pour écarter toute menace à l'encontre de sa fille ? Mais comment lui révéler que des soupçons pesaient sur lui sans s'être d'abord parfaitement assuré de son innocence ?

Les chandelles éclairant sa chambre avaient diminué de plus de la moitié lorsqu'il consentit enfin à se coucher. Il avait besoin plus que jamais d'être proche de Maria. Mais comment se présenter devant elle après ce qui s'était passé ?

Il fallait réussir à la convaincre qu'il n'était pas son ennemi... bien au contraire... au fond de lui-même, d'ailleurs, il savait bien qu'il tenait plus à elle qu'à sa propre vie.

Une semaine s'écoula sans que Nicholas eût l'occasion de parler à Maria. Il l'aperçut dans le parc de Westminster, mais, chaque fois, elle était accompagnée d'un ou plusieurs cavaliers et il renonça à s'approcher d'elle. Si elle marchait le long de la Tamise, elle avait également plusieurs prétendants à sa suite et Alicia pour la chaperonner. Quant aux soirées où Nicholas avait espéré la rencontrer, elle en était absente.

Aussi, lorsqu'il entendit parler d'un pique-nique organisé par la duchesse de Gloucester sur le bord de la Tamise, s'y rendit-il avec le ferme espoir d'y trouver enfin Maria.

Lady Eléonore lui ayant confirmé la présence de cette dernière, il lui demanda son aide pour être seul, un moment, avec la jeune femme. La duchesse, qui aimait la vie et ses plaisirs, se prêta volontiers à un petit stratagème.

Un large groupe de jeunes gens s'était formé sur la berge du fleuve devant Westminster Hall. Ils attendaient leur tour pour embarquer par couples dans des bateaux à rame avec lesquels ils devaient traverser la Tamise pour accoster sur l'autre berge où s'étendait le parc préféré de la duchesse.

Là devaient avoir lieu d'abord quelques jeux puis tous prendraient place sur des tapis étendus sur l'herbe où moult domestiques leur serviraient un repas disposé dans des paniers.

Nicholas aperçut, soudain, Maria en compagnie d'autres demoiselles avec lesquelles elle conversait. Il eut le souffle coupé tant elle était charmante. Vêtue d'une robe vert foncé, ornée de dentelles blanches et présentant un large décolleté, elle éclipsait les autres femmes. Les convives de lady Eléonore ne s'y trompaient pas car, l'un après l'autre, ils venaient regarder d'un peu plus près cette beauté blonde.

Elle ne paraissait pas l'avoir remarqué, aussi s'efforça-t-il de rester très discret jusqu'au moment où, selon le plan établi par la duchesse, il se révélerait brusquement à elle.

Il sourit en pensant au stratagème mis au point pour l'exécution duquel l'aide de lady Eléonore était indispensable. Si tout marchait bien, dans quelques instants Maria serait sa prisonnière...

De l'endroit, un peu en retrait, où il se tenait, il vit la duchesse lui faire signe de s'approcher. Maria venait de prendre place dans une barque et, déjà, plusieurs jeunes gens se pressaient autour de l'embarcation pour y monter, mais la duchesse s'entretenait avec eux pour les retenir.

Nicholas pressa le pas et parvint à sauter dans la barque sans qu'aucun ne pût s'y installer avant lui. Prenant aussitôt les rames, il s'éloigna vivement de la berge avant même que Maria n'eut le temps de protester.

— Nicholas Hawken ! dit-elle avec sévérité en croisant les bras sur la poitrine. Je vous souhaite d'avoir un prétexte valable pour agir ainsi sinon vous êtes un homme mort.

20.

Nicholas lui répondit par un sourire désarmant, mais elle ne voulait plus se laisser charmer par lui. Elle ne devait jamais oublier qu'il tenait son père pour un traître et qu'il s'était rangé au nombre de ses prétendants pour mener plus aisément son enquête.

— Eh bien ? dit-elle après un long silence qui commençait à lui devenir insupportable car elle n'avait rien d'autre à faire que de l'observer actionner les rames, les manches de sa chemise roulées sur ses bras robustes, et le tissu de ses chausses tendu par les muscles impressionnants de ses cuisses.

Il sourit de nouveau et, la regardant dans les yeux :

— C'est une bien belle matinée que je tenais à passer avec la plus jolie des Londoniennes, lady Maria Burton.

— Ces flatteries ne vous siéent pas, lord Kirkham.

— Vraiment ? Que dois-je faire, alors, pour vous être agréable ?

— Disparaître.

— Maria... vous êtes cruelle.

— Comme j'aimerais l'être, murmura la jeune femme en réponse.

Il souriait toujours et ramait avec force, dépassant tous les autres bateaux qui s'orientaient vers la rive est alors que lui-même restait proche de la rive ouest.

— Pourquoi ne prenez-vous pas la même direction que les autres ?

— J'ai envie d'être seul avec vous.

— Nicholas ! Je vous en prie... rejoignez les autres embarcations !

Elle commençait à avoir mal au cœur et aurait aimé écourter la traversée.

— Je ne veux que faire un petit tour sur l'eau avec vous...

Il s'interrompit en voyant la jeune femme plonger la tête entre ses mains.

— Maria ? Ça ne va pas ?

La sensation nauséeuse était insupportable. Elle ravala sa salive, respira plusieurs fois à fond dans l'espoir de l'arrêter, mais elle persistait. Grelottante, elle porta la main à sa bouche.

— Je crois que je vais être malade, Nicholas...

Alors qu'elle luttait contre les terribles haut-le-cœur qui l'assaillaient, Nicholas, en quelques coups de rame habiles, rapprocha la barque de la berge. Un instant après, il soulevait Maria dans ses bras et l'étendait au soleil, dans l'herbe tendre.

Il s'assit près d'elle et la serra dans ses bras. Alors qu'elle luttait de toutes ses forces contre son malaise, il lui défit sa coiffe et son voile, et lui murmura des mots tendres en déposant de petits baisers sur sa tempe, son front…

Lorsqu'elle se sentit, enfin, un peu mieux, elle s'écarta légèrement de lui et s'assit en ramenant les genoux sur sa poitrine.

— C'est passé ?

Elle hocha la tête, mais resta silencieuse. Même si elle désirait plus que tout être dans ses bras, elle savait qu'elle devait rester aussi distante que possible de lui si elle ne voulait pas succomber à son charme. Il avait trop de pouvoir sur elle.

— Tu es devenue soudain d'une pâleur terrifiante, dit-il avec douceur comme s'il réconfortait un enfant malade. Es-tu certaine de ne pas être malade ?

— Non… c'est le bateau. Je ne suis pas habituée à aller sur l'eau.

Il la regardait d'un air soucieux, et Maria aurait voulu effacer de son front les deux plis verticaux qui le barraient.

— Nous allons attendre que tu ailles mieux avant de rejoindre les autres.

— Je ne sais pas si je pourrai remonter dans cette barque, dit-elle en tournant les yeux vers l'embarcation que Nicholas avait amarrée à une branche d'aulne.

— Nous pourrions retourner à Westminster à pied, trouver un attelage et gagner l'autre berge en franchissant la Tamise sur le London Bridge, suggéra Nicholas en se penchant sur elle.

Il lui effleurait les cheveux de ses lèvres.

— Le Parlement n'est pas très loin…

Un frisson courut le long du dos de Maria. Elle avait un si grand désir de sentir ses lèvres sur son corps…

mais elle ne devait pas se laisser aller. S'il la touchait, s'il l'embrassait, elle serait perdue…

Faisant un effort considérable sur elle-même, elle se redressa et demanda sur un ton distant :

— Avez-vous appris quelque information sur le… traître ?

Nicholas laissa échapper un soupir et desserra les bras qu'il avait noués autour de sa taille.

— Non, malheureusement… Mais j'aimerais autant que tu ne te mêles pas de ça. Je n'en dors pas la nuit quand je pense à quels dangers tu pourrais être exposée si…

— Nicholas ! interrompit la jeune femme. C'est la réputation de mon père qui est en jeu ! Comment pourrais-je rester tranquillement à ne rien faire pendant que tu essaies de réunir des preuves contre lui ?

— Maria ! Je ne cherche pas…

Elle se releva brusquement :

— C'est ce que tu dis, mais je…

Un accès de faiblesse soudain la fit vaciller, mais Nicholas bondit sur ses jambes et la maintint droite.

— Tu n'es pas bien, Maria ?

— Si, répondit-elle en essayant d'avancer d'un pas. Retirez votre main de ma taille, sinon je hurle, lord Kirkham.

— Seulement ? Vous ne me frapperez point ?

Dans un mouvement d'humeur, elle lui tourna le dos et s'éloigna. Elle ne se laisserait pas séduire une nouvelle fois ; elle n'était plus innocente.

Elle avait la ferme intention de retourner se joindre aux convives de lady Eléonore, mais il lui fallait franchir la Tamise en barque… et elle avait besoin de Nicholas pour tenir les rames.

Tant pis s'il essayait de profiter de l'étroitesse de la barque pour se rapprocher d'elle, elle avait trop envie de participer à la fête organisée par la duchesse de Gloucester pour ne pas prendre ce risque. Elle s'était réjouie, en effet, à l'avance de se rendre à ce pique-nique où elle savait qu'elle retrouverait de nombreux jeunes gens, et puis, la journée était très belle ; elle ne voulait pas la laisser gâcher par Nicholas Hawken…

Forte de sa décision, elle descendit avec assurance vers la berge. Nicholas la laissa s'éloigner, s'octroyant le plaisir de la contempler en mouvement. Elle était extrêmement séduisante dans cette robe qui lui marquait la taille et laissait voir le balancement de ses hanches.

Nicholas la désirait comme il n'avait jamais désiré aucune femme, et ses sens réagissaient à chaque mouvement du corps de Maria de la même façon que si elle avait été étendue nue sous lui. Mais quelle que fût la force de son attirance pour elle, il était de son devoir d'oublier sa passion pour le moment afin de mieux assurer la sécurité de Maria. Elle courait de grands risques si elle commençait d'enquêter à sa manière. En interrogeant la personne qui ne convenait pas, elle pouvait mettre sa vie en péril.

Il lui incombait avant tout d'obtenir d'elle la promesse qu'elle ne chercherait pas à faire elle-même la lumière sur cette affaire d'espionnage.

Voyant que la jeune femme atteignait la berge, il pressa le pas et la rejoignit sans peine.

— Il faut que nous parlions, Maria. C'est l'une des raisons pour lesquelles je suis venu aujourd'hui.

— Je n'ai plus rien à vous dire, lord Kirkham.

— Nicholas... je t'en prie, Maria... appelle-moi Nicholas.

Elle haussa les épaules.

— Dis-moi... as-tu parlé à quelqu'un, interrogé quiconque au sujet de ton...

— Non, répondit-elle sèchement. Pas encore. Je ne veux donner aucune occasion à mon père de souffrir à cause de ces... accusations non fondées.

— Je n'accuse ton père de rien du tout, Maria.

— Peut-être pas encore, mais je vous connais, lord Kirkham. Vous ne renoncez pas quand vous avez commencé quelque chose. Dès que vous aurez réuni des preuves contre lui, vous le traduirez en justice et ce sera à lui de prouver son innocence.

— Maria... je n'ai aucune intention...

Il lui prit la main :

— Ne veux-tu pas t'asseoir un moment pour que nous discutions ?

— Je vous ai déjà dit que je n'avais plus rien à vous dire, messire.

— Oh ! mais si...

Il la prit par la taille et, sans autre préambule, s'empara de ses lèvres. Il la sentit résister un instant puis ses lèvres se desserrèrent et elle cessa de le repousser des deux mains.

— Maria, dit-il dans un souffle avant de l'embrasser de nouveau avec plus de passion maintenant qu'elle s'abandonnait.

Il la prit par la taille et l'attira contre lui. Nouant alors les mains derrière sa nuque, elle ne lui opposa aucune résistance en dépit des paroles peu amicales qu'elle venait de lui adresser.

Mon Dieu ! Comme elle lui avait manqué ! C'était si bon de la toucher, de sentir son parfum... il redécouvrait avec ravissement la douceur de sa peau, la finesse de ses attaches, le goût incomparable de ses lèvres.

Il brûlait de désir... L'idée lui traversa l'esprit d'emmener Maria chez lui où il l'honorerait sans relâche jusqu'à la tombée du jour. Il ferait en sorte qu'elle fût si vibrante de passion qu'elle oublierait de le questionner et concentrerait toute son attention sur lui.

Ce serait un après-midi mémorable...

Elle laissa échapper, soudain, un cri de révolte et le repoussa :

— Non, Nicholas !

— Pourquoi non ?

— Je ne me laisserai pas séduire jusqu'à en perdre la tête, dit-elle en courant vers la barque.

Heureux d'apprendre qu'il avait un tel pouvoir sur elle, Nicholas, qui souriait, s'élança derrière elle.

— Ne me touchez pas, lord Kirkham ! s'écria-t-elle quand il la rejoignit.

Voyant qu'il riait, elle reprit :

— Je suis sérieuse, Nicholas. Tant que l'affaire concernant le dauphin n'est pas close, je suggère que nous ne nous voyions plus.

— Je ne suis pas d'accord.

— Il importe peu que vous le soyez ou non. De toute façon, je ne serai pas chez moi lorsque vous vous présenterez à Bridewell Lane.

— Mais il n'est pas nécessaire, ma tendre amie, que tu sois à la maison pour que je te voie.

— Je vous fuirai comme si vous aviez la lèpre.

— Tu seras dans mes bras sans tarder, Maria. Je te le promets. Chez toi ou chez moi, je ne saurais le dire, mais sois certaine que cela se produira bientôt.

— Je n'en crois rien. Je désire d'abord satisfaire mon père. Or, il m'a demandé de choisir un mari et…

— Choisir un mari ! fit écho Nicholas avec un rire de dérision.

Il le savait, mais ne supportait pas qu'elle le lui jetât au visage après avoir partagé avec elle l'un des baisers les plus enivrants de sa vie amoureuse.

— En effet… mon père estime qu'il ne m'a pas été suffisamment donné de choisir dans la vie, et il veut y remédier.

Maria s'arrêta devant la barque et hésita à monter à son bord.

— Attends que je t'aide ! fit Nicholas d'un ton exaspéré qui n'échappa pas à Maria.

Du moins, serait-il assez déçu pour ne pas avoir envie de parler pendant la traversée vers la berge opposée.

Elle accepta sa main au moment où elle monta dans l'embarcation puis, poussant la barque pour la dégager de la rive, il sauta à son bord.

21.

Maria tournait son regard au loin pour ne pas le voir, mais elle constata rapidement que la sensation nauséeuse s'intensifiait lorsqu'elle portait les yeux sur l'eau ou la rive qui défilait devant eux.

Elle était pâle lorsqu'ils atteignirent l'autre berge, mais elle refusa l'aide de Nicholas. Et lui, en retour, fit la sourde oreille à la requête de la jeune femme qui le priait de déserter le pique-nique.

Elle l'ignora ostensiblement lorsqu'il la conduisit vers un groupe de jeunes femmes élégantes et il fut sur le point de s'éclipser, mais les convives de lady Eléonore, rivalisant de charme, réussirent à le retenir. Il ne parut que trop content de satisfaire leur demande.

« Evidemment, pensa Maria, puisqu'il est maître dans l'art de séduire. »

Elle avait envie de sermonner ces jeunes femmes frivoles qui encourageaient ses mauvais penchants. Elles auraient dû voir que ses sourires étaient trop charmeurs, ses propos trop flatteurs…

Et il était évident qu'il appréciait du regard toutes les femmes alentour présentant des atouts certains.

Maria ne supportait pas de le voir s'intéresser à d'autres qu'elle, aussi s'efforça-t-elle de porter son attention ailleurs. Elle entama une conversation avec des proches de la duchesse de Gloucester puis en rencontra d'autres avec le seul souci d'être occupée et d'oublier Nicholas.

Elle avait la ferme intention de se marier et, parmi les convives de la duchesse, il devait nécessairement se trouver quelque jeune homme digne de retenir son attention. En attendant de le rencontrer, elle voulait profiter de la fête et s'amuser comme elle en avait rarement eu l'occasion.

Il lui fallait continuer de détourner son regard de Nicholas qui était entouré d'un cercle de créatures riant un peu trop fort et révélant par leur comportement qu'il avait eu quelques privautés avec elles. Maria éprouvait, certes, un serrement de cœur à cette pensée, mais elle ne voulait pas se laisser prendre au jeu de la jalousie.

La vie passée, présente, à venir de Nicholas ne la concernait pas. Il pouvait faire ce qu'il voulait ; cela lui était égal. Elle savait seulement qu'elle ne succomberait plus jamais à sa séduction et qu'elle concentrerait toute son attention sur le choix d'un mari car son seul bonheur, dorénavant, était de faire celui de son père.

Après quelques parties de cache-cache et de colin-maillard, les convives cédèrent la place aux acrobates qui enchaînèrent culbutes et cabrioles à travers la pelouse et aux jongleurs qui lançaient en l'air des balles aux couleurs vives tandis que des ménestrels aux tenues de fêtes tiraient des sons mélodieux de leurs harpes, tabourins, bombardes et autres instruments.

Après le repas que Maria n'honora que du bout des lèvres de crainte que son malaise ne revînt, lady Eléonore invita tous ses hôtes à se préparer à rivaliser d'adresse dans diverses disciplines de leur choix.

Les conversations s'en trouvèrent relancées, les jeunes femmes étant excitées et émues à la pensée de se faire valoir alors que Maria était mortifiée. Elle n'avait aucun talent sinon celui de porter des plateaux chargés de rafraîchissements d'un poids égal à la moitié du sien. Or, elle craignait que personne ne fût impressionné par cette aptitude.

— Des cibles ont été disposées là-bas pour les archers, reprit la duchesse. Et il y a un espace clos pour les bretteurs s'il plaît à certains de se livrer à quelques assauts à l'épée. Les plus pacifiques trouveront des instruments de musique sous cette tente et, s'ils le désirent, ils pourront se faire accompagner par les troubadours…

Tandis que lady Eléonore poursuivait ses explications, Nicholas s'assit près de Maria sur le tapis qui avait été jeté sur l'herbe. Se penchant sur elle, il lui chuchota à l'oreille :

— Malheureusement, tu ne peux faire la démonstration de tes dons les plus manifestes que dans l'intimité d'une alcôve.

Maria ouvrit la bouche toute grande mais ne dit rien. Promenant son regard autour d'elle, elle s'assura que personne n'avait entendu la réflexion de Nicholas.

— Archers ! cria lady Eléonore. Allez vous placer devant vos cibles.

Plusieurs jeunes gens se levèrent et se dirigèrent vers l'extrémité de la pelouse où avaient été disposées les cibles devant des bottes de paille. Leurs écuyers les y attendaient avec des arcs et des flèches.

— Avez-vous déjà tiré à l'arc, ma tendre amie ? demanda Nicholas qui s'était levé avec Maria.

— Non, lord Kirkham.

— Me permettrez-vous de vous montrer comment s'en servir ? demanda-t-il en la prenant par le bras. Nous pourrions en faire une leçon très particulière...

Maria dégagea son bras et accéléra le pas. Même si elle avait le cœur qui battait, elle n'avait aucune intention de se laisser troubler par lui plus longtemps. Maintenant qu'elle l'avait vu à l'œuvre avec les autres femmes, elle était plus que jamais convaincue qu'il n'était nullement un homme pour elle.

Alors que les archers décochaient leurs premières flèches, des éclats de voix et des applaudissements résonnèrent.

— Lord Kirkham ! cria la duchesse. Vous ne tirez pas ?

Nicholas sourit en remuant la tête.

— Non, milady. L'arc n'est pas mon arme.

— Vous préférez peut-être l'épée ?

— Si vous le désirez.

Maria le regarda ôter sa tunique et rouler les manches de sa chemise, dévoilant ses bras musclés couverts d'une toison brune, soyeuse, qu'elle aimait caresser. Elle connaissait la force de ces bras et leur tendresse aussi...

Elle ferma les yeux d'un air consterné lorsqu'elle le vit prendre une épée.

— Il s'agit de rencontres amicales, lady Maria, précisa lady Eléonore en s'apercevant de l'inquiétude de la jeune femme. Les lames sont émoussées et les adversaires s'affronteront par jeu comme dans une salle d'armes.

Les propos de lady Eléonore ne rassurèrent guère lady Maria qui gardait un très mauvais souvenir du tournoi amical auquel avait participé Nicholas. Non qu'elle fût particulièrement soucieuse de sa personne, mais elle redoutait de voir l'un des deux bretteurs blesser son adversaire.

— Lord Mydelton, dit lady Eléonore en se tournant vers un jeune homme de belle allure. Vous savez jouer de la harpe, n'est-ce pas ?

— Oui, milady.

Elle lui tendit l'instrument qu'elle avait à la main et il se mit à jouer un air plein d'entrain auquel se joignirent les ménestrels tandis que Nicholas et le jeune seigneur qui lui était opposé croisaient le fer.

Au grand soulagement de Maria, elle comprit rapidement que les assauts étaient menés sans violence ni haine et, après quelques échanges, les deux hommes convinrent qu'il s'agissait davantage d'un exercice d'entraînement.

— Bravo, messieurs, dit lady Gloucester en récompensant les deux adversaires auxquels elle remit un ruban et deux médaillons d'un métal doré. Je crois savoir que votre arme de choix est très peu conventionnelle, lord Kirkham ?

— En effet, répondit Nicholas en prenant un morceau de drap blanc pour s'essuyer le visage.

Ses cheveux dessinaient des boucles sur son front, lui donnant un air si charmant que contrairement à son souhait Maria ne pouvait détacher les yeux de son visage.

Lady Eléonore fit un geste à l'adresse d'un écuyer qui disparut derrière ses compagnons.

— Il s'agit du fouet, n'est-ce pas ?

— Votre Grâce est très bien renseignée. Si j'en avais eu un à ma disposition, j'aurais été très heureux de vous faire une démonstration.

— Votre vœu est exaucé, lord Kirkham. Je me suis permis d'envoyer l'un de mes pages chez vous pour y réclamer votre fouet. Le voici !

Maria fut sans doute la seule à remarquer le léger froncement de sourcils de Nicholas et le pli qui venait d'apparaître au coin de sa bouche. Il en avait assurément assez de se donner en spectacle pour complaire à lady Eléonore qui s'était retournée et désignait un jeune garçon s'avançant avec le fouet.

Maria était fort intriguée car, lorsque son père et elle avaient été secourus par lord Kirkham, à cause de l'obscurité, elle n'avait pu voir comment il maniait son arme.

Il y eut un murmure de satisfaction parmi les spectateurs lorsque Nicholas prit le fouet des mains du page et suivit lady Gloucester qui se dirigeait vers la berge.

— Ne faites pas la tête, Kirkham, dit à mi-voix la duchesse. Mes convives sont ravis à l'idée de vous voir à l'œuvre.

Maria se tenait à proximité de Nicholas lorsqu'il s'arrêta et examina les cibles, des bouteilles colorées superposées et disposées sur des tables.

— L'épreuve consiste à déloger la bouteille du haut sans que les autres ne tombent.

Maria avait vraiment l'impression de lire une expression de profond ennui dans le regard de Nicholas, mais tous ceux qui le regardaient semblaient retenir leur souffle.

Tenant le manche du fouet d'une main, il le fit glisser dans toute sa longueur à l'intérieur de son autre main avant de frapper d'un geste bref.

Avec un claquement sec, la bouteille au sommet de la première pyramide vola en l'air sous les yeux émerveillés de Maria.

Il répéta le même geste plusieurs fois, délogeant du premier coup chaque bouteille placée au sommet sans que la pyramide ne s'effondrât. Maria comprenait pourquoi les brigands qui les avaient attaqués sur la route de Londres avaient eu le dessous. Ils n'avaient pas dû comprendre ce qui leur arrivait.

Sous un tonnerre d'applaudissements, Nicholas rendit son fouet au page et franchit le cercle de ses admirateurs, d'autant plus facilement que lady Gloucester était allée rejoindre d'autres compétiteurs.

Maria, fascinée par la scène à laquelle elle venait d'assister, suivit Nicholas qui regagnait l'endroit où il avait laissé sa tunique.

— C'est ainsi que vous avez mis en déroute les voleurs qui nous ont surpris ? lui demanda-t-elle, se souvenant que son père l'avait chargée d'interroger lord Kirkham à ce sujet et qu'elle avait oublié de le faire.

Il opina avant de revêtir sa tunique.

— C'est une arme étrange, observa-t-elle tandis qu'il serrait les lacets de son vêtement.

— On peut le dire.

— Où avez-vous appris à vous servir d'un fouet de cette manière ?

— En Italie, il y a de nombreuses années.

— Après vous être battu en France ?

Il la regarda dans les yeux puis, plaçant le bras de Maria sous le sien comme si elle lui était destinée :

— Que savez-vous de mes faits guerriers ?

— Rien ou presque...

Lady Alicia lui avait confié que le frère de Nicholas était mort à son côté, mais elle ne voulait pas en parler.

— Le peu que je sache, je le tiens d'Alicia. C'est elle qui m'a dit que vous aviez combattu en France sous la bannière du roi Henry lorsqu'elle m'a vue si inquiète...

Elle se tut, comprenant qu'elle était en train de se trahir.

Il la dévisagea avec d'autant plus d'insistance qu'il la voyait rougir.

— Et pourquoi, ma douce amie, étiez-vous inquiète ?

— A cause du tournoi, répondit-elle en libérant son bras. Je n'ai eu aucune joie à vous voir combattre Bexhill.

Il éclata de rire.

— Et moi qui vous croyais assoiffée de sang !

— Comment une idée aussi saugrenue vous est-elle venue à l'esprit ? demanda-t-elle avec exaspération. Je n'ai jamais...

Réprimant un sourire, il la reprit par le bras.

— Je sais... Je plaisantais... Vous n'êtes en réalité que la plus combative des femmes que j'ai rencontrées.

Maria ne répondit rien, mais elle ne prenait pas cette réflexion pour un compliment. Ravalant sa colère, elle le suivit en silence.

Lorsqu'ils rejoignirent lady Eléonore, elle aperçut un attelage qui attendait sur la route. L'un des pages s'approcha de Nicholas.

— La voiture que vous aviez demandée est arrivée, milord.

— Merci, répondit Nicholas dont la voix fut couverte par le bruit de la musique qui venait de reprendre.

— Vous devriez remercier votre champion, lady Maria, argua la duchesse.

La jeune femme fronça les sourcils :

— Pardon, madame ?

— Je parle de lord Kirkham, pardi ! répondit lady Eléonore en riant. Vous sembliez si mal sur l'eau qu'il a envoyé chercher un carrosse à Londres.

Maria se retourna et lança un regard perplexe à Nicholas.

— C'est la vérité, dit-il, mais rien ne vous oblige à prendre ce moyen de transport. Vous pouvez fort bien remonter dans une barque avec le rameur de votre choix. Si vous voulez bien souffrir ma présence un peu plus longtemps, cependant, je me ferai un plaisir de vous raccompagner chez vous dans cet attelage.

22.

Lord Bexhill ne fut pas jugé pour la blessure infligée au cheval de Nicholas lors du tournoi. Il prétendait que c'était accidentel et cette version fut acceptée. Il dut, néanmoins, présenter des excuses publiques à son adversaire, ce qu'il fit diligemment.

Maria ne revint pas, toutefois, sur la décision qu'elle avait prise à son sujet et considéra qu'il ne comptait plus parmi ses prétendants. Elle restait convaincue, en effet, qu'il avait commis un acte de félonie pendant le tournoi, et ne pouvait le lui pardonner.

Elle n'avait pas revu Nicholas depuis le jour du pique-nique où il l'avait raccompagnée à son domicile. Elle ne s'était pas attendue d'ailleurs à ce qu'il se présentât chez elle. Elle l'en avait assez dissuadé par ses propos, et puis elle l'imaginait tapi dans l'ombre, à l'affût d'une information ou guettant un ennemi là où il n'y en avait pas.

Elle s'était promis de ne rien dire à son père et elle s'en félicitait. Il aurait été trop dur pour lui d'apprendre que son ami, le duc de Bedford, le soupçonnait de trahison. Elle voulait lui épargner cette déception. Elle savait que les soupçons de Nicholas n'étaient pas fondés et, bien qu'il lui eût demandé de ne pas se mêler de cette affaire, elle voulait découvrir la vérité par n'importe quel moyen.

Elle restait ulcérée, cependant, de savoir qu'il ne pensait aucun bien de son père…

Elle n'arrivait pas à comprendre, d'ailleurs, pourquoi ça l'affectait autant ? Après tout ce qu'elle l'avait entendu dire, elle aurait dû lui être parfaitement indifférente…

A mesure qu'elle faisait cette réflexion, Maria repensa à l'attitude de Nicholas le jour du pique-nique. Il s'était montré plein de sollicitude à son égard, ce jour-là, et, aussi, plus séduisant que jamais quand faisait la démonstration de son art. Elle avait été sur le point de tomber dans ses bras alors qu'il la raccompagnait chez elle dans l'attelage…

Mais elle s'était retenue de succomber à cette faiblesse essentiellement à cause de son attitude avec les autres femmes. Elle n'avait pas supporté de le voir leur faire du charme et de sentir qu'il était prêt à contenter chacune d'entre elles si ce n'était déjà fait.

Elle ne comprenait pas, en outre, pourquoi il détenait un tel pouvoir sur ses sens. Il n'avait qu'à s'approcher d'elle, lui parler de sa voix grave, la fixer de ses yeux gris profonds qui lisaient au fond de l'âme, et elle avait les genoux qui tremblaient, elle perdait tout contrôle d'elle-même, elle était prête à tout pour lui complaire.

Le plus grave tenait au fait qu'elle n'avait aucune envie réelle de combattre cette faiblesse. Elle accordait beaucoup de prix, au fond, à cette attirance qu'elle éprouvait pour Nicholas. Ça différait tellement de ses autres prétendants pour lesquels, en comparaison, elle ne ressentait à peu près rien. Aucun ne faisait jaillir en elle le feu de la passion, aucun ne la faisait trembler en lui effleurant seulement le bras du bout des doigts ou en lui caressant les cheveux, aucun n'avait des lèvres qu'elle aurait voulu sentir en permanence sur les siennes.

Trois jours après l'expérience désagréable du canotage, Maria fut saisie par de nouvelles nausées et, cette fois, elle eut de forts soupçons quant à leur origine…

Elle portait l'enfant de Nicholas ! C'était le tout début de la grossesse, mais les symptômes étaient trop évidents pour n'être pas pris en compte. Elle allait mettre au monde un bâtard comme n'importe quelle servante séduite par son maître ! Mais, justement, n'était-ce pas exactement la situation qu'ils occupaient lorsqu'elle s'était laissé circonvenir par Nicholas ?

Un tourbillon de pensées l'assaillit alors que la sensation nauséeuse persistait. Elle s'assit dans son lit et, plongeant le visage entre ses mains, lutta pour ne pas pleurer. Les larmes ne la rendraient que plus faible ; or elle devait se montrer courageuse et trouver une solution de façon à ne pas salir le nom de son père.

Elle respira à fond plusieurs fois dans l'espoir de faire passer le malaise et d'avoir les idées plus claires. Même si sa grossesse lui posait quelques problèmes, ce n'était pas une catastrophe. Il fallait réfléchir aux échappatoires qui s'offraient à elle.

Elle ne pouvait pas se réfugier dans un couvent ; dans l'état où elle était, jamais on ne croirait à sa vocation. Et puis elle ne voulait pas s'enfuir. Elle venait à peine de retrouver son père ; en partant, elle lui ferait un mal épouvantable. Elle ne pouvait pas, non plus, envisager de donner la vie à un enfant sans la protection d'un père.

Il ne lui restait donc qu'une option : choisir au plus vite un mari parmi les prétendants qui la courtisaient. La plupart étaient de beaux garçons attrayants. Elle n'avait qu'à fixer son choix sur l'un d'entre eux.

— Messire, fit sir Gyles en entrant dans les appartements de Nicholas à Westminster.

Il poussait devant lui un homme de frêle allure enveloppé dans un grand manteau.

— Voici l'homme que nous avons surpris avec un message.

Le dos à la fenêtre par laquelle on voyait de gros nuages noirs poussés par un vent impétueux et déversant des torrents d'eau, Nicholas s'avança jusqu'à sa table de travail au bord de laquelle il s'assit, les bras croisés sur la poitrine.

— Où te rendais-tu avec cette lettre ? demanda Nicholas à l'homme dont les vêtements détrempés ruisselaient.

— Au port, répondit laconiquement l'individu au visage osseux surmonté de longs cheveux bruns en désordre.

Il gardait les yeux baissés sur le plancher et tenait son chapeau du bout de ses doigts noirs de crasse. Il était évident qu'il voulait donner le minimum d'informations à ses interrogateurs.

— Le port est vaste. Où la portais-tu, précisément ?

— Sur une goélette.
— Son nom ?
— Euh... je ne faisais rien de mal... je portais une missive, c'est tout...
— Réponds à ma question.
Le ton sévère de lord Kirkham impressionna l'homme qui savait ce qu'il encourait s'il mentait.
— La *Santa Clara*.
Nicholas leva un regard interrogateur sur sir Gyles.
— J'ai déjà envoyé un écuyer pour vérifier quel était le propriétaire de ce navire.
— Qui t'a remis cette lettre ? insista Nicholas en levant le parchemin en question roulé dans sa main.
— Un homme devant Westminster... il m'a donné deux pence pour ma peine.
— A quoi ressemblait-il ? Comment était-il habillé ?
— Il pleuvait, milord... Il portait un grand manteau avec un capuchon rabattu sur la tête. Je ne l'ai pas bien vu.
Nicholas échangea un regard avec Gyles.
— Etait-il grand ou petit ? Gros ou mince ?
— Il était normal... ni très corpulent ni très malingre.
Nicholas soupira en se passant une main dans les cheveux.
— Et comment parlait-il ? N'as-tu rien remarqué de particulier dans sa façon de s'exprimer ?
Le messager haussa les épaules.
— Non, milord... il parlait comme Votre Seigneurie.

— Et il vous a donné ce parchemin en public, devant Westminster ?

— Oui, milord.

Un visage flotta devant les yeux de Nicholas. Il avait vu à plusieurs reprises cette même tête devant Westminster mais la rencontre ne lui avait pas inspiré de soupçons.

Il se demandait, à présent, si l'individu en question n'avait pas été placé là en faction pour observer ses allées et venues et mettre en place quelque stratagème destiné à brouiller les pistes.

Nicholas, en effet, ne doutait plus que tout avait été organisé pour que sir Gyles surprît le porteur de la lettre destiné à la *Santa Clara*. Et pendant qu'ils étaient occupés avec cette affaire, ils n'étaient pas ailleurs.

C'était ce qu'il fallait découvrir : de quoi et de qui l'avait-on éloigné ?

— Etais-tu censé remettre la lettre à une personne précise à bord de la *Santa Clara* ?

— Non, messire. J'avais ordre de me tenir sur le quai à la hauteur du navire et d'attendre que quelqu'un en descende.

Nicholas doutait fort qu'il y eût un voilier répondant à ce nom dans le port, mais, par acquit de conscience, il suggéra à sir Gyles d'envoyer quelqu'un le vérifier.

Puis, glissant une pièce de six pence dans la main de l'homme qu'il interrogeait :

— Si vous revoyez la personne qui vous a confié cette mission ou si vous croyez simplement la reconnaître, venez immédiatement me trouver.

— Oui, milord ! répondit l'homme dont le regard s'était allumé depuis qu'il avait reçu la pièce.

Alors que Gyles reconduisait l'homme, Nicholas examina de nouveau le parchemin qui lui avait été remis.

Bien qu'un peu plus épais que de coutume, le sceau semblait être celui du duc de Sterlyng. S'il s'agissait d'une copie, le faussaire était très doué. Quant au texte, il ne contenait aucune révélation : « Comme prévu les Communes sont hostiles à tout nouvel impôt ; il ne sera pas aisé de prélever les fonds dont Bedford a besoin pour payer ses soldats. »

Il n'y avait pas de signature.

Qui avait pu envoyer cette missive qui ne contenait aucun secret d'Etat ? Toute personne ayant accès au Parlement connaissait la position de la chambre basse au sujet de la guerre en France. L'absence complète d'intérêt de ce message confirmait Nicholas dans son impression qu'il était l'objet d'une manipulation et qu'on essayait de lui faire croire que le père de Maria était le traître.

Nicholas se mit à aller et venir dans la salle en attendant le retour de sir Gyles. Il commençait de penser qu'il ne servait plus à rien de faire surveiller les entrées et les sorties de l'hôtel Sterlyng.

Le plus inquiétant était peut-être le fait que celui ou ceux qui cherchaient à faire condamner le duc savaient que Nicholas travaillait au service de Bedford. Autrement dit, tous ses efforts pour se faire passer pour un débauché, un héritier frivole, un vaurien n'avaient servi à rien ! A quoi bon conserver cette étiquette, qui lui pesait souvent, si elle n'avait même pas le mérite de dissimuler sa vraie activité ? Etait-il devenu un espion inutile ?

Loin de le consterner, cette prise de conscience le soulageait plutôt. Il lui était de plus en plus désagréable de passer pour un dévoyé aux yeux de personnes qu'il aimait et respectait comme sir Roger et sa femme, ou Mattie Taylor…

Et puis il y avait Maria Burton ! Elle pensait le pire à son sujet. Il était à la fois l'odieux menteur qui l'avait utilisée pour essayer de confondre son père et le séducteur, l'homme à femmes invétéré…

Un léger sourire se dessina sur ses lèvres. Maria le considérerait peut-être maintenant comme…

Il interrompit le fil de sa pensée. Pour qui voulait-il sincèrement qu'elle le prît ?

Un prétendant sérieux ?… Seigneur ! Oui !

Il y avait déjà un certain temps qu'il songeait à faire vraiment la cour à Maria. Peut-être y pensait-il, ou en rêvait-il, depuis qu'elle l'avait brutalement quitté dans les jardins du château de Fleet ? Elle était si belle, sensuelle et passionnée ce soir-là…

Mais elle ne l'avait pas été qu'à Fleet. Elle frémissait de désir dès qu'il l'effleurait, et elle le charmait par l'audace de son caractère et la douceur de son âme.

Il n'avait, d'ailleurs, jamais réussi à se tenir éloigné d'elle alors qu'elle le lui avait demandé maintes et maintes fois.

La pluie battait les vitres cerclées de plomb des fenêtres, mais il ne l'entendait pas. Il était trop absorbé par ses pensées pour prêter attention à la tempête qui soufflait dehors. Aucune autre femme ne l'avait émerveillé ni exaspéré comme Maria Burton.

Et elle était sur le point de choisir un mari !

Il ne pouvait pas la laisser faire. Il n'y avait aucun doute dans son esprit : Maria était sienne. Il ferait tout ce qui était en son pouvoir pour l'empêcher de choisir un autre que lui.

23.

Il plut toute la journée, ce qui eut pour effet de rendre Maria plus pensive et agitée encore que de coutume.

Se sachant enceinte de Nicholas, elle passait d'un moment à l'autre de la plus grande joie au plus profond abattement, et se demandait, alors, si elle ne devait pas confier son souci à Alicia.

Après s'être longuement interrogée à ce sujet, elle décida de garder secrète sa grossesse. Alicia était incapable de cacher quoi que ce fût au duc. Elle se sentirait obligée de lui transmettre une telle confidence, et, pour Maria, c'était hors de question. Elle n'était pas prête à assumer son nouvel état devant le duc de Sterlyng.

Il valait mieux choisir sans délai un mari et l'épouser dans la foulée plutôt que de créer un tel souci à son père. Elle ne l'informerait de sa grossesse qu'après quelques semaines de vie commune avec son mari...

Elle soupira alors qu'elle marchait de long en large dans sa chambre. Il s'agissait de l'enfant de Nicholas. N'avait-il pas le droit de savoir quand naîtrait son fils ou sa fille ? Pouvait-elle, sans être accablée par la mauvaise conscience, le laisser dans l'ignorance de cette venue au monde de son héritier ?

Elle s'arrêta un moment puis, reprenant ses allées et venues, se décida. Oui, elle le pouvait, évidemment. Nicholas n'avait jamais montré le moindre désir de fonder une famille. Il était plus que probable qu'il verrait cet événement comme un fardeau.

Contrairement à Alicia, qui croyait que le meilleur de Nicholas demeurait caché, elle était pour sa part convaincue que ses facettes invisibles étaient pires encore que celles apparentes, et qu'il était en fait fourbe et sournois. Sinon, il n'aurait jamais accepté d'espionner et tenter de confondre et faire passer pour traître un homme aussi noble de cœur que son père.

Cette réflexion la conduisit à se poser une nouvelle fois la question lancinante qu'elle avait presque en permanence en tête : comment prouverait-elle l'innocence de son père ? Nicholas lui avait interdit de tenter quoi que ce fût à ce sujet, mais elle était d'un caractère bien trempé et ne renonçait pas facilement à ses projets.

Les diverses questions qu'elle avait posées aux uns et aux autres ne l'avaient jusqu'à présent menée nulle part et elle ne savait comment orienter ses recherches. Elle s'était dit plusieurs fois que lord Bexhill pourrait détenir certaines informations ou, du moins, avoir certaines relations utiles, mais elle s'était interdit de l'aborder depuis le tournoi. Peut-être n'aurait-elle pas dû être aussi intransigeante à son égard ?

Etant de haute noblesse, lord Bexhill devait être au courant de tout ce qui se tramait à Westminster. Elle aurait pu savoir par lui si son père était suivi ou si des documents avaient été dérobés dans son cabinet de travail à Westminster.

Déterminée à convier de nouveau le comte à l'hôtel Sterlyng, Maria se mit en quête de son père. Elle entrait dans son cabinet quand elle y reconnut, assis dans un fauteuil, Henric Tournay.

— Oh ! fit-elle, étonnée.

Tournay parut aussi surpris qu'elle, mais il se reprit rapidement et, se levant, la salua :

— Bonjour, demoiselle... euh... j'attends votre père.

— Je pensais le trouver ici.

— On est allé le chercher, répondit Tournay en dirigeant le regard vers la porte.

— Est-ce que je peux faire quelque chose pour vous ? demanda Maria en franchissant le seuil de la pièce.

Le secrétaire fit non de la tête.

— J'ai un message de lord Kirkham pour votre père et... j'ai besoin d'une réponse.

— Ah ? Voici plusieurs jours que nous n'avons vu lord Kirkham.

— Je crois que lord Sterlyng a eu l'occasion de le rencontrer à la Chambre des Lords, milady.

— Oui, sans doute.

Maria s'approcha d'Henric Tournay pour prendre un siège et s'aperçut qu'il rougissait et que des gouttes de sueur perlaient de son front comme s'il avait un accès de fièvre.

— Vous ne vous sentez pas bien, maître Tournay ? demanda-t-elle.

— Si... si... quoique j'aie peut-être pris froid..., dit-il nerveusement.

A cet instant, le duc entra dans le cabinet, mettant un terme à ce début de conversation. Elle vit Tournay présenter un parchemin à son père qui le lut puis écrivit une réponse qu'il cacheta avant de la donner au secrétaire. Tout ceci en n'échangeant guère que deux mots.

Un instant après, Tournay se retirait.

— Père, demanda Maria qui n'avait pas oublié la raison pour laquelle elle était venue trouver le duc. Je me demandais si vous seriez d'accord pour inviter lord Bexhill à dîner, demain, avec quelques autres convives ?

Le duc, qui s'était assis à sa table de travail, se cala dans son fauteuil et laissa peser son regard sur la jeune femme. Pour la première fois, elle se sentit mal à l'aise. Elle lui cachait quelque chose et, même si c'était pour son bien, elle en éprouvait du remords.

— Tu te doutes qu'il ne m'est pas agréable de te dire non, mais Bexhill a perdu ma confiance lors du tournoi.

Maria ravala sa salive.

— Je sais, père, mais…

— Il a dérogé aux règles de la chevalerie, et même s'il n'a pas été jugé coupable, je ne lui ferai plus jamais confiance. Il est hors de question que je le reçoive à ma table après cet épisode, et encore moins en présence de ma fille.

— Père, je vous trouve…

— Parlons d'autre chose, fit le duc en levant la main pour faire taire Maria. Je suis, pour ma part, bien content que nous soyons débarrassés de lord Bexhill.

Maria ne pouvait rien répondre. Elle n'avait aucun argument à invoquer. Elle savait fort bien que le comte avait bénéficié de la clémence du duc de Gloucester parce que ce dernier avait besoin de son soutien à la Chambre des Lords. Il ne pouvait pas se permettre de l'avoir contre lui, même s'il avait commis l'acte le moins chevaleresque au monde.

Son père avait raison de bannir Bexhill de sa maison ; il était perfide, indigne de porter l'épée. Mais elle devait absolument trouver une source d'information si elle ne voulait pas être obligée de faire part à son père des soupçons que nourrissait Nicholas et, même, des accusations qu'il portait contre lui. Or, elle ne savait que trop bien la peine qu'il éprouverait en apprenant la méfiance de Bedford à son égard.

Peut-être, au fond, était-il préférable de ne plus convier Bexhill ? Elle n'était pas certaine qu'elle aurait pu prendre un repas en sa compagnie sans être indisposée. Il valait mieux qu'elle essayât de glaner des renseignements auprès d'autres lords ayant leurs entrées chez eux.

Le duc joignit les mains d'un air soucieux et se pencha en avant, s'accoudant à sa table de travail.

— Maria... aurais-tu des... sentiments pour lord Bexhill ?

— Non, père, pas du tout ! Mais je pensais seulement qu'il animait les dîners par ses récits et que son physique attrayant n'était pas pour déplaire à nos convives du sexe faible.

Le duc acquiesça.

— C'est vrai, mais j'aimerais autant ne pas le recevoir pour le moment. Peut-être qu'avec le temps, il se rachètera par quelque bonne action ?

Un pli amer se dessina au coin de ses lèvres.

— Mais je veux te parler sincèrement et te dire clairement que je ne pourrais pas l'accepter comme gendre.

— Comme il vous plaît, père.

— Dis-moi, ma fille... n'y a-t-il pas un autre jeune homme qui ait retenu ton attention ?

— Mon attention ?

— Oui... un jeune homme qui puisse devenir ton mari... tu sais, ma chérie, que j'aimerais te voir mariée, mais seulement à un homme qui te convienne parfaitement... et pas avant que l'idée du mariage ait assez mûri en toi.

— Père, je...

— Tu as tout ton temps, Maria. Tu ne choisiras un époux que lorsque tu auras décidé de le faire.

— Bien, père.

Le duc se frotta le menton.

— Sais-tu que je me suis marié avec ta mère sans le consentement de sa famille ? Il n'y a pas de mots pour exprimer l'amour que j'avais pour elle, et elle aussi avait une profonde tendresse pour moi. Notre union n'était liée à aucun intérêt d'Etat. Nous nous sommes choisis librement.

En écoutant parler son père, Maria porta avec émotion la main au médaillon contenant la boucle de cheveux de sa mère et elle le serra sur sa poitrine. Elle savait de quel amour ses parents s'étaient aimés.

— Je voudrais que tu fasses comme nous.

— Je comprends ce que vous voulez me dire, père.

— Eh bien ? N'y a-t-il pas un jeune homme, ici, à Londres, qui ait touché ton cœur d'une manière particulière ?

Maria sentit que le sang lui montait aux joues. Elle ne voulait pas évoquer Nicholas. Le marquis n'était pas du tout intéressé par le mariage, même si elle portait son enfant. Et, de plus, il avait accusé le duc de trahison et il cherchait des preuves contre lui pour le faire condamner.

Elle s'était trompée en croyant l'aimer. C'était une erreur ; jamais elle ne l'aimerait ; elle en faisait le serment.

Elle avait le choix entre moult jeunes gens dignes de tenir la place d'un mari ; des hommes qui ne pensaient pas le pire de son père ; des hommes loyaux et fidèles.

— Non, père, répondit-elle enfin.

— Peut-être, le moment venu, rencontreras-tu l'homme de ta vie, dit le duc en se levant. Je pense que tu as raison ; nous devrions recevoir demain soir. Je vais dire à Alicia de préparer un dîner pour… voyons… quinze ? Vingt convives ?

— Comme il vous plaira, père, répondit Maria en essayant de se montrer enthousiaste bien qu'elle fût très préoccupée par la lancinante question de l'identité de l'ennemi du duc —tout comme par celle du mariage d'ailleurs.

Il lui fallait résoudre les deux problèmes de façon urgente.

Elle considérait certes que Bexhill aurait pu être sa meilleure source d'information, mais, puisque son père avait décidé de le bannir de sa maison, elle devait trouver une aide ailleurs. Elle espérait, au moins, obtenir quelques renseignements de l'un des barons qui assisterait à leur dîner le lendemain. Elle était prête à tout pour prouver à Nicholas son erreur.

— Y a-t-il un jeune homme que tu aimerais plus particulièrement inviter, ma chérie ? demanda lord Sterlyng d'un ton anodin pour ne pas avoir l'air d'insister. Personne n'a retenu ton intérêt ?

— Non, père, répondit-elle en hâte en prenant les mains du duc, mais ne croyez pas que je me désintéresse de la question… Ma vie, cependant, a changé si radicalement depuis que je vous ai retrouvé… J'ai été si peu avec vous que je ne suis pas pressée de m'en aller vivre sous un autre toit.

Sterlyng la serra dans ses bras en souriant.

— Tes paroles me réchauffent le cœur, Maria, mais n'attends pas trop quand même. Le temps passe vite, mon enfant. Les années s'écoulent et, un jour, on découvre que l'on a vieilli et qu'il est trop tard pour fonder une famille. Je ne voudrais pas que cela t'arrive.

— Non, soyez sans crainte, père. Je me marierai.

Rassuré par la réponse de sa fille, le duc la prit par le bras et gagna avec elle la porte du cabinet.

— Ah ! Vous étiez ici, s'exclama Alicia alors qu'ils sortaient de la pièce.

— Tiens ! fit le duc. Voilà justement la dame que nous voulions voir.

Maria ne dormit pas bien cette nuit-là. Le ton nostalgique de son père lorsqu'il avait évoqué sa défunte femme ne cessait de lui revenir à la mémoire. Il avait souffert et souffrait encore. Il aimait Sarah Morley passionnément et sa mort l'avait brisé. Après tant d'années, il avait réussi à reprendre goût à la vie, mais il gardait en lui une tristesse indéfinissable.

Maria savait qu'il avait été très malheureux également de perdre son enfant, mais c'était incomparable à la douleur provoquée par l'absence de l'être aimé, celui qui éclairait et réchauffait sa vie comme le soleil.

Heureusement, pensa-t-elle, elle-même n'était pas attachée à ce point à Nicholas. Il n'y avait rien d'exceptionnel dans leur relation… même pas ce demi-sourire dont il la gratifiait lorsqu'elle l'amusait, ni la façon dont il la caressait…

C'était un fripon de la plus belle espèce ; un beau parleur qui séduisait toutes les femmes assez sottes pour croire les fadaises qu'il leur débitait. Engagement, fidélité, dévotion étaient autant de qualités qui lui demeuraient absolument étrangères…

La nuit était chaude, oppressante. Le souffle court, Maria sortit de son lit et marcha pieds nus jusqu'à la fenêtre où elle s'accouda, les yeux levés au ciel où brillaient d'innombrables étoiles.

Elle s'en voulait de s'être montrée si confiante et naïve avec lui lorsqu'elle l'avait rencontré en chemin vers Rockbury. Comment avait-elle pu croire qu'il l'épouserait alors qu'il ne savait rien d'elle ? Elle réprima un rire nerveux. Elle n'était qu'une servante prénommée Ria lorsqu'il l'avait trouvée sur la route. Une fille misérable qui s'était sauvée de chez ses maîtres en volant un cheval ! Elle ne ressemblait en rien à une fiancée potentielle.

Elle ne put contenir le sanglot qui montait dans sa gorge et des larmes roulèrent sur ses joues. Elle les essuya aussitôt du revers de sa main. Elle ne voulait pas pleurer. Elle n'en avait d'ailleurs aucune raison puisqu'elle avait, maintenant, un père qui l'aimait et lui avait donné la sécurité d'un grand nom et d'une puissante maison ; Alicia qui veillait sur elle comme une grande sœur ; et de nombreux prétendants entre lesquels elle n'aurait qu'à choisir.

Elle n'avait absolument pas besoin de Nicholas…

La journée suivante fut consacrée à la préparation du dîner. Comme il faisait beau et que l'air était doux, Alicia décida qu'il serait servi à l'extérieur. Des tables furent installées dans le jardin où elles étaient éclairées par des lanternes ; des ménestrels avaient été conviés pour distraire les hôtes par leur musique et les faire danser.

L'importance de la réception inquiétait Maria qui aurait préféré n'avoir que quelques invités qu'elle aurait pu interroger subtilement au sujet des accusations de Nicholas. Or, elle était confrontée maintenant à son devoir de maîtresse de maison qui consistait à veiller sur le service d'un repas de cinquante couverts sans compter les divertissements. Elle aurait tant à contrôler qu'il lui serait évidemment difficile de trouver le temps d'enquêter pour sauver son père de la machination qui se tramait contre lui.

Du moins trouverait-elle peut-être un mari parmi ces nombreux convives ?

Elle ne pourrait pas cacher longtemps sa grossesse. Il lui fallait absolument se marier avant qu'elle devînt visible.

— Vous feriez mieux de vous reposer un peu, dit Alicia en la prenant par le bras pour l'aider à monter l'escalier. La soirée va être longue et vous semblez déjà épuisée. Il ne faudrait pas que vous paraissiez avec vos traits tirés.

Maria accepta de se laisser entraîner dans sa chambre et dorloter par son amie. Après une nuit sans sommeil, il lui semblait délicieusement bon de se laisser brosser les cheveux par Alicia. Ses gestes délicats desserraient l'étau qui lui compressait les tempes, et, petit à petit, la détendaient.

— Vous avez vécu des événements très bouleversants depuis quelques semaines, ma chérie, dit Alicia sur un ton affectueux. Il est normal que vous soyez un peu perturbée... nerveuse, même, peut-être ?

— Non, Alicia. Je ne me suis jamais sentie aussi calme que depuis que je vis entre mon père et vous. Auprès de vous deux, j'ai enfin trouvé ma place en ce monde.

— Cela me fait plaisir de vous l'entendre dire, Maria, murmura Alicia en caressant ses cheveux blonds. Votre père est très heureux de vous avoir près de lui, et moi aussi... mais je veux que vous sachiez...

Maria leva les yeux et rencontra le regard de sa compagne dans le miroir.

— Oui ?

— Si vous avez un souci particulier, n'hésitez pas à me le confier. Nous trouverons une solution ensemble.

Maria se troubla... Alicia avait deviné ! Elle le lisait dans son regard, mais elle était trop bien élevée pour exprimer sa pensée. Evidemment, elle savait... Ses malaises, son absence de menstrues... il y avait tant de symptômes révélant son état... Comment avait-elle pu croire qu'elle réussirait à dissimuler à son entourage ce qui lui arrivait ? Il était évident que tous, servantes, écuyers, pages, avaient des soupçons...

Elle ne pouvait qu'espérer que son père ne s'en fût, lui, pas encore aperçu.

— Merci, Alicia, répondit-elle d'une voix tremblante. Vous avez raison, je me sentirai mieux lorsque je me serai reposée.

Maria ne l'avait pas encore aperçu...

Adossé à l'une des colonnes sur lesquelles reposait la voûte de la grande salle, Nicholas observait la jeune femme, au bras de son père, allant d'un hôte à l'autre, et il se demandait comment elle réagirait lorsque ses yeux tomberaient enfin sur lui.

Il serait heureux, alors, s'il ressortait vivant de Bridewell Lane.

Mon Dieu ! Comme elle était belle ! Elle semblait éclairée par une lumière intérieure...

Une boule se forma dans sa gorge en la voyant rire avec l'un des chevaliers. Elle relevait le menton, présentant son visage de trois quarts, et ses mains, qui étaient devenues bien plus délicates depuis qu'elle ne travaillait plus, accompagnaient son propos de mouvements expressifs très gracieux. Et en observant, il en vint à déplorer que ces blanches mains ne le touchent plus, ne le caressent plus intimement, amoureusement, comme elles l'avaient si bien fait naguère.

Il l'avait vue, la veille, à la fenêtre de sa chambre, les yeux tournés vers la lune qui se levait. Il se tenait dans l'ombre, invisible, se demandant s'il n'allait pas escalader le mur et surgir devant elle...

Il y avait renoncé lorsqu'il s'était aperçu qu'elle pleurait, car c'était à cause de lui si elle versait des larmes ; il le savait. C'étaient les soupçons qu'il faisait peser sur le duc qui la plongeaient dans une telle tristesse. Et à cause de ça, il était certain qu'elle ne voulait pas le voir.

Lui-même, d'ailleurs, s'était promis de ne pas l'approcher tant qu'il n'aurait pas terminé sa mission et innocenté son père. Cependant, quand ce dernier l'avait invité à se joindre au dîner qu'il donnait à Bridewell Lane, il n'avait pas eu la force de refuser. Il avait trop besoin de voir Maria. S'il en avait eu le moyen, il l'aurait prise une nouvelle fois dans ses bras, il l'aurait embrassée jusqu'à ce qu'elle en perdît la raison, caressée jusqu'à ce qu'elle fondît entre ses bras…

Il lui aurait montré qu'elle était sienne et uniquement sienne.

— Kirkham !

Au moment même où il entendit prononcer son nom, il reçut une tape amicale dans le dos :

— Tu n'as pas l'air gai, mon vieux. Bois un coup, ça te redonnera le sourire.

— Merci, répondit Nicholas en prenant la chope de bière que lui donnait lord Wardale.

Il n'avait jamais beaucoup aimé le jeune vicomte qui avait toujours cherché à entrer sans succès dans le cercle de ses amis. Il n'avait rien à lui reprocher de particulier, mais il le trouvait agaçant.

— La rumeur prétend que le duc laissera sa fille choisir elle-même son mari, reprit Wardale. Nom d'un chien ! Qu'est-ce que je ne donnerais pas pour la tenir dans mes bras ! Je la prendrais même sans dot ni héritage !

Lorsqu'il fit claquer vulgairement sa langue en conclusion, Nicholas eut envie de le saisir par le col et de le traîner jusqu'au fleuve pour l'y jeter.

— Je ne te conseille pas de t'approcher d'elle, Wardale, dit-il entre ses dents. Si tu la touches, tu auras affaire à moi. Cela se réglera à l'aube, à l'épée.

Sans même prêter attention à la réaction du vicomte, il tourna les talons et gagna l'autre bout de la salle d'où il reprit son observation de Maria. Elle continuait de fasciner tous les jeunes gens présents à la fête qui convoitaient ses biens… et son corps.

Sterlyng était-il tombé sur la tête ? se demanda Nicholas en se passant la main dans les cheveux. Comment pouvait-il livrer sa fille à la convoitise de tous ces bouffons ?

A l'idée de voir l'un d'entre eux, comme Wardale, poser la main sur Maria, il en perdait la tête. Pour se rassurer, il promena son regard sur tous les godelureaux présents et conclut qu'aucun n'était assez bien pour elle.

Le vicomte Rudney semblait retenir l'attention de la jeune femme, ce soir. C'était un garçon honorable, de bonne composition et sans vices. Maria pouvait faire un plus mauvais choix.

Il avait certes le teint un peu trop cireux et l'air un peu trop doux, mais il n'aurait pas été le pire des maris. Bien sûr, ses mains molles et son air vaguement veule laissaient présager d'un manque de caractère, mais ce n'était pas là un défaut rédhibitoire. Il l'emmènerait vivre, sans doute, dans son domaine du Wessex et…

Nicholas frappa du poing la table où il avait déposé son gobelet et tourna les talons. Il ne pouvait plus rester ici en spectateur. Il voulait fuir cette foule et ne plus voir Maria, belle, charmante, aller de l'un à l'autre de ses prétendants en leur distribuant ses sourires. Demeurer un instant de plus en ce lieu serait prolonger inutilement une véritable agonie.

Alors qu'il traversait la cour en direction des écuries, il vit une jeune femme se frayer gracieusement un chemin entre les convives.

— Messire, lança-t-elle quand elle fut à sa hauteur. Quelle joie de vous voir ! N'avez-vous pas goûté à toutes ces victuailles ?

Elle désigna de la main les plats qui s'alignaient sur une table éclairée par des lanternes.

— Non, lady Alicia, répondit-il enfin. Je ne suis venu que pour présenter mes hommages à lady Maria et mes respects au duc.

— Pourtant, vous ne leur avez pas encore parlé, messire.

L'expression de Nicholas s'assombrit, mais il ne répondit rien. Ils furent un instant silencieux tandis que résonnaient le chant et la musique des ménestrels.

— Vous avez des sentiments pour lady Maria, n'est-ce pas ? demanda Alicia en le fixant dans les yeux.

La gorge de Nicholas se noua. Ce qu'il éprouvait pour la fille du duc importait peu. Elle était inaccessible. Elle ne le prendrait jamais pour mari alors même qu'elle était convaincue qu'il l'avait utilisée pour mieux espionner son père et l'accuser de trahison.

Il savait qu'il ne pouvait faire la cour à Maria tant qu'il n'avait pas identifié le vrai traître. Jusqu'à ce jour, il devait rester dans son rôle de mauvais sujet, de marquis corrompu. Et, entre-temps, Maria se trouverait un mari…

— Bien sûr, répondit-il enfin. Elle est si charmante…

— Alors, envisageriez-vous… ?

Il laissa échapper un rire nerveux et se déroba comme tout célibataire endurci épouvanté à l'idée de se laisser prendre au piège.

— N'allez pas imaginer que je vais mordre à l'hameçon, lady Alicia. Des femmes plus déterminées que vous m'ont déjà présenté les mêmes arguments… en vain.

Il ne remarqua pas l'air dubitatif d'Alicia lorsqu'il se retourna pour soulever le loquet de la porte de l'écurie.

— Monseigneur ? murmura-t-elle.

Nicholas se maudit. Il n'avait pas été assez rapide. Il aurait dû partir plus vite, pour ne pas entendre les paroles qu'il redoutait

— Maria tient à vous.

Il croisa les bras sur la poitrine.

— Vous vous trompez, milady. Elle ne veut pas me voir.

— Peut-être est-ce le cas maintenant, mais croyez-moi, il y a plus de profondeur en elle qu'elle ne le laisse paraître.

— Je sais… je la connais un peu…

— J'ignore ce qui s'est passé entre vous, quelle blessure vous a éloignés l'un de l'autre, mais… je crois que je pourrais vous aider à en guérir.

— Comment ?

— Il faut que vous lui disiez ce que vous ressentez.

— Mais elle ne veut même pas que je l'approche. Comme voulez-vous que je procède?

— Attendez que tous les hôtes du duc se soient retirés puis rentrez par la porte latérale. Je m'assurerai qu'elle n'est pas verrouillée. Le duc dort dans l'aile de la maison opposée à celle où se trouve la chambre de Maria. Il a le sommeil profond, surtout après quelques coupes de vin. Venez la retrouver cette nuit...

Nicholas aurait été fou de ne pas saisir cette chance, mais sa nature méfiante lui interdisait d'accepter l'offre de lady Alicia sans l'interroger sur la raison de son aide.

— Pourquoi m'offrez-vous cette opportunité si peu conforme à la bienséance ?

— Je suis sûre que vous comprenez... je me suis prise d'affection pour Maria comme si elle était ma propre sœur, et il me coûte de la voir malheureuse. Je sais qu'elle a des sentiments pour vous-même si elle refuse de les reconnaître.

— Vous voulez que je monte dans sa chambre ?

— Vos intentions à son égard sont honnêtes, n'est-ce pas ?

Il acquiesça d'un signe de tête.

— Alors, je compte sur vous pour qu'il ne se passe rien qui pût la blesser.

— Je vous en donne ma parole.

24.

La clarté de la lune inondait la chambre de Maria, assise dans l'embrasure de la fenêtre d'où elle contemplait la nuit douce et mystérieuse. Vêtue de la chemise de soie rouge que lui avait offerte Nicholas, elle roulait entre ses doigts une boucle de ses cheveux et soupirait souvent car le cœur lui pesait.

Il fallait choisir un mari entre tous les jeunes gens conviés par son père. Lord Singleton, peut-être ? Il s'était montré très prévenant pendant le pique-nique de lady Gloucester et avait multiplié les visites au cours des dernières semaines. Il était intelligent et d'une compagnie agréable même s'il avait un regard d'aigle prêt à fondre sur sa proie.

Elle se mordit la lèvre… Lord Frompton lui conviendrait peut-être mieux ? Il était bel homme et sympathique. « Non », fit-elle en remuant la tête. A table, il projetait sa nourriture par un écart entre les dents, et elle doutait de pouvoir supporter ce défaut un mois, a fortiori toute une vie.

Elle fit un rapide survol de tous les jeunes gens qu'elle avait connus depuis peu et chacun d'entre eux avait un défaut qui la conduisait à penser qu'elle ferait peut-être mieux d'aller vivre sa grossesse quelque part, loin de Londres.

Pourquoi pas à Rockbury ? Son père viendrait sans doute souvent lui rendre visite et son destin ne serait pas lié à un homme qu'elle ne pouvait pas supporter.

Elle laissa échapper un autre profond soupir...

Nicholas était là, ce soir. Elle l'avait aperçu de l'autre côté de la cour, mais il n'avait pas cherché à lui parler. Il était toujours resté un peu à l'écart des convives, se contentant de converser avec ceux qui venaient le voir.

Une larme roula le long de la joue de Maria alors qu'elle se le représentait debout dans l'ombre et refusant de s'approcher d'elle... mais c'était sa faute. Ne l'avait-elle pas prié, maintes et maintes fois, de la laisser en paix ? Il était resté à l'écart par discrétion, pour ne pas la déranger.

Mais pourquoi, alors, était-il venu à la soirée ?

Il avait certainement d'autres moyens de passer le temps... comme de réunir des preuves accablantes contre son père, pensa-t-elle avec amertume, ou de se trouver une fille facile pour agrémenter ses nuits.

Elle essuya les larmes qui avaient dessiné un sillon sur son visage et se répéta qu'elle n'avait pas d'autre solution que de prendre un mari parmi ses prétendants. Lord Rudney lui conviendrait autant qu'un autre... il avait le mérite d'être le plus inoffensif de tous. Blond et de taille moyenne, il avait des yeux bruns assez doux, un peu trop peut-être... Assez ! Elle devait cesser de leur trouver à tous des défauts. Le vicomte Rudney était un homme jovial, aimable et enjoué, qui ferait très bien l'affaire…

Un craquement la fit soudain tressaillir.

Elle se leva d'un bond… et manqua défaillir.

— Nicholas ! dit-elle dans un souffle.

Il referma la porte derrière lui sans bruit.

— Je n'ai pas résisté au désir de venir te voir.

Elle porta la main à sa gorge qu'elle sentait nouée… Impossible d'émettre un son… qu'aurait-elle dit, d'ailleurs ? Que l'enfant avait tressailli dans son sein au moment où son père était entré dans la chambre ? Qu'il avait reconnu le tourmenteur de sa mère…

Elle réprima l'envie de poser la main sur son ventre, craignant de ne signaler son état bien qu'il fût encore invisible.

Alors que Nicholas approchait d'elle à pas mesurés, elle se mit à trembler de tous ses membres. Elle ne voulait pas qu'il posât la main sur elle maintenant, alors qu'elle venait à peine de se décider en faveur de lord Rudney. Elle ne doutait pas que le vicomte fût un homme d'honneur, un homme parfaitement loyal qui ne se serait jamais permis de soupçonner son père de trahison et encore moins de se servir d'elle pour mieux l'espionner.

Puisqu'elle avait élu un fiancé, elle avait la ferme intention de lui être fidèle. Aussi ne laisserait-elle pas Nicholas l'approcher car si elle le laissait faire, elle savait que toutes ses bonnes résolutions s'évanouiraient. Elle n'avait jamais eu le courage ni la force de lui refuser ce qu'il attendait d'elle.

— Vous... vous ne devriez pas être là, dit-elle d'une voix altérée.

— C'était le seul endroit où je pouvais te voir seule.

— Si mon père vous entendait...

— Il dort du sommeil du juste.

— Dans votre bouche, ce mot est amusant, dit-elle avec ironie. Pourquoi ne tenez-vous pas compte de ce que je vous demande ? Vous saviez que je ne désirais pas vous revoir.

Elle recula en parlant, et la banquette en pierre, taillée dans le mur sous la fenêtre, l'arrêta à hauteur des genoux.

— Il était impensable pour moi de ne pas te revoir, dit-il en s'arrêtant à quelques centimètres d'elle, si bien qu'il ne lui donnait aucune chance de s'échapper.

La jeune femme se répétait en son for intérieur qu'il avait mal agi avec elle, qu'ayant profité de son avantage à Kirkham, il avait perdu tout droit d'entrer ainsi dans sa chambre sans y avoir été invité.

— Je vous en prie, Nicholas, partez ! Nous n'avons plus rien à nous dire.

— Au contraire, ma bien-aimée, j'ai mille choses à te dire.

— Ne vous moquez pas de moi, répondit-elle en baissant les yeux.

Elle savait très bien que c'était par plaisanterie qu'il l'avait toujours appelée ainsi, mais qu'elle n'était en réalité rien pour lui.

Il lui releva le menton du doigt pour l'obliger à le regarder.

— Je ne dis pas ça par moquerie, Maria, tu es ma tendre amie.

Maria ravala ses larmes. Elle savait qu'elle l'aimait éperdument lorsqu'il était si près d'elle, qu'elle n'avait qu'à lever la main pour le toucher... Elle percevait sa chaleur, écoutait vibrer sa voix... Comme elle eût aimé croire en ses paroles ! Mais elle savait qu'il lui avait menti, qu'il l'avait trompée pour mieux l'utiliser... Il croyait son père capable de trahir l'Angleterre et son plus vieil ami !

— Partez, répéta-t-elle à mi-voix.

— Non, Maria... je ne peux pas, répondit-il en lui prenant le bras pour la faire asseoir près de lui. Tu sais... je ne suis pas aussi mauvais que tu l'imagines.

— Vraiment ? riposta-t-elle d'un ton mordant pour le dissuader de la toucher davantage.

Elle savait qu'elle perdrait l'esprit si elle le laissait faire ; elle avait déjà tellement envie qu'il la prît dans ses bras...

— Moi aussi, j'ai vécu des événements douloureux, reprit-il gravement. Nous avons déjà parlé de ma participation à la guerre en France, n'est-ce pas ?

— Oui..., concéda-t-elle dans un souffle.

Il devrait partir maintenant, et ne rien ajouter pour qu'elle ne s'attachât pas davantage encore à lui, mais il la tenait toujours par le bras et elle ne se sentait pas capable de le lui reprendre.

— J'ai convaincu mon frère aîné, Edmund, qu'il était de notre devoir d'aller nous battre en France au service du roi Henry. Il y a de nombreuses années de ça. J'étais jeune, à l'époque, irréfléchi, avide de gloire. Je voulais honorer notre nom à l'exemple de notre père qui s'était distingué maintes fois. Hélas, Edmund a été tué à mon côté lors d'une attaque surprise.

— Mon Dieu ! Mon pauvre Nicholas..., dit-elle, bouleversée par l'expression crispée de son visage.

Elle le dévorait du regard alors qu'elle aurait dû ne pas l'écouter et le prier de partir.

— Nous étions censés nous protéger l'un l'autre, mais j'ai échoué.

Il y eut un silence. Maria ne savait qu'invoquer pour le soulager de sa peine et le déculpabiliser.

— Je suis désolée, Nicholas, dit-elle enfin en lui caressant la joue.

— Je me sens responsable de sa mort, reprit Nicholas. Si je ne l'avais pas persuadé de m'accompagner, il vivrait aujourd'hui. Il serait marquis, heureux avec la jeune fille qu'il aimait depuis l'enfance, Alyce Palton, et j'aurais une bande de neveux et de nièces à Kirkham.

Il se passa une main sur le visage et reprit :

— Mon père était anéanti par la mort de son aîné. Je n'ai pas eu le courage de l'affronter et suis allé quelque temps en Italie.

— Mon pauvre ami !

— Je ne te raconte pas cela pour susciter ta pitié, mais pour que tu me comprennes mieux.

— Ce n'est pas de la pitié que j'éprouve...

Maria ne poursuivit pas sa phrase pour ne point trahir la vérité de ses sentiments. Elle était bien assez vulnérable ainsi sans avouer ce qu'elle éprouvait dans son cœur.

— Alors que je séjournais en Italie, où je perdais mon temps plus qu'autre chose, mais où j'essayais, surtout, de guérir de la perte de mon frère, j'ai pris conscience que je pouvais, peut-être, contribuer à ce que moins de jeunes Anglais meurent en France. Ayant pris contact avec le duc de Bedford, j'ai commencé à travailler pour lui. C'est ma mission d'approcher les grands du royaume. Les informations que j'obtiens déterminent le plus souvent la conduite de la guerre. J'espère qu'à la longue, mes efforts permettront de conclure ce conflit interminable. Il a déjà duré trop longtemps.

Maria acquiesça, émue. Elle comprenait mieux son attitude à présent. S'il donnait des fêtes et passait son temps à s'étourdir de distractions, c'était dans l'unique but de rencontrer le plus de gens possible. Pour les espionner sans éveiller leurs soupçons, il se faisait passer pour un jouisseur, un bon à rien.

— Mon travail est dangereux, c'est pourquoi je ne veux sous aucun prétexte vous y mêler, mais quelqu'un a beaucoup œuvré pour laisser entendre que votre père est coupable de trahison.

— Jamais mon père ne commettrait un tel acte !

— Je le sais, Maria. Je ne l'accuse, d'ailleurs, de rien du tout.

— Peut-être, mais vous m'avez utilisée pour vous rapprocher de lui.

— C'est vrai ; je le reconnais, mais…

Elle se leva brusquement sans penser qu'elle était à peine vêtue.

— Vous avez agi malhonnêtement avec moi. Vous m'avez trompée…

— Oui, Maria ; je l'admets.

— Je vous demande de partir, réussit-elle enfin à répéter en rassemblant tout son courage. Votre présence ici n'a aucune fin louable.

— Quelqu'un est en train de déployer des efforts considérables pour me convaincre de la culpabilité de votre père, déclara-t-il en se levant à son tour. Je ne peux pas…

— Va-t'en, Nicholas ! cria-t-elle d'une voix tremblante, ce qui la rendit furieuse contre elle-même. J'ai fait le choix d'un mari et l'épouserai aussi vite que possible.

Nicholas resta silencieux un moment, mais elle perçut sa tension.

— Rudney, laissa-t-il tomber enfin sur un ton sinistre.

Elle hocha la tête.

— C'est un homme qui a du cœur… il est honnête et loyal.

Nicholas ouvrit la bouche comme s'il voulait parler mais aucun son ne franchit le seuil de ses lèvres.

— Il faut que vous partiez, chuchota Maria.

Il respira profondément avant de laisser échapper un soupir en se passant une main sur le visage. Il demeura un instant immobile comme s'il hésitait, puis il suivit du pouce le contour de la bouche de Maria et y déposa un baiser furtif.

— Adieu, ma bien-aimée, dit-il avec douceur de sa voix grave.

Avant que Maria n'eût vraiment pris conscience de ce qui se passait, il avait tourné les talons et disparu. Elle resta prostrée, les mains posées sur le siège où il était encore assis un instant plus tôt.

Elle se disait que son baiser fugace ne l'avait pas bouleversée au point qu'elle l'aurait imaginé quand des larmes irrépressibles, comme pour la contredire, se mirent à rouler sur ses joues. Elle les essuya du revers de la main, s'efforça de se calmer en pensant à lord Rudney, mais il lui était impossible de se remémorer son visage. Le seul qui lui apparaissait ou, plutôt, qui s'imposait à elle, restait celui de Nicholas.

Il avait reconnu l'avoir utilisée et s'être conduit malhonnêtement avec elle, et s'était expliqué au sujet des raisons de ses activités clandestines.

Sans doute n'avait-il pas d'autre choix que d'agir comme il le faisait, mais cela n'en était pas moins douloureux pour elle de savoir qu'il ne lui avait pas dit la vérité. Comment pourrait-elle un jour lui faire confiance ?

Mais une autre petite voix, au fond de sa conscience, lui demandait comment elle pourrait épouser lord Rudney alors même qu'elle aimait Nicholas et attendait un enfant de lui.

Elle marcha jusqu'à son lit où elle se laissa tomber, pleurant sur son amour perdu et tout ce qu'elle n'aurait jamais.

La nuit était déjà avancée, mais Maria savait qu'elle ne trouverait jamais le sommeil. Elle était trop bouleversée pour s'endormir et craignait de ressasser les mêmes questions jusqu'aux premières heures du jour. Elle savait que son père gardait une liqueur forte dans son cabinet. Un verre de cette boisson l'aiderait à trouver le sommeil.

Elle s'enveloppa dans un châle et sortit de sa chambre. En passant devant la chambre de son père, elle l'entendit ronfler et lui fut reconnaissante de ce bruit rassurant.

Elle descendit en silence l'escalier de pierre. Tout dormait dans la maison. Servants et servantes étaient couchés à cette heure, et récupéraient des durs travaux de la journée. Elle ne craignait donc pas d'être vue en tenue légère.

Elle approchait du cabinet de travail quand elle remarqua que sa porte d'accès était entrouverte et qu'il était éclairé par une faible lumière.

« Nicholas ! » se dit-elle avec un pincement au cœur. Sûrement fouillait-il de nouveau les affaires de son père !

Elle avança jusqu'à la porte et jeta un regard à l'intérieur de la pièce… A sa grande surprise, elle reconnut Henric Tournay qui se penchait sur le coffre où le duc rangeait ses documents les plus précieux.

Sans plus de réflexion, Maria fit volte-face et, silencieusement, s'en retourna dans sa chambre où elle enfila une robe d'un bleu sombre sur sa chemise de soie. Elle en noua rapidement les lacets puis glissa les pieds dans une paire de chaussures.

Elle était décidée à suivre le sbire du marquis de Kirkham n'importe où il irait puis elle présenterait à son maître le fruit de ses découvertes.

Nicholas était d'humeur à se taper la tête contre les murs ou, plutôt, à rouer de coups le premier qui passerait devant lui.

Il s'était toujours considéré comme un homme civilisé, sinon il aurait serré Maria dans ses bras de gré ou de force. Il l'aurait même jetée sur son épaule comme un barbare et l'aurait emportée dans quelque château fort édifié sur le bord de la mer du Nord, une forteresse bâtie sur le rocher, dont les murs tombaient à pic dans les eaux tumultueuses. Et là, à la lueur des flambeaux, couchés sur des peaux d'ours devant une cheminée monumentale, il l'aurait aimée jour et nuit…

Mais tout ceci n'était qu'un rêve… un rêve envolé qui lui faisait mal à hurler. Il n'y avait qu'un moyen pour lui échapper : réunir une bande d'amis et boire jusqu'à en perdre les sens.

Il fit venir un attelage et y monta avec ses plus fidèles compagnons de beuverie. Après deux marchands de vin où ils s'étaient ennuyés, ils décidèrent de descendre au bord du fleuve où se trouvait un cabaret mal famé tenu par un costaud au crâne nu comme une boule de billard et qui n'avait plus que quelques dents dans la bouche.

En entrant dans la salle, Nicholas fut envahi par le désir d'une bonne bagarre à laquelle ce lieu délabré et miteux offrait un cadre idéal.

— De la bière pour lord Kirkham et ses amis ! fit lord Lofton d'une voix pâteuse.

— Oyez ! Oyez ! Cabaretier ! La meilleure bière pour lord Kirkham ! crièrent les autres compagnons de Nicholas.

Une serveuse bien en chair apporta des pots à bière et elle posa le premier devant celui qui semblait le chef de la bande. Nicholas, malgré tout ce qu'il avait déjà bu dans les autres établissements, n'était pas encore ivre, mais il avait la ferme intention de le devenir ici. La laideur et la saleté du lieu convenaient à son humeur noire.

Une forte odeur de poisson fumé et de cidre fermenté mêlée aux relents de la transpiration flottait sous les poutres basses du plafond. Les vitraux des fenêtres étaient pour la plupart brisés, les murs noircis par la fumée et les tables grossières entamées par la lame des couteaux.

Un joueur de cornemuse, seul à l'écart, répétait inlassablement les même notes obsédantes sur son instrument. Un groupe de marins jouait aux dés dans un angle de la salle et deux filles de joie dans un état de saleté écœurant vendaient leurs charmes, assises au bord d'une table.

Les autres consommateurs, attablés devant des bols de soupe et des pots à bière, conversaient bruyamment entre eux en jetant de ci de là des regards de défi comme s'ils jaugeaient, pensa Nicholas, leurs adversaires potentiels au cas où une querelle se déclencherait. Or, Nicholas était bien décidé à provoquer l'incident qui serait à la source de cette querelle.

Jetant une poignée de pièces sur la table, il offrit une tournée générale.

Tous bondirent comme un seul homme pour récupérer les pièces tombées à terre ; même les deux prostituées se mêlèrent à la ruée en poussant des cris d'orfraie.

Il ne fallut pas attendre longtemps avant que le premier coup de poing ne fût assené. Nicholas bondit aussitôt dans la bagarre et ses compagnons l'imitèrent. Chacun aimait ce genre de sport, mais Nicholas avait particulièrement besoin de se défouler après la frustration dont il venait de faire l'expérience.

Alors qu'il se battait avec les poings contre un adversaire, un marin l'attaqua dans le dos. Il réussit à le faire passer par-dessus son épaule et le jeta sur son opposant.

— Tu as besoin d'aide, Nicholas ? cria lord Lofton au-dessus du tumulte.

— Non, répondit Nicholas dont le premier adversaire venait de s'effondrer sous un coup de poing magistral.

Puis frappant violemment sur le nez le deuxième homme qui l'avait attaqué :

— Tiens ! Prends ça, nabot.

Ses deux adversaires, revenus des coups qu'il leur avait assenés, se jetèrent sur lui plus furieusement encore, mais, frappant du pied autant que des poings, esquivant, se pliant en deux pour éviter un troisième larron venu à la rescousse de ses compagnons et qui s'affala sur l'un d'eux, Nicholas réussit à les mettre hors de combat tour à tour.

La bagarre dura encore un bon quart d'heure puis, lorsque les pugilistes eurent reçu chacun un nombre suffisant de coups, ils se calmèrent enfin pour panser leurs blessures. Les prostituées, qui avaient compris qu'elles ne feraient pas d'affaires ce soir-là, se retirèrent ainsi que les quatre marins qui jouaient aux dés. Le joueur de cornemuse, la lèvre coupée, ne pouvait plus souffler dans son instrument.

Nicholas et ses amis remirent d'aplomb une table renversée et, ayant réuni quelques chaises échappées au massacre, se congratulèrent mutuellement de leurs exploits.

— Tu es beau, Kirkham, avec ton œil au beurre noir, dit Lofton en riant.

Nicholas posa sur la table son fouet qu'il avait récupéré à la fin de la querelle et s'essuya l'œil de la manche de sa tunique. Il n'y vit que quelques traces de sang, mais il sentait le volume de son œil augmenter d'instant en instant. Du moins cette blessure lui occuperait-elle l'esprit et l'aiderait à oublier sa visite ridicule à Maria.

— Il faudrait penser à me donner quelques jolies pièces pour réparer tout ça, dit le cabaretier en posant ses deux énormes mains sur la table.

Nicholas, qui était tout près de lui, trouvait naturel de le dédommager mais n'appréciait pas ses manières autoritaires. Si Lofton n'avait pas tout de suite jeté quelques pièces sur la table en déclarant : « voici ma part », il aurait été prêt à en découdre avec le fier-à-bras.

Il savait, toutefois, que ce n'était pas ainsi, en enchaînant bagarre sur bagarre, qu'il réussirait à se libérer de ses pensées moroses. Les paroles de Maria lui revenaient, en effet, incessamment à l'esprit : « Je vais épouser lord Rudney ! »

Il but une grande lampée de la bière qu'on venait de lui servir, mais la boisson ne dissipait pas ses remords. Pourquoi était-il parti sans dire à Maria qu'il l'aimait ?

Il s'était comporté d'une manière inconcevable ! Il aurait été tellement plus simple de dire la vérité, qu'il avait été démasqué et ne pouvait plus travailler au service du duc de Bedford. Autrement dit qu'il était libre de redevenir lui-même, libre de se marier !

Il se passa la main dans les cheveux et jeta un regard ahuri autour de lui. Que faisait-il ici ? Pourquoi n'était-il pas retourné à Bridewell Lane pour se jeter aux pieds de Maria et lui demander sa main ?

Il avait agi d'une manière aberrante. Quoi qu'elle dît, elle l'aimait ; il en était certain ; sinon elle n'aurait pas eu des larmes dans les yeux quand il était monté la voir dans sa chambre.

Mais il allait réparer tout le mal qu'il lui avait fait. Dès qu'il aurait salué ses amis, il retournerait chez le duc de Sterlyng et assurerait Maria qu'il en avait fini pour toujours avec les mensonges et les intrigues.

Il lui demanderait de renoncer à lord Rudney... jamais il ne la laisserait l'épouser... il ne permettrait même pas qu'elle le revît !

Il s'apprêtait à souhaiter bonne nuit à ses compagnons lorsqu'un homme dont le visage lui était vaguement familier entra dans le cabaret. Il s'interrogea quelques instants où il avait pu le rencontrer puis l'aspect de l'inconnu qu'il avait aperçu à plusieurs reprises devant le Parlement lui revint à la mémoire. Il s'agissait bien du même homme, et il avait l'intuition qu'il était impliqué dans l'envoi des fausses lettres !

Alors que l'homme soulevait sa coupe pour boire, il vit Nicholas qui le fixait. Sans demander son reste, il se dressa sur ses jambes et fila.

Sans hésiter, Nicholas prit son fouet et courut derrière lui.

25.

Maria était dans une rage folle. Comment Nicholas avait-il eu le culot de venir la trouver dans sa chambre pour lui faire la confession de ses activités pendant que son secrétaire dérobait des documents dans le cabinet du duc ?

Pour une fois, elle se félicitait de n'avoir pas reçu l'éducation d'une jeune fille bien née. Elle avait toujours été libre de jouer, courir et batailler avec les enfants des domestiques et, plus tard, elle avait dû se défendre contre Geoffrey et son compagnon.

Les rues étaient sombres, mais Maria ne perdait pas courage et suivait à pas de loup Tournay alors qu'il descendait une ruelle pavée. Elle le vit tourner dans le Strand en direction de l'est, vers le centre de Londres.

Elle ne doutait pas qu'il se dirigeât vers la maison de Nicholas. A qui d'autre que son maître porterait-il son butin ? En tout cas, il n'allait pas à Westminster car c'était dans la direction opposée.

Tournay poursuivait son chemin, moins méfiant maintenant qu'il était assez éloigné de Bridewell Lane et ne craignait plus d'avoir été vu. Il passa devant le Temple, St. Paul, suivi par Maria qui restait à bonne distance pour n'être pas remarquée.

L'odeur de la Tamise devenait de plus en plus forte et Maria commençait à se demander si elle ne s'était pas trompée quant à la destination de Tournay. Assurément Nicholas ne vivait pas dans un quartier aussi misérable où les détritus s'amoncelaient au milieu des rues, et où flottaient des relents de lisier et de purin.

Soudain, le secrétaire s'engagea dans un étroit passage conduisant au fleuve. Maria, lorsqu'elle y pénétra, fut prise de haut-le-cœur et dut s'adosser à un mur. Elle entendait des voix au loin et le craquement des vaisseaux qui se balançaient au mouillage.

Maria appuya une main sur sa bouche et lutta contre la sensation nauséeuse. Elle allait la dominer. Il était hors de question de laisser Tournay lui échapper quand elle était sur le point de découvrir ce qui se tramait contre son père. Elle réussit à se remettre en marche au moment où le secrétaire atteignit le bas du passage. Elle le vit prendre à gauche et s'élança à sa poursuite de crainte qu'il ne disparût rapidement, maintenant qu'il avait atteint le port.

Elle se félicitait de porter une robe sombre car, malgré l'heure tardive, des hommes allaient et venaient le long des quais. Heureusement, en longeant les murs, elle réussissait à rester inaperçue.

Elle se glissa dans le renfoncement d'une porte cochère pour n'être pas remarquée par deux hommes qui venaient de sortir d'un cabaret et marchaient à présent dans sa direction. Avançant la tête pour voir, néanmoins, où allait Tournay, elle constata qu'il s'était arrêté devant le cabaret et collait son nez à la vitre pour voir à l'intérieur. Après un moment, il pénétra dans l'établissement.

La jeune femme hésita à se rapprocher pour l'épier, mais il ne tarda pas à réapparaître et prit d'un bon pas la direction de la Tour de Londres.

Il dépassa Dowgate et allait arriver à Ebbgate quand il s'arrêta devant un autre cabaret. Cette fois, lorsqu'il y eut pénétré, Maria réussit à surveiller ce qui se passait à l'intérieur de l'établissement. Il était dans un état lamentable : les tables en étaient renversées, les chaises disloquées, des débris jonchaient le sol. La plupart des consommateurs se tenaient debout, un pot de bière à la main, l'air éméché.

Après avoir scruté la salle sombre de son regard de fouine, Tournay fit volte-face et ressortit, laissant à peine le temps à Maria de se dissimuler derrière une grosse barrique.

Dès qu'il fut à une distance suffisante, et bien que la fatigue commençât de la gagner, elle reprit sa filature. Elle était certaine, à présent, que Tournay ne la conduirait pas à Nicholas. Elle était même de plus en plus convaincue que le jeune homme ne lui avait pas menti. Il avait réellement le désir de défendre son père, mais il lui fallait d'abord, en effet, découvrir l'espion qui inventait de fausses preuves contre le duc.

Comment avait-elle pu penser que Nicholas était venu la trouver dans sa chambre pour la distraire pendant que son secrétaire fouillait le cabinet de son père ? C'était inconcevable ! Non… le traître était de toute évidence Henric Tournay. Les Français avaient dû avoir connaissance des activités de Nicholas et faire entrer à son service ce félon dont la mission consistait à brouiller les pistes pour mieux permettre la transmission d'informations à l'ennemi.

Maria posa la main sur son ventre. L'enfant de Nicholas reposait dans son sein et elle le lui avait caché... ce n'était pas honnête. Il s'était montré aussi sincère que possible avec elle ce soir et elle avait réussi à garder un tel secret ! Mais ce n'était que partie remise. Elle lui dirait la vérité dès qu'elle le reverrait...

Cette pensée la rendit ivre de bonheur et elle fut presque sur le point d'oublier Tournay qui avait pris de l'avance et continuait d'un pas rapide son chemin le long du quai.

Relevant sa robe pour hâter l'allure, elle réduisit la distance qui la séparait du secrétaire. Elle ne le lâcherait pas. Elle voulait en savoir le plus possible sur ses agissements pour le transmettre à Nicholas.

A peine sorti de la taverne, Nicholas scruta l'obscurité, mais l'homme qu'il avait vu patienter maintes et maintes fois à l'entrée de Westminster avait disparu.

Il l'avait reconnu, c'était évident, et il avait quelque chose à se reprocher sinon il ne serait pas sorti ainsi comme un fou du cabaret. Mais, à présent, il avait beau s'efforcer de percer la pénombre, il ne le voyait nulle part.

Il s'était enfoncé, sans doute, dans le port où il était aisé de se cacher derrière une pile de tonneaux, un amas de filets et de cordes ou des caisses.

Nicholas marcha vers le quai, attentif à tout mouvement, épiant, s'arrêtant pour écouter, humant l'air humide du fleuve. Il n'entendait que le souffle du vent dans les haubans, le balancement des navires dont les coques heurtaient les pontons de bois, le grincement des cordages.

Tout semblait dormir. Les marins avaient rejoint leurs hamacs ou ils étaient encore en ribote. Nicholas aperçut, toutefois, à la lumière d'une lampe à huile qui se balançait au bout d'une chaîne, un couple tendrement enlacé dans une alcôve.

Il détourna les yeux. Il n'était pas d'humeur à rêver à ce genre de batifolage. Un chat roux sauta d'une passerelle sur le quai qu'il longea à pas feutrés avant de disparaître dans un tas de filets.

Un fracas, soudain, fit sursauter Nicholas. Il se retourna et vit sa proie s'enfuir à toutes jambes après avoir sauté, apparemment, d'une pile de caisses.

Dominant les douleurs occasionnées par ses diverses contusions, il s'élança à sa poursuite.

Du quai principal partaient de nombreux appontements de bois qui s'avançaient sur l'eau comme les doigts d'une main et entre lesquels mouillaient les navires. A l'extrémité de certains d'entre eux se dressait un entrepôt, en surplomb au-dessus de l'eau, où les bateaux accostaient pour décharger leurs marchandises.

Maria apercevait l'une de ces structures au bout de l'appontement où venait de s'engager Tournay. Elle le suivait à distance et le vit, bientôt, tourner vers un vaisseau au mouillage. Il franchit la passerelle et, bientôt, disparut à l'intérieur du navire sur le pont duquel brillaient quelques faibles lumières.

La jeune femme ne se sentait pas en danger car elle était certaine que Tournay n'avait pas remarqué sa présence ; il n'avait, en tout cas, montré aucun signe d'inquiétude et ne s'était jamais retourné comme s'il avait craint d'être suivi.

A présent, il ne restait plus à Maria qu'à bien identifier le navire et prévenir Nicholas le plus tôt possible de ce dont elle avait été le témoin. S'il intervenait assez tôt, il trouverait peut-être des preuves de la trahison de Tournay à l'intérieur du bateau.

Elle s'apprêtait à retourner sur ses pas quand elle entendit le bruit d'une cavalcade sur le quai. Au lieu de sortir de sa cachette, elle y demeura, écoutant le bruit des pas précipités se rapprocher. Car l'on courait sur l'appontement, maintenant. Elle reconnaissait la résonance des grosses planches de bois du tablier.

Elle aperçut, bientôt, grâce à la lueur infime qui tombait du navire, un homme qui venait dans sa direction en courant à toute force et, du coin de l'œil, elle vit Tournay surgir de la cale du bateau.

Il se baissa pour n'être pas remarqué et resta tapi dans l'ombre comme un fauve.

Soudain, un autre homme parut, manifestement lancé à la poursuite du précédent. Grand, brun, autant qu'elle pût voir, et bâti en athlète, il portait une tunique blanche qui le signalait davantage que les autres.

Le fuyard s'engagea sur la passerelle du navire alors que son poursuivant, qui courait beaucoup plus vite que lui, allait le rattraper. Au moment où il mit pied, à son tour, sur l'étroit passage, son visage fut éclairé un bref instant par la lueur d'une lampe à huile et Maria le reconnut aussitôt : Nicholas !

Il fut à bord du navire en deux pas et, saisissant le fugitif par les épaules, le jeta à terre mais, au même moment, Maria vit Tournay surgir de l'ombre en brandissant un bâton qu'il abattit sur la nuque de Nicholas. Elle n'avait même pas eu le temps de réagir que son bien-aimé gisait déjà au sol.

Se mordant la main pour ne pas crier, elle resta accroupie derrière une barrique de vin. Elle ne pouvait rien pour lui et si elle se montrait, elle perdrait même l'espoir de lui venir en aide lors qu'elle aurait réuni ses gens.

Des cris résonnèrent et plusieurs marins parurent sur le pont. Sur un ordre de Tournay, ils s'emparèrent de Nicholas et, au lieu de le descendre à fond de cale, comme Maria s'y était attendue, ils le portèrent sur l'appontement et gagnèrent avec lui l'édifice de bois à l'extrémité du tablier.

Pour la première fois depuis qu'elle avait commencé de suivre Tournay, Maria éprouva une réelle peur. Qu'allait devenir Nicholas ? Allait-on lui faire du mal ? Elle ne pouvait laisser ces brutes le torturer tandis qu'elle irait chercher de l'aide. Elle préférait assurément mourir avec Nicholas plutôt que de lui survivre, mais au fond d'elle-même, elle avait foi en la vie et ne doutait pas de sortir de cette terrible situation.

Alors, rassemblant tout son courage, elle sortit de sa cachette, ramassa le fouet qu'elle avait vu Nicholas jeter à terre avant de monter sur le bateau et, longeant un alignement de balles de marchandises pour n'être pas vue, suivit les hommes qui emportaient son amant. Elle ignorait comment elle pourrait le sauver, mais gardait la conviction qu'il y aurait quelque chose à faire pour le tirer de ce mauvais pas.

Un brouillard léger commençait de s'élever du fleuve et d'escalader l'appontement, jouant en faveur de Maria qui échappait d'autant mieux aux regards. Dissimulée derrière la dernière balle qui n'était qu'à quelques mètres de l'entrepôt, elle distingua dans la nuit la silhouette des hommes qui en ressortaient après y avoir déposé Nicholas.

A peine dehors, ils se mirent à héler les marins restés sur le bateau. Maria avait beau concentrer son attention sur ce qu'ils disaient, elle ne réussit pas à comprendre une seule de leurs paroles.

Elle constatait seulement qu'ils se dépêchaient comme s'ils voulaient fuir la scène d'un crime. Prise d'une angoisse épouvantable, elle se redressa et courut vers l'édifice de bois. Au moment où elle y pénétrait, elle fut saisie par une forte odeur de fumée.

Ils avaient mis le feu à l'entrepôt !

26.

Nicholas toussait... il avait la gorge en feu. Il savait qu'il devait se lever et fuir, mais ses jambes ne lui obéissaient plus. Il avait l'impression que ses muscles s'étaient liquéfiés et ressentait une douleur lancinante à l'arrière du crâne.

Il tourna la tête dans l'espoir de mieux voir, mais son champ de vision restait aussi étroit. Il ne voyait manifestement que d'un œil. Que faisait-il ici ? Il ne se souvenait de rien...

Il était enveloppé de fumée. S'il ne réagissait pas rapidement, il serait brûlé vif. Rassemblant les mains sous sa poitrine, il poussa de toutes ses forces contre le plancher.

Assailli par la douleur, il ferma les yeux et lutta contre la sensation de vertige qui s'emparait de lui. Il devait absolument sortir de là...

— Nicholas !

Il rêvait... c'était l'imminence de la mort qui lui donnait l'impression d'entendre la voix de Maria. Il avait une si grande envie de la revoir qu'il croyait qu'elle l'appelait, mais ce n'était qu'une illusion. Mon Dieu ! Comme il aurait aimé la serrer une dernière fois dans ses bras avant de mourir ! Dans un suprême effort, il se dressa sur les genoux, mais il retomba aussitôt en toussant.

— Nicholas !

De nouveau cette voix... il croyait l'entendre... Puisant dans des forces qu'il ne pensait pas avoir, il réussit à se remettre à genoux. Les craquements du bois, le ronflement des flammes l'enveloppaient avec l'odeur suffocante de la fumée... S'il ne fuyait pas immédiatement, il était perdu.

Il se dressa enfin sur ses jambes et, chancelant, lança un regard circulaire. Il était au milieu d'un véritable enfer. Des murs de flammes se dressaient tout autour de lui et nulle part il n'apercevait de porte ou de fenêtre par où s'échapper.

— Nicholas !

Cette fois, la voix était bien réelle. Il s'agissait vraiment de Maria, et elle était à l'intérieur du bâtiment en feu sinon, dans ce vacarme, il ne l'aurait jamais entendue.

Mais où était-elle ?

L'incendie faisait fureur. S'il ne trouvait pas immédiatement une issue, il était perdu. Il chercha des yeux un bâton ou une barre de fer qui lui permettrait d'abattre l'une des cloisons de planches qui semblait sur le point de s'effondrer, mais il ne trouva rien.

Levant la tête, il aperçut un treuil et une corde qui en pendait et dont l'extrémité s'arrêtait à l'emplacement d'un trou aménagé dans le plancher qui donnait accès à un pont inférieur. S'il réussissait à y descendre, il trouverait peut-être une issue.

Mais il fallait d'abord trouver Maria.

— Nicholas !

La voix venait d'en dessous... Il plongea la tête par le trou et vit la jeune femme, debout au milieu d'une fumée qui commençait de l'envelopper. Il apprécia la hauteur et considéra qu'elle était beaucoup trop importante pour sauter. Mais comment faire autrement?

— J'ai ton fouet ! cria Maria en le brandissant. Tu pourrais l'utiliser comme une corde ?

Sans attendre, elle déploya le fouet d'un mouvement sec comme elle l'avait vu faire Nicholas, et l'extrémité de la lanière de cuir toucha presque la main de ce dernier.

— Essaie encore !

Les flammes étaient de plus en plus ardentes et Nicholas pouvait à peine tenir les yeux ouverts à cause des fumées brûlantes. Etendu près de l'ouverture, il y plongeait le bras dans l'espoir de saisir d'un moment à l'autre le fouet.

Maria dut s'y reprendre à plusieurs fois, mais, enfin, il réussit à l'attraper. Il fallait aller très vite maintenant. Les flammes se rapprochaient et l'air était presque irrespirable.

Aveuglé, il réussit tout de même à nouer la lanière de cuir au treuil qu'il pouvait atteindre en se dressant sur la pointe des pieds puis, l'ayant saisie de ses deux mains, il se laissa pendre dans le vide et commença de descendre. Il n'était plus qu'à environ trois mètres du sol lorsque le nœud se défit et il termina la descente brutalement.

— Nicholas ! s'écria Maria. Tu n'es pas blessé ?

— Non, ça va...

Puis, prenant la jeune femme par la main :

— Où est la sortie ?

— Ici, répondit Maria en désignant un mur de flammes. Il est impossible de passer.

— Qu'y a-t-il au-dessous de nous ? demanda Nicholas en s'approchant d'une ouverture au sol, dans l'axe exact du trou dont il venait et qu'il n'avait évitée que grâce à un mouvement de balancier.

— Le fleuve, répondit la jeune femme.

— N'y a-t-il pas une plate-forme ?

— Je ne sais pas… Nicholas… tu saignes !

— Ce n'est rien, répondit-il en essuyant le filet de sang qui lui coulait le long de la joue. Il faut sortir d'ici.

Il fixa le fouet à une poutre et jeta l'autre extrémité dans le vide.

— Enroule la lanière autour de ton poignet pour ne pas la lâcher et laisse-toi descendre. Il doit y avoir une plate-forme pour le déchargement et le chargement des navires.

— Nicholas, dit la jeune femme au moment de se laisser glisser. C'est maître Tournay qui est derrière tout ça.

— Tournay ?

— Oui. C'est lui qui t'a frappé sur la tête et t'a fait porter ici.

— Bon sang ! Descends, mon amour… nous en reparlerons plus tard…

Une poutre enflammée tomba à côté de Nicholas, mais il n'y prêta pas attention. Penché sur l'ouverture dans le plancher, il essayait de voir Maria à la lueur du feu, mais il régnait une obscurité trop profonde dans les soubassements de l'édifice.

Il tenait le fouet, de crainte qu'il ne se détachât comme la fois précédente. Tout allait bien, il sentait le poids de Maria qui donnait des secousses dans la lanière chaque fois qu'elle descendait une main quand, soudain, il entendit un cri aigu alors que plus aucune force ne s'exerçait sur le fouet.

— Maria ! cria-t-il sans obtenir aucune réponse.

Fou d'angoisse, il se laissa aller dans le trou et descendit à son tour le plus vite possible. Il atteignait le bas de la lanière de cuir quand il sentit un plancher sous lui. S'accroupissant au sol, il y vit Maria, étendue sur le dos, les bras et les jambes légèrement écartés, les yeux clos.

La mort dans l'âme, il lui passa une main sur le front et supplia :

— Maria ! Reviens à toi !

Elle restait de marbre. Aucun son, aucun gémissement ne sortait de ses lèvres, mais peut-être le ronflement du feu les masquait-il?

Nicholas jeta un regard circulaire autour de lui. Le bâtiment était entièrement en feu au-dessus d'eux et des poutres, des planches s'en détachaient qui tombaient sur leur plate-forme. Certains poteaux, soutenant l'édifice, commençaient de brûler. Dans peu de temps, tout s'effondrerait, mais ils seraient asphyxiés avant par les tourbillons de fumée.

Ils n'avaient pas d'autre choix que de fuir par le fleuve…

Réprimant une toux douloureuse, il se pencha sur la jeune femme et la chargea sur son épaule puis, se redressant, il lutta un moment contre le vertige qui le tenaillait depuis le coup qu'il avait reçu sur la tête, et marcha jusqu'à l'extrémité de la plate-forme.

Il entendait des voix paniquées par-dessus le vacarme de l'incendie et distinguait les coups de hache donnés par les marins pour détacher le bout de l'appontement avant que l'incendie ne se communiquât à tout le port et aux vaisseaux du mouillage.

Bientôt, tout s'écroulerait sur eux et dans la Tamise. Il fallait agir sans délai.

Il était impensable de se jeter à l'eau avec Maria inconsciente, le courant les emporterait. Non... leur seule chance de salut reposait sur une éventuelle barque. Nicholas scruta le bord de l'eau et, bientôt, distingua deux embarcations retenues à la plate-forme par une corde. Il monta à bord de la plus proche et déposa rapidement la jeune femme au fond de la barque avant que ses oscillations ne les jettent à l'eau.

Un instant après, il avait libéré la corde et, à l'aide des rames, poussait la barque loin de l'appontement dont il s'éloigna le plus vite possible.

L'entrepôt en feu offrait un spectacle terrifiant et magnifique. Il était manifeste que si les marins n'arrivaient pas à le détacher de l'appontement, tout brûlerait, et Londres risquait de connaître le même sort.

A la pensée de la ville entière en feu, Nicholas fut bouleversé. Combien de femmes et d'enfants trouveraient la mort dans la catastrophe ?

Dès qu'il eut mis la barque dans le courant, Nicholas fut quelque peu soulagé mais il continua de ramer comme un forcené car il ne fallait pas seulement échapper au feu mais aussi aux hommes qui leur voulaient du mal.

Si Tournay ou l'un des marins du navire sur lequel il était monté les apercevait, il donnerait immédiatement l'alerte et l'on aurait tôt fait de les rattraper ou de les envoyer par le fond.

Nicholas continuait de ramer avec acharnement et la barque, déjà entraînée par le courant, filait à une bonne vitesse. L'incendie semblait s'amenuiser d'instant en instant avec la distance qui grandissait, mais ce n'était qu'une impression trompeuse. Bientôt, ils furent au niveau de Bridewell Lane et Nicholas dirigea leur frêle esquif vers la berge. Il avait l'intention d'étendre Maria dans l'herbe et de la faire revenir à elle en lui bassinant le visage à l'eau fraîche, avant de la ramener chez elle.

— Mon Dieu ! s'écria lady Alicia sur le seuil de l'hôtel particulier des Sterlyng.

Elle venait d'être réveillée en sursaut et, dans la faible clarté de l'aube, découvrait Maria, inconsciente, dans les bras de Nicholas, les vêtements brûlés, les cheveux collés sur les tempes.

Nicholas, quant à lui, était défiguré par son œil droit enflé. Il avait des traces de sang séché sur le front et les joues, ses vêtements étaient en lambeaux, et ses mains couvertes d'ecchymoses et d'égratignures.

Alicia ouvrit plus grand la porte pour lui laisser le passage, puis, précédés par un valet qui leur éclairait le chemin dans la tour d'escalier, ils gagnèrent la chambre de Maria. Après l'avoir étendue doucement sur son lit, Nicholas se penchait sur elle lorsqu'il entendit la voix du duc dans son dos :

— Qu'est-ce qui se passe ?

Réveillé par les cris d'Alicia, le duc avait sauté de son lit et, pieds nus, vêtu de sa seule chemise de nuit, avait couru jusqu'à la chambre de sa fille.

— Maria... ? fit-il d'une voix qui s'étrangla en découvrant sa fille inanimée.

— Je vais vous expliquer, monseigneur...

Etouffé par une crise de toux, Nicholas ne put poursuivre.

— Savez-vous ce qui s'est passé ? demanda le duc à lady Alicia qui fit non de la tête.

— C'est une longue histoire, monseigneur, reprit enfin Nicholas.

Puis, s'adressant, lui aussi, à la maîtresse de maison :

— Lady Alicia, il faudrait aller chercher un médecin.

— C'est fait, messire. Une servante est déjà partie chez sir John.

Nicholas s'assit au chevet de Maria et, de sa main noircie par les cendres de l'incendie, lui repoussa les cheveux sur le front qu'elle avait haut et bien dessiné. Sa pâleur était telle qu'elle paraissait plus vulnérable encore. Sa robe, couverte de suie, était déchirée en plusieurs endroits et elle avait les mains aussi noires que les siennes.

Il aurait tout donné et d'abord sa santé pour qu'elle se rétablît !

Tandis qu'il méditait ainsi, lady Alicia s'affairait silencieusement autour d'eux, rassemblant des vêtements propres, faisant apporter plusieurs cruches d'eau chaude dont elle remplit une cuvette.

— Kirkham ? insista le duc qui n'avait encore obtenu aucune explication.

Nicholas leva les yeux vers son hôte qui tenait une chandelle allumée à la main. La flamme vacillante créait des jeux d'ombre sur son visage dont les rides parurent plus profondes à Nicholas. Sans doute le fait de voir sa fille dans cet état l'avait-il brutalement vieilli.

Sa gorge à lui était toujours aussi serrée, à tel point qu'il craignait de ne pouvoir parler, mais ce n'était pas là seulement la conséquence de l'incendie. Il était terrifié par l'état de Maria. Il redoutait de perdre la seule femme qui eût jamais réellement compté pour lui ; celle dont son bonheur dépendait. Un bonheur peut-être à jamais enfui...

— Monseigneur..., réussit-il à prononcer en prenant la main de Maria pour se donner du courage mais, surtout, pour montrer au duc quel lien profond l'unissait à sa fille.

Elle avait la peau douce, si délicate maintenant qu'elle ne travaillait plus. Il se souvenait que lorsqu'il l'avait rencontrée la première fois, à Kirkham, elle avait les mains rouges et un peu rugueuses, ce qui l'avait intrigué.

Devait-il consacrer un moment à l'explication qu'il devait au duc ou se rendre immédiatement au port pour appréhender Tournay ?

Non... il ne voulait pas s'éloigner de Maria, pour quelque raison que ce fût.

— Pouvez-vous envoyer l'un de vos écuyers porter un message à sir Gyles ? C'est très urgent.

Le duc parut un instant perplexe, puis il acquiesça.

L'on fit venir un écuyer que Nicholas chargea d'un message. Après quoi il reprit :

— Je vais vous dire tout ce que je sais... Maria complétera mon récit lorsqu'elle sera revenue à elle.

Sterlyng approcha un siège du lit de sa fille et écouta le récit de Nicholas qui lui conta tout depuis le début : sa collaboration avec le duc de Bedford, les soupçons qui avaient pesé sur Sterlyng lui-même...

Il parvenait aux derniers événements lorsque lady Alicia, qui disposait à présent de tout ce dont elle avait besoin pour faire la toilette de Maria et soigner ses blessures, l'interrompit :

— Lord Kirkham, pardonnez-moi de couper le fil de votre récit dont je mesure tout l'intérêt, particulièrement pour Monseigneur, mais je dois préparer lady Maria et lui mettre des vêtements propres avant l'arrivée du médecin. Si cela ne vous dérange pas trop, vous seriez aimables de quitter la chambre un moment.

Nicholas, qui ne se sentait pas le cœur à s'éloigner de la jeune femme, interrogea du regard le duc, mais ce dernier s'était déjà levé et semblait vouloir donner satisfaction à lady Alicia.

— Entendu, Alicia, dit-il sobrement.

Puis, posant la main sur l'épaule de Nicholas :

— Venez avec moi, Kirkham.

Les deux hommes se rendirent dans le cabinet de travail du duc où Nicholas poursuivit son récit qui suscita la méfiance de son interlocuteur. Apprenant que Maria avait été mise au courant des activités d'espionnage de Nicholas et qu'elle avait décidé de démasquer elle-même le traître, Sterlyng s'emporta.

— Et vous l'avez laissée faire ?

— Non, monseigneur… Je lui ai dit que ce serait trop dangereux… mais je savais qu'elle désirait avant tout vous disculper et était impatiente d'apporter la preuve de votre innocence.

Sterlyng, ému, laissa échapper un soupir.

— Elle tient de sa mère. Sarah pouvait se montrer très entêtée et impulsive. Elle agissait souvent sans réfléchir.

— Eh bien… Maria est pareil. Elle est pleine de fougue.

— Il a fallu qu'elle en ait pour survivre. Elle m'a appris qu'elle avait été très mal traitée à Alderton : dès que sa nourrice est morte, elle a été traitée comme moins que rien.

Nicholas avait entendu une vague rumeur à ce sujet, mais il ne s'en était jamais vraiment inquiété. Se l'entendre confirmer par le père de Maria le touchait beaucoup plus profondément et il fulminait contre la tante indigne de Maria.

Le duc se laissa choir dans un fauteuil.

— Savez-vous que j'ai reçu des nouvelles d'Olivia Morley qui nie que Maria soit ma fille et désigne son fils Geoffrey comme l'héritier légitime de mes biens et de mon titre ? Cette femme n'a peur de rien !

— Plus personne n'usurpera le titre et les biens de Maria, j'en fais serment ! déclara Nicholas avec véhémence.

Il se mit à aller et venir nerveusement dans la pièce. Il brûlait du désir de regagner la chambre de sa bien-aimée pour l'arracher au sommeil. Elle ne pouvait pas rester inconsciente encore bien longtemps !

Depuis son fauteuil, le duc regardait Nicholas arpenter le cabinet avec impatience.

— Dans quelles circonstances a-t-elle été blessée ?

Nicholas haussa les épaules d'un air d'impuissance.

— Je ne comprends pas comment elle a pu surgir dans cet entrepôt en flammes au cœur de la nuit, monseigneur. Ni comment elle a pu deviner que mon secrétaire était derrière toute cette machination. Je ne sais qu'une chose : elle m'a sauvé la vie. Si elle devait ne pas...

— Elle vivra ! interrompit Sterlyng en se levant d'un bond. Elle ne va pas partir, pas maintenant, alors que je viens de la retrouver...

Les dernières paroles du duc furent presque inaudibles. Ravalant les sanglots qui lui montaient dans la gorge, il poursuivit ses allées et venues en silence.

— Je prie le Ciel qu'Il vous exauce, murmura Nicholas.

Le duc avait raison de réagir ainsi. Maria allait revenir à la vie, et lui-même prenait l'engagement de toujours veiller sur elle et de la protéger, l'aimer comme elle le méritait.

Par ailleurs, c'était un grand soulagement pour lui de constater que le duc ne semblait pas nourrir d'animosité à son égard. Il n'était pas certain d'avoir la même attitude si, un jour, on lui ramenait sa fille dans cet état. Il perdrait la raison et étranglerait le responsable sur-le-champ.

Au lieu de cela, Sterlyng montrait de la compassion pour lui. Il le sentait dans son regard. S'arrêtant, d'ailleurs, devant lui, il déclara doucement :

— Votre œil n'est pas en bon état, Kirkham.

— Non, en effet, monseigneur, répondit Nicholas d'un air absent. Je ne crois pas qu'il soit beau à voir.

— Et vos mains ? Elles sont brûlées.

Pour la première fois, Nicholas baissa les yeux sur ses mains couvertes de cloques. Il n'y avait pas prêté attention. Seul l'état de Maria le préoccupait.

L'arrivée du médecin mit fin à la conversation des deux hommes qui s'empressèrent d'aller l'accueillir. Sterlyng le prit par le bras et le conduisit vers l'escalier.

— Il s'agit de ma fille... Elle s'est blessée et a grand besoin de votre aide, sir John.

— Elle a fait une chute et, depuis, est restée sans connaissance, précisa Nicholas qui montait les marches derrière le duc et le médecin.

— Quand cette chute a-t-elle eu lieu ?

— Dans la nuit... je pense qu'il y a bien deux ou trois heures.

Sir John hocha la tête d'un air soucieux.

— A-t-elle donné quelques signes de vie... un frémissement de paupière, un infime soupir... ?

— Non, rien du tout.

Le duc précéda le médecin et Nicholas dans la chambre de sa fille dont la toilette avait été faite et à qui l'on avait passé une chemise de nuit. Elle était étendue dans son lit, le drap remonté jusqu'aux épaules.

Le médecin approcha une lampe à huile du visage de la jeune femme pour mieux l'observer, puis il lui souleva les paupières et tâta son pouls.

Nicholas eut un frisson en voyant cette main étrangère sur la peau blanche de Maria. Il lui semblait qu'il sentait l'odeur de ce cou fragile, qu'il goûtait à sa douceur. Voilà peu de temps encore, il butinait cette tendre chair. Que n'eût-il donné pour revivre ces instants bénis !

Si elle revenait à elle, se jura-t-il, jamais plus il ne la perdrait.

Le médecin pivota vers eux.

— Si vous voulez bien sortir quelques instants, messires, pour que je puisse ausculter lady Maria.

Nicholas dévisagea sir John d'un air mécontent, mais le duc se montra plus coopératif. Posant la main sur l'épaule de Nicholas, il le poussa doucement dehors et sortit avec lui alors qu'Alicia restait seule auprès du médecin.

L'attente parut interminable à Nicholas et Sterlyng qui, debout devant la porte, gardaient le silence, n'exprimant leur anxiété que par un occasionnel soupir.

La porte, enfin, s'ouvrit.

— Restez près d'elle, milady, dit le médecin en s'adressant à Alicia.

Puis, se tournant vers le duc.

— Eh bien ? fit ce dernier. Va-t-elle se remettre ?

— Allons dans votre cabinet, monseigneur. Nous y serons plus libres pour parler.

27.

— Votre fille a une énorme bosse à l'arrière de la tête, expliqua sir John.

Il porta la coupe à ses lèvres et but une gorgée de vin.

— Elle n'en a pas qu'une, d'ailleurs, reprit-il. Elle a de nombreuses contusions et brûlures, mais je crois qu'elle va s'en remettre. Aucune de ses blessures ne me semble mortelle…

Nicholas perçut le ton incertain du médecin, mais il se refusa à croire à l'éventualité que Maria pût rester invalide ou, même, ne jamais recouvrer ses esprits. Il voulait se convaincre qu'elle guérirait bientôt, qu'il l'épouserait et irait vivre avec elle à Kirkham.

— C'est pour son enfant que j'ai le plus peur, dit enfin sir John.

Un silence pesant s'abattit sur le cabinet. Nicholas avait l'impression qu'on le privait d'oxygène et que son cœur, d'habitude si régulier et résistant, allait lâcher.

— Son enfant ? demanda le duc de Sterlyng d'une voix oppressée.

Le médecin hocha la tête.

— Elle perd un peu de sang, mais c'est très léger... J'ai déjà vu des femmes avoir quelques pertes sans que cela ne prenne des proportions inquiétantes.

Il reposa sa coupe et se leva.

— Il faut veiller sur elle nuit et jour. Si les écoulements de sang s'accentuent, envoyez-moi chercher immédiatement... à moins que vous ne connaissiez une sage-femme de bonne réputation... ?

Le duc et lord Kirkham restant muets et immobiles, sir John n'attendit pas d'être raccompagné à la porte pour se retirer. Lorsqu'ils furent seuls, Sterlyng se tourna vers Nicholas :

— Vous étiez au courant pour cet enfant, je suppose ?

Nicholas secoua la tête.

— Pas du tout... Maria n'y a jamais fait allusion... mais je suis certain qu'il est de moi. Cet enfant est forcément le mien.

Il lui revint à la mémoire, soudain, certains moments où Maria avait montré des symptômes révélateurs. Au pique-nique de lady Gloucester où elle était devenue d'une pâleur cadavérique dans la barque ; à la foire de Dunstan où elle avait été saisie d'un haut-le-cœur devant l'étal d'un pâtissier... et plusieurs autres occasions où elle avait été sujette à des malaises sans raison apparente.

— Je l'aime, monseigneur... de tout mon cœur.

Sur ces mots, il tourna les talons et pressa le pas vers l'escalier dont il gravit les marches deux par deux. En arrivant devant la porte de la chambre de Maria, il ne prit pas la peine de frapper et entra.

Si lady Alicia fut surprise, elle ne le montra pas. Quittant le chevet de la jeune femme pour céder la place à Nicholas, elle alla tirer les rideaux qui étaient restés fermés.

— Lord Kirkham ? fit-elle alors que la clarté naissante du jour envahissait la pièce.

— Vous saviez, n'est-ce pas ?

Alicia hocha la tête.

— J'avais de forts soupçons.

— Elle sera ma femme, dit avec fermeté Nicholas en prenant la main de Maria. Dès qu'elle aura la force de se tenir debout, nous ferons venir un prêtre et il nous mariera.

Un toussotement masculin se fit entendre.

— Ai-je mon mot à dire ?

Nicholas ne quitta pas sa place, mais il tourna légèrement la tête pour croiser le regard ambre du duc dont l'expression était d'une gravité intimidante. Le jeune homme n'était pas disposé, cependant, à se laisser impressionner. Rien ne le dissuaderait d'épouser Maria, même l'avis défavorable de son père.

— Non, monseigneur, répondit-il. Maria est votre fille, sans aucun doute, mais je considère que la femme qu'elle est devenue est mienne depuis qu'elle a foulé le sol de Kirkham.

— Ma fille a eu toute liberté de vous choisir comme mari, marquis, rétorqua Sterlyng. Or, elle ne l'a point fait.

— Connaissez-vous la raison pour laquelle elle est fâchée contre moi ? demanda Nicholas. C'est tout simplement parce que…

— Maria désignera elle-même celui qui deviendra son compagnon pour la vie, interrompit le duc en faisant le tour du lit pour aller occuper la place opposée à celle de son interlocuteur. Je le lui ai promis et je tiens toujours mes promesses.

— Vous verrez qu'elle me choisira, répondit Nicholas, mais une petite boule s'était formée dans sa gorge.

Rien ne lui permettait de préjuger du choix de Maria… Mais comment croire qu'elle lui préférerait un autre alors qu'elle avait été prête à donner sa vie pour le sauver ?

Au cours de la journée, Alicia, qui ne voulait laisser personne d'autre veiller Maria à sa place, s'occupa d'elle comme s'il s'était agi de sa propre fille. Elle lui humidifiait fréquemment les lèvres avec un linge mouillé, lui tamponnait le front s'il lui semblait que sa température montait…

Nicholas était témoin de toutes ces attentions. Confiant en sir Gyles pour bien remplir sa mission, il avait complètement oublié Henric Tournay et ne pensait qu'à Maria auprès de laquelle il tenait absolument à rester.

Il lui arriva plus d'une fois de somnoler au cours de la journée et, afin de lutter contre le sommeil, il se leva régulièrement pour aller et venir dans la grande pièce.

Il lui fut offert de prendre un bain, ce qu'il accepta volontiers tandis qu'on envoyait chercher chez lui des vêtements de rechange.

Pour se rassurer, et dans l'espoir aussi que ces pensées positives contribueraient à la guérison de la jeune femme, il imaginait sa vie future avec elle.

Il serait contraint de procéder à quelques aménagements à Kirkham afin d'en augmenter le confort. Il faudrait installer une nursery, engager de nouvelles servantes. Pour la naissance, ils pourraient compter sur la fille de Mattie Taylor, sage-femme réputée dans tout le marquisat. La solution la plus simple serait de lui proposer de s'installer au château avec sa mère, avec laquelle elle habitait, jusqu'à la naissance. L'enfant naîtrait en hiver. Or, si la sage-femme résidait sous le même toit que la future maman, il n'y aurait pas le risque qu'elle arrivât trop tard en raison de chutes de neige ou de verglas...

— Non !

Nicholas sursauta en entendant ce cri, chuchoté certes, mais bien réel. Maria venait de parler dans son sommeil... Elle était toujours inconsciente, sans doute, mais ils avaient la preuve maintenant que son cerveau fonctionnait. Bouleversé, il lui reprit la main et se pencha sur elle :

— Calme-toi, ma chérie. Le danger est écarté... tu es en sécurité maintenant... Ouvre les yeux, je t'en prie.

Elle ne releva pas les paupières mais murmura quelques mots inintelligibles. Nicholas constata bientôt qu'elle gémissait chaque fois qu'il lui touchait la main ou qu'Alicia lui humectait les lèvres. Et l'espoir, telle une fleur fragile, bourgeonna en son cœur...

En fin d'après-midi, un page vint prévenir lord Kirkham qu'un chevalier l'attendait dans le cabinet du duc.

Nicholas embrassa Maria sur le front et se leva à contrecœur. Il ne voulait pas s'éloigner d'elle, mais il ne pouvait pas renvoyer sans le voir un noble chevalier venu à l'hôtel de Sterlyng pour le rencontrer.

En entrant dans le cabinet, il eut l'agréable surprise de reconnaître le duc assis à sa table de travail et sir Gyles, debout devant lui.

— Messire, fit sir Gyles en inclinant légèrement la tête.

— Sir Gyles a un long récit à vous faire, dit Sterlyng.

Nicholas regarda sir Gyles dans les yeux, espérant qu'il lui donnerait une explication brève pour qu'il pût retourner le plus vite possible auprès de Maria.

— Nous avons arraisonné le navire dont vous nous aviez fait la description, expliqua sir Gyles, et procédé à l'arrestation de tout son équipage.

— Parfait... Tournay était-il à bord ?

— Non, mais il ne doit pas être loin. Il est évident que l'équipage vous croyait mort dans les flammes et il ne peut qu'en être de même de votre secrétaire. Il est certainement toujours à Londres et nullement inquiet.

— Vous ne pensez pas qu'il ait pu fuir sur un autre vaisseau ?

— C'est possible...

— En tout cas, intervint Sterlyng, maintenant que sa trahison est connue de tous, il ne pourrait pas s'introduire dans Wesminster... sauf sous un déguisement.

— On peut tout craindre de lui, dit Nicholas.

— J'espère qu'il n'est pas en train de nuire à notre royaume, reprit le duc. Je ne dormirai pas sur mes deux oreilles tant que ce félon ne sera pas pendu à un gibet.

— Nous avons toute raison de penser que ce sont les Français qui vous l'ont envoyé, dit sir Gyles. Ils étaient au courant de vos activités et ont désiré placer un espion au plus près de vous. Ils ne pouvaient pas mieux faire.

Il y avait donc longtemps que l'ennemi savait quel rôle Nicholas jouait auprès du duc de Bedford ! Il était évident en tout cas qu'étant démasqué, il ne pouvait plus poursuivre sa mission. Il cessait *de facto* d'être l'espion du duc et allait pouvoir se consacrer corps et âme à sa femme et leur enfant.

— Ce qui signifie que je ne puis plus être d'aucune aide pour Bedford, conclut-il.

— En effet, confirma sir Gyles, sauf sur un champ de bataille.

— Kirkham a déjà combattu vaillamment en France où son frère repose pour l'éternité, intervint le duc. Il a mieux à faire que d'aller se faire tailler en pièces pour la gloire.

— Votre propos est plein de sagesse, monseigneur, fit sir Gyles en s'inclinant. Je dois me retirer, à présent. Je garde l'espoir, en effet, de mettre la main sur cette crapule de Tournay d'ici la tombée de la nuit.

Nicholas monta quatre à quatre l'escalier à vis. Il brûlait d'impatience d'être de nouveau auprès de celle qu'il considérait déjà comme sa femme.

Il trouva Alicia en train de lui essuyer le visage. Elle lui expliqua que Maria était de plus en plus agitée mais n'avait toujours pas recouvré ses esprits.

— A-t-elle parlé de nouveau ?

— Non, elle n'a fait que de simples gémissements comme avant.

Nicholas, alors, s'agenouilla près du lit et, s'inclinant sur Maria, déposa un baiser sur ses lèvres.

— Nicholas..., fit-elle dans un souffle.

Maria avait un mal de tête épouvantable comme si on lui avait appliqué un tisonnier rougi par les flammes sur les tempes. Elle entendait des voix, qui semblaient un lointain écho... Elle ne comprenait pas ce qu'elles disaient. Elle aurait voulu bouger les bras, les jambes, mais ses épaules lui faisaient mal et ses jambes étaient trop lourdes. Elle ne pouvait les remuer.

Que se passait-il ? Pourquoi ne pouvait-elle ni ouvrir les yeux, ni se mouvoir aucunement ?

L'une des voix était particulièrement réconfortante. Elle était certaine que c'était celle de Nicholas, mais pourquoi tardait-il tant à s'étendre près d'elle ? Elle voulait le sentir contre elle, sur elle... qu'il lui transmette sa chaleur et la protège.

Or, il semblait se contenter de lui tenir la main et, de temps en temps, de lui effleurer les lèvres d'un baiser. Elle essayait de lui parler, de lui dire de se rapprocher, mais les mots ne sortaient pas de sa bouche.

Elle ne savait d'ailleurs même pas s'il en avait envie. Elle avait été tellement méchante avec lui lorsqu'il était venu la voir dans sa chambre ! Ne lui avait-elle pas dit qu'elle allait épouser lord Rudney ?

Elle s'était vraiment conduite comme une idiote.

Elle comprenait, maintenant, pourquoi Nicholas avait pu se tromper sur son père. Il avait été convaincu de sa culpabilité par les agissements de Tournay. Elle n'aurait jamais dû l'accuser de l'utiliser, ni croire aux rumeurs qui le présentaient comme un vaurien. Elle l'avait connu intimement et, à travers cette liaison, elle aurait dû reconnaître ses qualités, deviner ses dons, sentir les trésors de son cœur et, surtout, lui faire confiance.

Elle voulait lui demander pardon. Lui dire qu'elle l'aimait et regrettait de ne pas l'avoir cru lorsqu'il lui avait dit qu'il voulait trouver la preuve de l'innocence de son père.

Elle ouvrit à demi les yeux, mais la lumière lui faisait si mal...

— Messire ! Elle s'éveille !

Cette voix douce et contenue lui était familière... c'était celle d'Alicia.

— Maria ! Ouvre les yeux, mon amour.

Cette fois, c'était Nicholas, et il lui parlait comme s'il avait toujours des sentiments pour elle... Fallait-il en déduire qu'il ne lui en voulait pas ?

— M'entends-tu, Maria ?

Et maintenant, c'était son père. Ils étaient tous là autour d'elle... ceux qui lui étaient chers...

Ils se turent puis elle entendit de nouveau la voix de Nicholas. Il lui murmurait des mots tendres à l'oreille. Elle avait envie de pleurer de bonheur. Il ne l'avait pas abandonnée...

Soudain, le souvenir du port, de l'appontement en feu lui revint à la mémoire. Elle avait été prisonnière de l'incendie avec Nicholas... Comment en avaient-ils réchappé ?

Elle n'arrivait pas à se remémorer la suite des événements...

La lumière lui brûlait de nouveau les yeux et… Le visage de Nicholas se penchait sur le sien ; elle le voyait bien, même si elle était gênée par la clarté.

— Ton œil ? murmura-t-elle.

Elle voulut lui toucher le visage, mais sa main ne lui obéit pas.

Soudain, elle perçut un mouvement de l'autre côté du lit et se retourna juste assez pour voir son père s'asseoir à son chevet.

— Tu es de retour parmi nous, ma chérie, dit-il simplement, mais une vive émotion perçait dans sa voix.

— Veux-tu boire, Maria ? demanda Alicia, un gobelet d'eau à la main.

Alicia dorlota Maria un moment tandis que son père lui parlait avec douceur. Puis, comme par miracle, elle se retrouva seule avec Nicholas.

Il lui semblait que le duc avait invité Nicholas à bien veiller sur elle avant que la porte ne se refermât sur lui et Alicia.

Maria ne savait quel sens accorder à ces mots. La seule chose qui comptait à ses yeux à l'instant présent, c'était que Nicholas se fût glissé sous les draps, près d'elle, et qu'elle fût blottie dans la chaleur de ses bras.

— Tu m'as sauvé la vie, ma chérie, dit-il à mi-voix.

Maria ne répondit rien. Ils avaient tant à se dire qu'elle ne savait par où commencer.

Il lui prit le visage entre les mains et l'embrassa sur le front.

— Comment as-tu pu savoir que j'étais sur le port ?

— Je l'ignorais. J'ai simplement suivi Tournay.

— Tournay ? Mais comment ?

— Il était ici, dans la maison…

— Que… que dis-tu ?

— Après ton départ, j'étais si nerveuse, je ne pouvais pas dormir…

Maria posa la joue sur la poitrine de Nicholas pour qu'il ne la vît pas rougir car l'évocation de leur dernière rencontre la mettait mal à l'aise.

— … Alors, je suis descendue au rez-de-chaussée… et j'ai vu de la lumière venir du cabinet de mon père. Je m'en suis approchée et j'ai reconnu Tournay en train de fouiller dans un coffre. Lorsqu'il est reparti avec un document, je l'ai suivi. En dépit de ce que tu m'avais dit, je le croyais à ton service et pensais qu'il accomplissait une mission que tu lui avais confiée. Je voulais aller te trouver pour te confondre…

Nicholas restait silencieux. Il retenait sa respiration. Sa souffrance était palpable, et Maria n'avait qu'un désir : l'effacer et lui demander pardon pour la lui avoir infligée.

— Tu m'avais dit que quelqu'un cherchait à te faire croire que mon père était un traître, mais je ne t'ai pas cru…

La voix de Maria s'étrangla ; elle essuya une larme qui lui roulait sur la joue. Elle avait honte d'avoir pensé le pire sur Nicholas.

— C'est en suivant Tournay que j'ai compris que tu m'avais toujours dit la vérité. Je suis désolée, Nicholas… Je ne me pardonne pas de ne pas t'avoir fait confiance. J'aurais dû…

— N'y pense plus, ma chérie… Tout est fini. Il est normal aussi que tu m'aies soupçonné. Je passais pour un authentique vaurien. Je mettais, d'ailleurs, tout mon cœur à le faire croire. Je n'ai pas à m'en plaindre… mais je ne pensais pas que j'étais aussi persuasif !

— C'est moi qui ai été idiote.

— Non, seulement prudente.

Elle ne put retenir un petit rire.

— Crois-tu ? Après ce que j'ai fait avec toi ?

Comme il ne répondait rien, elle soupira et, relevant une mèche de cheveux qui tombait sur son front :

— L'une des qualités que je préfère chez toi, c'est que tu es compréhensif.

— Peut-être pas autant que tu le penses.

— Vraiment ?

— Je t'avais fait promettre de ne pas intervenir dans mon enquête. En suivant Tournay, tu as pris des risques inimaginables. Quand j'y songe, je suis pétrifié par la peur.

Il la serra dans ses bras comme pour s'assurer qu'elle était bien là, en vie.

— Lorsque je t'ai vue au milieu de ces flammes, j'ai cru que mon cœur allait éclater.

— Tu n'as rien ressenti de plus horrible que moi lorsque j'ai vu Tournay te frapper dans le dos.

— C'est vrai. Oh, Maria… Quelle aventure !

Il se dressa sur un coude de façon à mieux la voir, puis, lui soulevant le menton, effleura ses lèvres d'un baiser.

— Nous formons une drôle de paire, n'est-ce pas ?

— Oui, Nicholas, répondit-elle en ravalant ses larmes.

— Comment va ta tête ? As-tu toujours aussi mal ?

— Plus ou moins… mais tu pourrais peut-être faire quelque chose pour moi.

— Ah, oui ? Et qu'est-ce que c'est, ma douce amie ?

— Embrasse-moi.

Il lui donna de nouveau un baiser léger, délicat, mais Maria le voulait plus ardent. Le saisissant par sa tunique, elle se serra contre lui, jouant du bout de la langue sur les commissures de ses lèvres.

Il s'écarta d'elle à regret.

— J'ai promis à ton père de bien me tenir.

— Tu te comportes exactement comme je le souhaite.

— Peut-être, mais je ne pense pas que ton père apprécierait de nous voir dans cette situation. Et puis, nous ne savons toujours pas ce que nous sommes exactement l'un pour l'autre.

Maria s'était rallongée sur le dos et le regardait fixement. C'était vrai. Rien n'était clairement établi entre eux. Il n'était même pas au courant, pour l'enfant.

— J'ai cessé d'être un agent de Bedford, déclara Nicholas qui considérait ce point comme important pour faire comprendre à Maria qu'il était, à présent, libre d'être lui-même ; c'est-à-dire un homme pour lequel les principes de la morale étaient de la première importance. Je n'ai plus besoin d'associer ma vie à celle de fripons comme ceux qui ont été mes compagnons exclusifs au cours des dernières années.

— Pourquoi les as-tu choisis ?

— Pour me fondre parmi eux et obtenir les confidences d'hommes qui, ne m'estimant pas, ne me redoutaient pas non plus.

— Très intelligent. C'est pour cela que tu t'es arrangé pour me les cacher, à Kirkham ? Tu ne voulais pas me livrer à des fripouilles ?

— Exactement.

— Et les femmes qui se trouvaient là aussi ?

— Euh... je... tu veux parler de celle qui a crié sous nos fenêtres la nuit où nous étions ensemble ?

Elle hocha la tête avec un sourire entendu.

— Oui, lord Kirkham. Celle avec laquelle tu avais passé la nuit la veille du jour où tu m'as séduite.

Nicholas baissa les yeux.

— Je n'ai approché aucune femme depuis le jour où je t'ai rencontrée sur la route de Kirkham. Mon cœur, mon corps et mon esprit t'ont été acquis au moment où tu as levé les yeux sur moi. Toi seule peux me libérer de mes chaînes, et il n'y a pour cela qu'un moyen : accepter de devenir ma femme.

Elle aussi avait été bouleversée par leur rencontre sur la route et croyait la confession qu'il venait de lui faire, mais elle craignait qu'il ne la repoussât lorsqu'il saurait qu'elle attendait un enfant de lui. D'autant plus qu'elle avait été sur le point d'en faire endosser la paternité par un autre. C'eût été très malhonnête vis-à-vis de lord Rudney, de même qu'à l'égard de Nicholas qui avait le droit de savoir qu'elle allait mettre au monde un enfant de lui.

Elle n'avait, d'ailleurs, pas d'autre choix que de le lui dire et, comme toujours en pareil cas, le plus tôt serait le mieux.

— Nicholas, commença-t-elle. Il y a quelque chose qu'il faut que tu saches...

Il releva la tête et enfouit le menton dans sa main. Une lueur espiègle pétillait dans son regard.

— Je me demandais si tu finirais par en parler.

— Que veux-tu dire ? balbutia-t-elle d'un air coupable. Alors, tu sais… ?

— Que tu es enceinte ? fit-il en la reprenant dans ses bras. Oui, je le sais.

— Comment ?

— Le médecin qui est venu t'ausculter nous a exprimé ses craintes que tu ne fasses une fausse couche.

— Oh, non ! s'insurgea la jeune femme en posant les mains sur son ventre d'un geste protecteur. Pas notre bébé…

— Il n'y a plus de raison d'avoir peur, ma chérie, dit Nicholas en déposant un baiser sur son front. Nous n'avons été inquiets que ce matin car tu as eu quelques saignements. Ils sont finis maintenant. Tout est rentré dans l'ordre. C'est, du moins, ce qu'Alicia nous a affirmé, à ton père et à moi, en début d'après-midi.

Maria fut soulagée mais, en même temps, elle fut saisie de honte.

— Alors, père est au courant ?

Nicholas sourit.

— En effet… c'est la raison pour laquelle il m'a laissé tout seul avec toi… dans ta chambre.

— Nicholas…

— Tu n'as plus l'intention d'épouser Rudney ?

— Non, bien sûr, murmura-t-elle contre la poitrine de Nicolas. Pourquoi dis-tu de telles bêtises ?

— Parce que c'était ton intention… à moins que j'aie mal compris… en tout cas, c'est une chance pour Rudney parce que j'aurais été obligé de le passer par le fil de mon épée. Or, j'aurais été désolé de lui prendre sa vie. C'est un garçon très gentil.

— Tu n'aurais pas fait cela?

— Si, par amour pour toi.

— Mon Dieu... je suis désolée...

— Ce n'est pas grave, tu n'as plus qu'une chose à dire et tout sera oublié...

Prenant une expression grave, soudain, il poursuivit :

— Je t'aime comme je n'ai jamais aimé aucune femme, Maria. Fais-moi, s'il te plaît, l'honneur de devenir mon épouse.

— Nicholas..., dit-elle dans un soupir. Rien ne pourrait me donner une plus grande joie... Oh ! Oui... je ne désire rien de plus que d'être ta femme.

— Nous nous dirons tout, désormais, reprit-il en la tenant dans ses bras. Il n'y aura plus aucun mystère entre nous.

— Entendu, répondit Maria d'une voix ensommeillée car la fatigue la gagnait.

Il l'embrassa tendrement et sentit qu'elle s'endormait sur son épaule. Après l'épreuve qu'elle avait subie, elle était épuisée et avait besoin d'un grand repos. Lui-même n'avait pas dormi la nuit précédente et sentait l'assoupissement le gagner. Il était heureux ; sa femme et leur bébé reposaient entre ses bras. Que pouvait-il demander de plus ?

Il s'éveilla toutefois au cœur de la nuit, à cause de ses nombreuses contusions, sans doute, car il avait le corps encore tout endolori. Pour se dégourdir les jambes et boire un peu d'eau fraîche, il se leva, laissant Maria reposer seule dans le lit, et marcha jusqu'à la fenêtre où il s'étira en levant les yeux sur le ciel étoilé.

Il lui sembla distinguer un mouvement dans l'ombre et il recula à l'intérieur de la pièce pour observer sans être vu. Peut-être avait-il rêvé, mais il aurait juré avoir vu une silhouette d'homme encapuchonné.

Quiconque observait ainsi l'hôtel du duc à une telle heure de la nuit avait probablement de mauvaises intentions. Désireux de savoir qui se cachait sous ce vêtement, Nicholas sortit sans bruit de la chambre de Maria et descendit l'escalier. Il traversa la maison jusqu'à une entrée qui donnait sur la cour, à l'arrière du bâtiment. Il sortit et longea le mur à l'abri des arbustes qui avaient été plantés là.

Lorsqu'il atteignit le coin de la rue, il se colla au mur de la plus proche maison et scruta l'obscurité, cherchant à déceler l'ombre aperçue de la fenêtre.

Après un moment, ses yeux s'habituant à cet exercice, il vit l'homme au grand manteau qui n'avait pas changé de place.

Nicholas fit demi-tour et traversa le jardin d'un hôtel voisin pour prendre l'inconnu à revers. Il s'approchait de lui en se cachant derrière une rangée de buis quand il vit l'homme se débarrasser de son manteau et avancer vers la façade de l'hôtel comme s'il avait l'intention de l'escalader.

D'un aspect frêle, sa silhouette évoquait étonnamment celle de Tournay. Pourquoi était-il là ? Avait-il des intentions meurtrières à l'égard de Maria ou de son père ? A moins qu'il ne voulût terminer simplement ce qu'il avait commencé la veille et dérober d'autres documents dans le cabinet du duc ?

Il ne tarderait pas à avoir la réponse à ses questions…

Sans hésiter davantage, il sortit de sa cachette, rattrapa l'homme en quelques enjambées et, le saisissant aux épaules, le jeta à terre.

Tournay, car c'était bien lui, roula sur lui-même et, se redressant d'un bond, sortit de son fourreau une dague qu'il brandit.

Nicholas eut alors un rire bref qui irrita son interlocuteur.

— Vous rirez moins lorsque vous sentirez cette lame dans votre gosier, messire.

— Pour me tuer, il faudra me frapper dans le dos, Tournay, répondit Nicholas avec mépris. Exactement comme hier soir. Tu n'es pas assez courageux pour un combat de front.

Le secrétaire se fendit pour tenter de le frapper à la poitrine mais Nicholas esquiva aisément le coup et, saisissant le poignet de son adversaire, lui tordit le bras. Tournay, cependant, d'une extrême souplesse, suivit le mouvement que lui imposait Nicholas et, au moment propice, décocha un terrible coup de pied dans le ventre de ce dernier qui s'effondra avec un cri.

Le secrétaire n'était pas aussi faible et inapte au combat qu'il y paraissait, pensa Nicholas. Il allait falloir se montrer plus prudent. A la seconde tentative, il le désarmerait.

Malgré la douleur, il se rétablit sur ses jambes et eut à esquiver aussitôt la dague de son adversaire.

— Que faisais-tu dans le cabinet du duc de Sterlyng, la nuit dernière ? demanda Nicholas, profitant de ce que Tournay, en le chargeant, s'était éloigné de quelques pas.

— Je faisais bon usage de son cachet, répondit le secrétaire avant de se fendre une nouvelle fois. Prépare-toi à mourir, Kirkham !

Nicholas, qui s'était laissé tomber en arrière en empoignant le bras armé de Tournay, le frappa des deux pieds au ventre.

— A quoi te sert le cachet du duc ? demanda-t-il au secrétaire qui avait la respiration coupée par le choc.

A genoux, il faisait toujours face, néanmoins, et brandissait sa dague. Nicholas s'approcha de lui avec précaution, les gestes lents, mesurés, prêt à bondir de côté si nécessaire.

— A envoyer des parchemins qui le compromettent. Et maintenant que tu sais tout, Kirkham, il faut que tu meures.

— J'en doute, nabot.

L'insulte mit un comble à la fureur du secrétaire qui sauta sur ses pieds, comme mû par un ressort, et se précipita sur Nicholas qu'il manqua de peu. Il essaya à plusieurs reprises de l'atteindre, mais le jeune homme réussit chaque fois à parer le coup.

— Ta ruse t'a permis de me tromper un certain temps, Tournay, ce n'est pas mal, mais j'aimerais savoir qui tu protégeais. Car tu essayais de compromettre Sterlyng pour mieux détourner l'attention du vrai traître, pas vrai ?

Le secrétaire frappa successivement d'estoc et de taille, mais il fendait l'air sans atteindre Nicholas qui était de plus en plus assuré dans l'esquive. Un geste trop large de Tournay lui permit, soudain, de lui attraper le bras et de l'abattre violemment sur son genou. Le secrétaire laissa échapper son arme et Nicholas, l'empoignant par le col de son manteau, le plaqua contre le mur.

— Alors, qui cherchais-tu à protéger ?

Tournay haleta. Nicholas lui serrait la gorge si fort qu'il pouvait à peine respirer.

— Personne..., réussit-il enfin à répondre d'une voix à peine audible.

— Tu mens, misérable ! Je sais que tu as essayé de me faire accuser le duc de Sterlyng de haute trahison pour permettre au vrai traître d'agir à sa guise. Qui est-ce ? Réponds-moi !

Tournay, à moitié étranglé, fit « non » de la tête.

Nicholas augmenta la pression de ses mains sur sa gorge.

— Réponds, vermine, ou je te tords le cou !

Tournay essayait de se dégager et luttait pour respirer, mais Nicholas le maintenait solidement contre le mur. Vaincu, le secrétaire hocha enfin la tête comme pour signifier qu'il était prêt à parler si on lui en laissait la possibilité.

Nicholas relâcha la pression de ses mains.

— Il s'agit de...

— Parle ! Vaurien...

— Bexhill... lord Bexhill.

28.

Londres, automne 1429

Le page s'éclaircit la voix et demanda pardon à lord et lady Kirkham de les déranger :

— Vous avez une visite, messire.

Assis près du feu, Nicholas et Maria prenaient leur repas. Maria avait étendu ses jambes sur les genoux de Nicholas qui lui donnait la becquée, et elle était manifestement très heureuse d'être dorlotée ainsi.

Nicholas n'avait dorénavant plus d'autre passion que Maria, et toute occasion lui était bonne pour s'occuper d'elle, être près d'elle, la toucher, respirer son odeur, entendre sa voix, écouter son rire…

— Le duc de Sterlyng ? demanda le jeune homme qui aurait très volontiers accueilli son beau-père pour qu'il partageât leur repas.

— Non, monseigneur… mais il s'agit, je crois, de membres de votre famille.

— Ah ? bon… Faites-les entrer.

Un instant après, une femme d'un certain âge, encore très belle et richement vêtue, passa devant le page sans susciter aucune réaction de la part de Nicholas qui ne se souvenait pas l'avoir jamais rencontrée.

— Ria ! dit la femme d'un air enjoué.

En voyant le sang refluer du visage de Maria, Nicholas se leva.

— Madame… vous n'êtes pas la bienvenue.

— Pardon ? Mais c'est impensable, mon ami. Je suis lady Morley. La tante de Ria.

Stupéfait que cette femme eût le toupet de se présenter à leur résidence londonienne, Nicholas resta sans voix. A l'entrée de la salle, à demi cachés par la porte, deux jeunes gens, un garçon et une fille, attendaient de voir comment serait reçue celle qui devait être leur mère avant d'entrer à leur tour.

— Ma femme n'a pas de famille en dehors de son père, répondit enfin Nicholas quand il fut revenu de son émotion.

Jamais il ne pardonnerait aux Morley d'avoir aussi mal traité Maria, et il était hors de question de les accepter sous son toit.

— Ah ! Mais pas du tout, insista Olivia Morley en allant s'asseoir près de Maria. Je suis la femme de son oncle qui n'est autre que le frère de son père. Eh bien ! Ma chère Ria ! Il y a si longtemps que nous ne t'avons vue.

Maria restait muette, les traits crispés, les mains tremblantes. Nicholas savait que lady Morley avait tu son existence à un envoyé de la Couronne venu à Alderton pour faire savoir à la jeune fille qu'elle était l'héritière de Rockbury. Lady Morley avait eu la ferme intention de réclamer le château pour son fils Geoffrey dès que la santé du duc déclinerait. Mais cette mégère en serait pour ses frais...

— Adrick, dit Nicholas au page. Raccompagne lady Morley et ses enfants à la porte.

— Monseigneur..., s'insurgea Olivia.

— Ma femme n'a pas besoin d'autre famille que son père et moi.

— Mais nous sommes venus à Londres pour la voir ! protesta Olivia tandis que Nicholas et le page la prenaient chacun par un bras et l'escortaient d'autorité vers la porte.

Elle résista un peu comme si elle ne voulait pas comprendre qu'elle pût être indésirable.

— C'est son devoir de nous présenter à la société londonienne...

— Il y a longtemps qu'elle a rempli son devoir à votre égard, lady Morley, rétorqua Nicholas lorsqu'ils furent sur le seuil.

Il la poussa dehors.

— Ne revenez jamais assombrir notre ciel de votre présence, lança-t-il en propulsant également Geoffrey vers la sortie d'une bourrade dans le dos.

Cecilia suivit son frère et sa mère sans broncher.

— Souvenez-vous qu'aucun de vous n'est le bienvenu ici.

Sur ce constat définitif, Nicholas referma la porte et retourna auprès de sa femme. Il s'assit et tous deux reprirent leur repas.

— Remets tes jambes sur mes genoux, ma chérie, dit Nicholas avec douceur.

Maria avait retrouvé ses couleurs mais demeurait encore très perturbée.

— Pourquoi t'a-t-elle appelée Ria ? s'enquit son époux. Et elle prononçait ce surnom comme un nom de chien. On aurait cru entendre un jappement !

— J'ignore si elle savait que je m'appelais Maria. Je n'ai jamais été à ses yeux que la bâtarde de sa belle-sœur.

Nicholas était en rage. Même si Maria avait été réellement une bâtarde, ce n'aurait pas été une raison pour la traiter si mal. Il frémissait d'horreur à la pensée que son enfant pourrait un jour subir le même traitement !

Mais le drame, Dieu merci, ne se répéterait pas. L'enfant serait aimé, choyé, et parfaitement légitime puisqu'ils s'étaient mariés dans l'intimité dès que Maria avait été remise de sa chute.

Elle ne s'était jamais enquise du sort de Tournay et Nicholas n'avait pas jugé bon, dans l'état où elle se trouvait, de lui rapporter l'exécution du secrétaire ni celle de lord Bexhill dont la tête avait été demandée par Gloucester et Bedford.

Nicholas prit un morceau de gâteau et le déposa entre les lèvres de sa jeune épouse, mais celle-ci lui emprisonna un doigt.

— Tu as encore faim, mon amour ? demanda-t-il.

— Oui… de toi.

Il sembla, soudain, à Nicholas que la chaleur de l'âtre devenait suffocante. Il retira sa tunique et roula les manches de sa chemise sur ses bras.

— Hum, je crois que je partage la même faim que toi, dit-il en prenant la jeune femme dans ses bras.

Il se pencha sur elle, murmura des mots amoureux à son oreille tandis qu'il la couvrait de petits baisers dans le cou, sur les tempes, les épaules. Sa voix était basse, suggestive, envoûtante…

— Oh ! Nicholas…, chuchota-t-elle en se lovant contre lui.

Sans jamais cesser de l'embrasser, l'envelopper de caresses et de paroles tendres, il commença de défaire voluptueusement les innombrables lacets de sa robe…

Grands Romans Historiques

Tournez vite la page
et découvrez en avant-première
un extrait du roman
LE PAVILLON DU LAC
de la collection

Grands Romans Historiques

A paraître le 1er novembre

Quand l'Histoire devient le plus captivant des romans…

1.

Elle portait des manches longues, afin de cacher ses meurtrissures. Malgré l'ardent soleil de juillet qui pesait tel un couvercle de feu sur la maison silencieuse — même les légers voilages de mousseline masquant les fenêtres du salon n'osaient frémir —, elle restait couverte selon les derniers canons de la mode.

Après tout, c'était ce que l'on attendait de l'épouse d'un sénateur. Ou plus exactement de son *ex-épouse*, pensa-t-elle avec un sursaut d'espoir qui lui donna le vertige. Mais cet espoir ne se réaliserait que si elle réussissait à obtenir ce qu'elle voulait de cet entretien.

Elle se tenait dans le salon d'été, où le grand miroir qui surmontait la cheminée était endeuillé de crêpe noir. Bien qu'elle ait vécu des années dans la belle demeure de Vandam Square, la terreur et la panique qui tendaient ses nerfs aiguisaient ses perceptions. Elle notait chaque détail de l'élégant décor et chaque œuvre d'art figurant dans la pièce comme si elle les voyait pour la première fois : les moulures de plâtre à l'italienne, le vase de porcelaine de Saxe posé sur une table Sheridan, la pendule dorée qui ornait le manteau de la cheminée, la harpe de facture allemande dressée dans un coin, la coûteuse et fade série de gravures représentant des scènes de chasse et des paysages bucoliques accrochées aux murs.

La curieuse toile moderne qu'elle avait choisie elle-même la saison dernière occupait tout un mur. C'était le seul objet qu'elle ne trouvait pas ennuyeux, le seul aussi qu'elle avait acquis sans consulter son mari. Ce tableau intitulé *Après le bain* était d'un obscur peintre français nommé Edgar Degas. Contrairement aux pastorales qui pullulaient dans le vaste manoir, ce pastel mettant en scène une femme nue sans grâce particulière, en train de sécher ses formes plantureuses, choquait la plupart des gens — sauf elle. Elle trouvait quelque chose de singulièrement excitant aux audacieuses distorsions de la lumière et de l'eau. Lorsqu'elle contemplait ce portrait intime et sensuel d'une femme à l'aise dans son corps, elle se sentait une autre personne, et c'était l'une des raisons pour lesquelles elle l'aimait tant. Car, du plus profond de son être, elle aurait voulu être une autre.

L'autre raison qui lui rendait ce tableau lumineux particulièrement attrayant, c'était que son mari ne pouvait le souffrir. S'il lui avait permis de le conserver, c'était seulement parce qu'elle le lui avait présenté comme un cadeau des Vanderbilt. Rien de plus faux, évidemment, mais ce mensonge n'était que l'une des innombrables fables qu'elle lui avait servies au cours de leurs neuf ans de mariage.

Le léger tintement d'un harnais, qui lui parvint par la fenêtre ouverte, la fit sursauter même si elle l'attendait. Elle entendit Archie Soames, le majordome, se diriger vers la porte d'entrée, et elle s'approcha des fins voilages qui nimbaient l'allée d'une brume diaphane. Derrière l'écran vaporeux, d'où montait une odeur chaude, l'attelage en train d'arriver semblait sortir d'un rêve.

D'un doigt, elle écarta la mousseline blanche et la scène se dessina avec acuité. Le flanc noir et brillant du tilbury portait une inscription arrondie au-dessus d'un soleil levant — le symbole de l'Institut de Recherche et d'Innovation de la Vallée de l'Hudson. Un homme de haute taille descendit de la voiture — et l'espace d'un instant elle en perdit le souffle.

Un mouvement instinctif la poussa à se mettre en retrait, à l'écart de la chaleur et de la lumière. Elle ne put s'empêcher cependant de poursuivre son observation à travers une fente des rideaux : le visiteur s'adressa brièvement au cocher, puis il se dirigea vers la maison. Il portait des lunettes de soleil en Celluloïd teinté de vert, un accessoire qui faisait fureur chez les cyclistes et les conducteurs d'attelages ces derniers temps, et ses vêtements étaient aussi fripés que s'il les avait ramassés par terre avant de les enfiler.

Elle fut surprise de l'effet qu'il produisait encore sur elle, après tout ce temps. Bien sûr, elle éprouvait de l'amertume et du ressentiment, ce qui était normal vu la façon dont il l'avait traitée jadis. Mais elle sentait autre chose frémir en elle, tel un courant invisible sous la surface immobile d'un lac : une émotion aussi interdite et indéniable que la passion qu'elle avait éprouvée pour lui dès leur première rencontre, près de dix ans plus tôt.

Elle résista à l'envie de repousser le crêpe qui voilait le grand miroir afin d'y étudier son reflet. A la place, elle vérifia et revérifia l'arrangement de ses manches de basin noir, strictement fermées aux poignets par une rangée de boutons d'obsidienne. Les apparences étaient tout. C'était peut-être la première leçon qu'elle se souvenait d'avoir apprise, celle qui lui avait été inculquée de force à trois ans par une nourrice à la mine sévère l'habillant pour l'enterrement de sa mère.

Devait-elle s'asseoir ? Non. Cela froisserait sa robe de deuil. Elle se campa sur le tapis persan étalé au centre de la pièce, posant telle l'une des statues en ciment qui ornaient le parc de Congress Spring. La lumière aveuglante venue de la fenêtre lui donnait chaud, sa peau la picotait désagréablement. Bien qu'elle ait relevé ses boucles cuivrées en chignon, des gouttes de sueur perlaient sur sa nuque. Elle s'efforça d'afficher une expression sereine, non par vanité mais par habitude. Son physique lui avait toujours attiré des ennuis, elle ne savait se comporter autrement. En outre, s'avoua-t-elle, elle désirait un peu perversement susciter chez son visiteur les mêmes ondes de regret et de nostalgie qu'il faisait renaître en elle.

D'un geste plein de grandeur, Archie ouvrit la double porte du salon.

— Un gentleman souhaite vous voir, madame, déclara-t-il d'une voix enrouée par un rhume estival, et en insistant avec un scepticisme certain sur le mot « gentleman ».

— Merci, Archie. Je vais le recevoir.

Le majordome se fondit dans l'ombre du vestibule. L'arrivant pénétra dans la pièce, ôta ses verres teintés et les posa sur une console. Son insondable regard brun était d'une couleur plus chaude encore qu'elle ne s'en souvenait. Il l'effleura d'un coup d'œil, et son visage exprima tout ce qu'elle avait imaginé : un mélange de curiosité et d'étonnement, joint à une certaine méfiance — et peut-être quelques regrets.

Ils s'observèrent un moment. L'air qui les séparait était lourd de tension et de souvenirs partagés.

— Helena.

Il prononça son nom à voix basse, d'une façon qui se propagea en elle telle une caresse.

— Bonjour, professeur Rowan, répondit-elle en usant volontairement de son titre officiel. Merci d'être venu. Puis-je vous offrir un rafraîchissement ?

Elle désigna de la main le cabinet en acajou sculpté installé dans un coin, qui supportait un pichet de citronnade couvert de buée et un bol en argent empli de glace pilée.

— Oui, s'il vous plaît.

Elle mit une cuillerée de glace dans un verre en cristal, versa la citronnade dessus. La nervosité rendait ses mains mal assurées. S'était-elle trompée, en lui demandant de venir ? Peut-être, mais elle n'avait pas trouvé d'autre solution. Tel un animal pris au piège, elle était prête à se tourner vers toutes les issues possibles et à tenter n'importe quoi pour se libérer, dût-elle se blesser plus grièvement en s'enfuyant qu'en restant prisonnière. Dût-elle faire appel au seul homme qu'elle pensait ne jamais revoir.

La terreur était quelque chose qu'elle découvrait. Une sensation glacée qui lui étreignait l'échine, pesait sur sa poitrine au point de lui couper le souffle, et se révélait dotée d'un pouvoir vertigineux. Elle refusait de vivre ainsi, gelée jusqu'au tréfonds de son être. Oh, elle savait bien qu'elle n'agissait pas de façon rationnelle. Mais la peur l'empêchait de penser clairement. Et dans un moment d'égarement, elle avait envoyé chercher Michael Rowan.

Le convaincre de l'aider était loin d'être partie gagnée, mais elle était désespérée. Sans doute s'était-elle montrée grossière, en le convoquant de façon aussi impérieuse ; peu lui importait. Des années auparavant, Michael Rowan s'était servi d'elle de la pire façon, avant de disparaître sans un adieu. Elle n'avait pas à culpabiliser de se servir de lui, maintenant.

Retrouvez ***Le pavillon du lac*** de Susan Wiggs
dès le 1er novembre
au rayon poche de vos hypermarchés,
supermarchés, magasins populaires,
librairies et maisons de presse.

Vous pouvez également commander ce roman
en contactant notre Service Lectrices au :
01.45.82.47.47

HARLEQUIN

Collection Les Historiques

PROCHAINS RENDEZ-VOUS LE 1er décembre 2003

LA SAGA DES CAVENDISH

De la fin du Moyen Age aux fastes de la Renaissance, une trilogie haute en couleurs qui couvre trois générations de Cavendish…

LE PACTE DE VELOURS, *de Tori Phillips • n° 262* *(3è partie)*

Angleterre, 1528. En compagnie de sa tante Marguerite, Céleste de Montcalm sillonne la campagne anglaise à la rencontre de son promis, Walter Ormond, lorsque leur chariot dérape sur les routes détrempées par les pluies et bascule dans le fossé. Blessée, Marguerite est recueillie et soignée dans un monastère voisin tenu par des pères franciscains, tandis que Céleste reprend la route avec pour escorte un jeune novice, Guy Cavendish, qui a renoncé au monde pour expier sa jeunesse débauchée…

LA CONSPIRATRICE, *de Jackie Manning • n°263*

Angleterre, 1666. Veuve d'un partisan d'Oliver Cromwell, Becky élève seule ses jeunes frères et sœur dans la propriété léguée par son époux quand, sur ordre du roi, le château est soudain cédé à un certain capitaine Sinclair, proche de la Couronne. Redoutant d'être expropriée, Becky n'est toutefois guère rassurée en apprenant que le nouveau maître des lieux entend lui confier la gestion du domaine. Car que se passera-t-il s'il découvre que, pour narguer le roi, elle dupe depuis des années le collecteur d'impôts en falsifiant les livres de comptes ?

UN POIGNANT SECRET, *de Patricia Frances Rowell • n°264*

Angleterre, 1820. Promise à un bel avenir, Catherine se retrouve sans le sou après que son oncle et tuteur a dilapidé son héritage. Mais sa détresse s'accroît encore quand son parent peu scrupuleux, soucieux de se renflouer, la marie contre son gré à lord Charles Caldbeck, un riche et taciturne aristocrate. Exilée dans le Yorkshire où son époux possède une propriété, Catherine s'efforce en vain de s'adapter à sa nouvelle existence quand un tragique fait divers secoue le village : plusieurs jeunes femmes y sont assassinées par un mystérieux tueur…

L'ENFANT DE L'AUBE, *d'Ana Seymour • n°265*

Amérique, 1882. Abandonnée enceinte par son amant, un riche industriel de San Francisco, Kate élève depuis un an sa petite Caroline dans le ranch du Nevada que possèdent sa soeur et son beau-frère, lorsque se présente à la porte le dernier homme qu'elle pensait jamais revoir : Sean Flaherty, le père du bébé, décidé à reprendre la vie commune. Mais Kate, peu encline à pardonner, le reçoit très fraîchement et lui affirme qu'il n'est pas le père de la fillette…

LA MAÎTRESSE DU GUERRIER, *de Debra Lee Brown • n°266*

Ecosse, 1192. Iain Mackintosh n'a jamais oublié la fillette inconnue qui, alors qu'il n'était lui-même qu'un enfant, avait tenté de le consoler de la mort des siens, tués par un certain John Grant, le chef d'un clan rival. L'enfant blonde avait ensuite disparu sans révéler son nom… Aussi est-il émerveillé quand, onze ans plus tard, le destin le remet en présence d'Alena, devenue une intrépide jeune femme. Toutefois, pour une raison qui lui échappe, cette dernière persiste à s'entourer de mystère et refuse de décliner son identité…

ABONNEMENT...ABONNEMENT...ABONNEMENT...

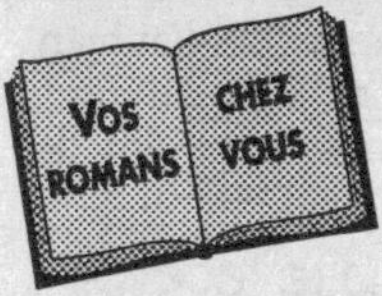

ABONNEZ-VOUS!

2 livres gratuits*
+ 1 bijou
+ 1 cadeau surprise

Choisissez parmi les collections suivantes

AZUR : La force d'une rencontre, la magie de l'amour.
6 romans de 160 pages par mois. 17,70 €* le colis.

AMOURS D'AUJOURD'HUI : Des histoires vraies, des couples d'aujourd'hui. 3 romans de 288 pages par mois. 13,41 €* le colis.

BLANCHE : Passions et ambitions dans l'univers médical.
3 volumes doubles de 320 pages par mois. 14,55 €* le colis.

LES HISTORIQUES : Le tourbillon de l'Histoire, le souffle de la passion.
2 romans de 352 pages par mois. 9,88 €* le colis.

ROUGE PASSION : Rencontres audacieuses et jeux de séduction.
6 romans de 192 pages par mois. 18,24 €* le colis.

DÉSIRS : Sensualité et passions extrêmes.
2 romans de 192 pages par mois. 6,08 €* le colis.

DÉSIRS/AUDACE : Sexy, impertinent, osé.
2 romans Désirs de 192 pages et 2 romans Audace de 224 pages par mois. 14,26 €* le colis.

HORIZON : Une famille à inventer, un bonheur à construire.
6 romans de 160 pages par mois. 17,79 €* le colis.

BEST-SELLERS : Des grands succès de la fiction féminine.
2 romans de plus de 350 pages tous les mois. 11,40 €* le colis.

BEST-SELLERS/INTRIGUE : Des romans à grands succès, riches en action, émotion et suspense. 2 romans Best-Sellers de plus de 350 pages et 2 romans Intrigue de 256 pages par mois. 19,96 €* le colis.

**Plus 1,80 € par colis pour la participation aux frais de port :*

vos avantages exclusifs

1.Une totale liberté

Vous n'avez aucune obligation d'achat. Vous avez 10 jours pour consulter les livres tranquillement chez vous et décider ensuite de les garder ou de nous les retourner sans rien nous devoir.

2.Une économie de 5% sur chaque volume

En profitant de nos offres, vous bénéficiez d'une remise de 5% sur le prix de vente public. Encore un avantage réservé aux abonnées Harlequin.

3.Recevez ces livres en avant-première

Les romans que nous vous envoyons, dès le premier colis, sont des inédits de la collection choisie. Nous vous les expédions avant même leur sortie dans le commerce.

ABONNEMENT...ABONNEMENT...ABONNEMENT...

Oui, je désire profiter de votre offre exceptionnelle. J'ai bien noté que je recevrai d'abord gratuitement un colis de 2 livres * ainsi que 2 cadeaux. Ensuite, je recevrai un colis payant de romans inédits régulièrement.

Je choisis la collection que je souhaite recevoir :
(☑ cochez la case de votre choix)

❑ **AZUR** : Z3ZF56
❑ **AMOURS D'AUJOURD'HUI** : A3ZF53
❑ **BLANCHE** : B3ZF53
❑ **LES HISTORIQUES** : H3ZF52
❑ **ROUGE PASSION** : R3ZF56
❑ **DÉSIRS** : D3ZF52
❑ **DÉSIRS/AUDACE** : D3ZF54
❑ **HORIZON** : O3ZF56
❑ **BEST-SELLERS** : E3ZF52
❑ **BEST-SELLERS/INTRIGUE** : E3ZF54

*sauf pour la collection Désirs : 1 livre gratuit

Renvoyez ce bon à : Service Lectrices HARLEQUIN
CÉDAP / BP 77 - 94232 CACHAN CEDEX.

Mme ❑ Mlle ❑ NOM ____________

Prénom ____________

Adresse ____________

Code Postal |_|_|_|_|_| Ville ____________

Tél. : |_|_|_|_|_|_|_|_|_|_|

Date d'anniversaire |_|_|_|_|_|_|_|_|

Le **Service Lectrices** est à votre écoute au **01.45.82.44.26**
du lundi au jeudi de 9h à 17h et le vendredi de 9h à 15h.

Conformément à la loi Informatique et Libertés du 6 janvier 1978, vous disposez d'un droit d'accès et de rectification aux données personnelles vous concernant. Vos réponses sont indispensables pour mieux vous servir. Par notre intermédiaire, vous pouvez être amené à recevoir des propositions d'autres entreprises. Si vous ne le souhaitez pas, il vous suffit de nous écrire en nous indiquant vos nom, prénom, adresse et si possible votre référence client. Vous recevrez votre commande environ 20 jours après réception de ce bon. Date limite : 31 décembre 2003.

Offre réservée à la France métropolitaine, sousmise à acceptation et limitée à 2 collections par foyer.

COMMANDE... COMMANDE... COMMANDE...

COMPLÉTEZ VOTRE COLLECTION !

Pour prolonger le tourbillon de l'Histoire et le souffle de la passion...

...découvrez les romans de votre collection

Les Historiques

que vous n'avez pas encore lus !

4,94 € par roman.

- ❐ *N°152 LE PACTE BRISÉ, de Jacqueline Navin*
- ❐ *N°153 LE DÉBAUCHÉ, de Catherine Archer*
- ❐ *N°157 VENGEANCE ET SÉDUCTION, de Candace Camp*
- ❐ *N°159 NUIT DE JASMIN, de Sandra Chastain*
- ❐ *N°160 LA DAME GALANTE, de Lyn Stone*
- ❐ *N°162 LE BAL DE L'OUBLI, de Susan Spencer Paul*
- ❐ *N°163 L'ÉTÉ DES SORTILÈGES, de Sally Chaney*
- ❐ *N°167 LES CŒURS MASQUÉS, de Ana Seymour*
- ❐ *N°172 UNE QUESTION D'AMOUR, de Ruth Langan*
- ❐ *N°173 LA VALLÉE DE L'ESPOIR, de Carolyn Davidson*
- ❐ *N°175 LA CITADELLE DES PASSIONS, de Catherine Archer*
- ❐ *N°178 LE GLAIVE ET LA SOIE, de Ruth Langan*
- ❐ *N°179 TERRE PROMISE, de Maura Seger*
- ❐ *N°193 L'ANGE DE MINUIT, de Diana Hall*
- ❐ *N°195 UN PARFUM DE SCANDALE, de Judith McWilliams*
- ❐ *N°214 L'EDEN SAUVAGE, de Judith Stacy*

COMMANDE... COMMANDE... COMMANDE...

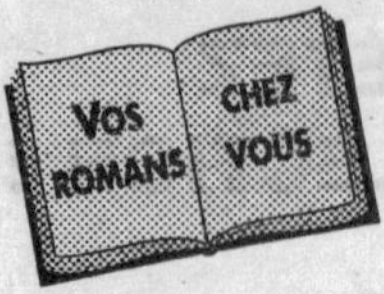

Ces volumes sont disponibles auprès du Service Lectrices dans la limite des stocks. Si vous souhaitez commander certains titres, cochez les livres choisis et indiquez vos coordonnées dans le bon de commande ci-joint.

Chaque volume est vendu au prix de 4,94 €, auquel s'ajoutent 2,05 € par colis pour la participation aux frais de port et d'emballage.

N'envoyez pas d'argent aujourd'hui, une facture accompagnera votre colis.

Renvoyez ce bon à : Service Lectrices HARLEQUIN CÉDAP / BP 77 - 94232 CACHAN CEDEX.

Mme ❐ Mlle ❐ Si abonnée, n° : ⎿⏌⎿⎿⎿⎿⎿⎿⎿⏌

NOM ____________________

Prénom ____________________

Adresse ____________________

Code Postal ⎿⎿⎿⎿⎿⏌ Ville ____________________

____________________ Tél. : ⎿⎿⏌⎿⎿⏌⎿⎿⏌⎿⎿⏌⎿⎿⏌

Adresse e-mail ____________________

Date d'anniversaire ⎿⎿⏌⎿⎿⏌⎿⎿⎿⎿⏌

Signature indispensable

Le **Service Lectrices** est à votre écoute au **01.45.82.47.47** du lundi au jeudi de 9h à 17h et le vendredi de 9h à 15h.

Conformément à la loi Informatique et Libertés du 6 janvier 1978, vous disposez d'un droit d'accès et de rectification aux données personnelles vous concernant. Vos réponses sont indispensables pour mieux vous servir. Par notre intermédiaire, vous pouvez être amené à recevoir des propositions d'autres entreprises. Si vous ne le souhaitez pas, il vous suffit de nous écrire en nous indiquant vos nom, prénom, adresse et si possible votre référence client. Vous recevrez votre commande environ 20 jours après réception de ce bon.

Offre réservée à la France métropolitaine et soumise à acceptation.

L'ASTROLOGIE EN DIRECT
TOUT AU LONG
DE L'ANNÉE.

(France métropolitaine uniquement)

Par téléphone 08.92.68.41.01

0,34 € la minute (Serveur SCESI).

Composé et édité
PAR LES ÉDITIONS HARLEQUIN
Achevé d'imprimer en septembre 2003

BUSSIÈRE
GROUPE CPI

à Saint-Amand-Montrond (Cher)
Dépôt légal : octobre 2003
N° d'imprimeur : 34308 — N° d'éditeur : 10123

Imprimé en France